中国古代文史经典读本

李贺诗选评

陈允吉 吴海勇 撰

上海古籍出版社

图书在版编目(CIP)数据

李贺诗选评 / 陈允吉,吴海勇撰. —上海: 上海古籍出版社, 2019.7 (2025.9重印)
(中国古代文史经典读本)
ISBN 978-7-5325-9287-6

Ⅰ. ①李… Ⅱ. ①陈… ②吴… Ⅲ. ①李贺(790-816)—唐诗—诗歌评论 Ⅳ. ①I207.227.42

中国版本图书馆 CIP 数据核字(2019)第 145848 号

中国古代文史经典读本

李贺诗选评

陈允吉　吴海勇　撰

上海古籍出版社出版发行

(上海市闵行区号景路159弄1-5号A座5F　邮政编码 201101)

(1) 网址: www.guji.com.cn

(2) E-mail: guji1@guji.com.cn

(3) 易文网网址: www.ewen.co

常熟市人民印刷有限公司印刷

开本 787×1092　1/32　印张 11.5　插页 3　字数 153,000

2019 年 7 月第 1 版　2025 年 9 月第 5 次印刷

印数: 6,351—7,850

ISBN 978-7-5325-9287-6

I·3406　定价: 35.00 元

出版说明

上海古籍出版社成立六十多年来形成了出版普及读物的优良传统。二十世纪，本社及其前身中华书局上海编辑所策划、历时三十余年陆续出版的《中国古典文学作品选读》与《中国古典文学基本知识》两套丛书各八十种，在当时曾影响深远。不少品种印数达数十万甚至逾百万。不仅今天五六十岁的古典文学研究者回忆起他们的初学历程，会深情地称之为“温馨的乳汁”；而且更多的其他行业的人们在涵养气度上，也得其熏陶。然而，人文科学的知识在发展更新，而一个时代又有一个时代的符号系统与表达、接受习惯，因此二十一世纪初，我社又为读者奉献了一套“新世纪文史哲经典读本”，是为先前两套丛书在新世纪的继承与更新。

“新世纪文史哲经典读本”凝结了普及读物出版多方面的经验：名家撰作、深入浅出、知识性与可读性并重固然是其基本特点；而文化传统与现代特色的结合，更是她新的关注点。吸纳学界半个世纪以来新的研究成果，从中获得适应新时代读者欣赏习惯的浅切化与社会化的表达；反俗为雅，于易读易懂之中透现出一种高雅的情韵，是其标格所在。

“新世纪文史哲经典读本”在结构形式上又集前述两套丛书之长，或将作者与作品（或原著介绍与选篇解析）乳水交融地结合为一体，或按现在的知识框架与阅读习惯进行章节分类，也有的循原书结构撷取相应内容并作诠解，从而使全局与局部相映相辉，高屋建瓴与积沙成塔相互统一。

“新世纪文史哲经典读本”更是前述两套丛书的拓展与简约。其范围涵盖文学经典、历史经典与哲学经典，希望用最省净的篇幅，抉示中华文化的本质精神。

该套丛书问世以来，已在读者中享有良好的口碑。为了延伸其影响，本社于2011年特在其中选取十五种，请相关作者作了修订或增补，重新排版装帧，名之为“中国古代文史经典读本”，以飨读者。出版之后，广受读者的好评，并于2015年被评为“首届向全国推荐中华优秀传统文化普及图书”。受此鼓舞，本社续从其中选取若干种予以改版推出，并得到国家有关部门的支持，多种获得2016年普及类古籍整理图书专项资助。希望改版后的这套书能继续为广大读者喜欢，为弘扬中华优秀传统文化作出贡献。

上海古籍出版社

2017年6月

目　录

导　言

中国文学史上曾出现过无数声名卓荦的诗人，而唐代李贺作为诗歌天才与病态畸零儿的结合，可以说是这个星光灿烂的族群中最为特殊的人物之一。斯人少不更事，生平至为简单，性格乖异而感情胜于理智，沉湎主观幻想，短年抱恨夭折，既无高行特识闻达于世，更谈不上有什么积极的功业建树，在他身上显然缺少一股坚强而充实的人格力量。然而理性气质的乏匮，倒反而有利于他发展成为一个感情意味特别醇浓的诗人。李贺的思想是比较单纯的，他把诗视为全部性命所系，也唯有诗歌才显示出其生命之价值。他终生呕心沥血地构筑诗国华丽的宫殿，并以脆弱的身心支撑着其巨大的艺术创造力。这个世界给予诗人的报偿真是太刻薄了，他罄竭所有精力为世间读者奉献了数百首光彩炫目的作品，自己吞咽的却是一枚愁痛惨怛的人生苦果。

现存李贺的诗集最初由作者自辑，“离为四编，凡二百三十三首”，经过他的好友沈子明请杜牧作序后传播于世。现今我们能够见到的诗作则为二百五十余首，其中除了《李长吉歌诗》所附《外集》内舛有少量伪作外，约有二百四十首左右可以确定出自他本人之手。这些诗歌大多撰于长吉成年之后，体现出了这个爱憎倾向极其鲜明的畸人深情和敏感的一部分，其超迈时辈的艺术成就尤为世人所瞩目。李贺的诗歌创作活动，主要在元和年间文学风尚大变的时期，故与韩愈、孟郊、卢仝、贾岛等人一样倚重苦吟。清人叶衍兰《李长吉集跋》云：“李长吉诗如镂玉雕琼，无一字不经百炼，真呕心而出者也。”如果说李贺在生活当中被迫担受了很多痛苦的话，那末他作诗便是自为地投入了一种苦痛的熬煎。李商隐的《李长吉小传》，尝记及诗人独耽苦吟的一些情状，说他经常骑驴，背一古破锦囊，去野外搜集诗料，遇有所得即书投囊中，及暮归家再重新加以编织提炼，

“非大醉及吊丧日率如此”。他的每一首诗写成，都要耗费过量的精力，难怪他的母亲看到这副样子要感到疼惜和担忧了。这一不计后果的苦吟方式，确令多病而瘦弱的长吉付出了极高的代价，他不能不为此提前预支自己的生命。早夭的李贺一生创作了这么多的佳篇，真可列为诗歌史上的一项奇迹，它们就像一大片夭娜繁丽的花朵，开放在由于过早地贡献出自己的肥力而变得干枯的土地上。

李贺作诗追求离绝笔墨畦径，好造爽肌戛魂之境，酷嗜酸心刺骨之字，肆力藻饰必致殚精竭虑。他如此苦心雕锼，当然并非单纯为了增加作品外观形式的美丽，而且亦旨在寻求他所需要的精神刺激，以便藉助于眩人的艺术形象来发泄一下他内心的郁结。李长吉歌诗是苦闷的象征，也是畸零者人格不和谐的外化和投射，在诗人刻意摹画的事物直观形象背后，大抵均渗透着饱和的伤痛和悲情。钱锺书先生《谈艺录》指出，长吉歌咏草木，“啼”、“泣”等字连篇累牍，恒以达到某种移情效果为圭臬，仿佛是要强使草木来偿还自己的一份恨意和泪债。又基于其背俗反常的审美观念，李贺挺喜欢在诗里频繁使用“死”、“病”、“老”、“血”、“神”、“鬼”、“龙”、“蛇”等字，这些地方状貌确荦，惹人眼目，却同样是长吉感情和注意力的积聚所在。另外，诗人还动辄把迁流活动的形象描写成凝固状态，将纤弱柔软的东西形容得无比坚硬，他不啻善于利用通感赋物造形，并且能娴熟地顺沿感觉的错位去创撰新生的诗歌语汇。试察看他集中一系列用来指称诸多事物的代名词，质其功能似亦在突出和强化被诗人挪移了的瞬间感觉。总而言之，李贺在传递自己接触世界所摄受的感觉方面，诚然要比其他作家多几分强劲的缀染。正因诗人一味谋求作品的表现力度，就时常把他的固执和狭隘带进诗篇，而过分浓厚的感伤气氛总使他塑造的艺术意象呈现出一种病态美。

早在中、晚唐之交杜牧写的《李长吉歌诗叙》中，就对李贺诗歌的艺术成就作了极高的评价，与此同时又指出它们存在着“理不胜辞”的弱点，这个批评道中了问题的要害。综观李贺的诗集，其中虽有《雁门太守行》、

《老夫采玉歌》、《送韦仁实兄弟入关》、《感讽五首》之一、《猛虎行》、《吕将军歌》、《黄家洞》等现实内容较为充实的作品，但对于这位阅世浅薄的青年人而言，既未系统受过经世致用的儒家传统教育，也很少留意所谓君臣理乱之道，他的大多数诗作显然没有灌注多少深刻的社会意义。与其像某些清人主张的那样把李长吉歌诗当做中唐的诗史来读，还不如将其视为一颗不断震荡着的心灵活动轨迹的记录。其实，李贺这个人的襟怀是比较儇浅的，他过度依赖一己之感觉，理性审度则异常不成熟，故而对周围许多现象的认识容易滞留在感性的层面上，即便是他在诗里就天道人事关系所作的一些形而上思考，亦尚未完全跳出人类早年那个朴素的思维框架。李贺不可能仿效杜甫赋予其作品严肃的政治、伦理色彩，诗人的才华主要被用来刻划他精神上的伤痕和缺陷。可以毫不夸张地说，中国历史上恐怕找不到第二位诗人，能够像李贺一样猛力地去发掘自己的灵魂，触及旁人所不敢坦言的痛处，从而将藏匿在他意识深处的幽暗面充分地展露出来。

李贺的歌诗以其个人视角,抒写诗人感触外境事物的独特情怀,它各个部分之间寓含的思想互有关连,汇合起来就让读者认知到一个丰富而充满着骚动的主观感情世界。然细究昌谷集中表现得最为普遍的题意,乃在于凸显出作者多方面的意愿受到压抑后所引起的矛盾冲突。《李长吉歌诗》的核心内容,说到底是演绎了一个人生悲剧,而强烈的情欲则是诗人与生俱来的悲剧根源。

于此我们不宜忽略了李贺"唐诸王孙"的贵胄身份,一般地说,贵族观念与享乐思想有着天然的亲缘关系。但也可能由于李贺年轻任性而特别缺乏理智,他面对个人生活的许多方面,总是像孩子那样保持着热烈而固执的欲求。诸如他企羡丰盛豪华的物质享受,冀望获得特殊荣宠的际遇,把功名视为一种人生权益而很少考虑到为社会奉献些什么。他有紧迫的求生意志,对不断逝去的光阴反应至为敏感,一想到人有死亡这个大限就刺促不安,有时在表面的旷达下仍隐藏着对人世深挚的眷恋。诗人这种生命的惶惑,不仅体现在《秋来》、《感讽五首》之三、《浩歌》、《苦昼短》、《官街鼓》、《铜驼悲》、《相劝酒》等感叹年命至促的篇什里，而且像《公莫舞歌》、《雁门太守行》、《老夫采玉歌》等现实性较强的诗作，也同样糅合着他对于生命问题投注的关怀。陈贻焮先生《论李贺的诗》一文述及《老夫采玉歌》，就指出其作意也是在描摹和体味人处于生死转折刹那间的那种心理变化。而且出自他耽欲的天性，这个青年人还急切想在男女爱情方面品尝一下人世间所能给予的快乐。我们从《恼公》、《蝴蝶舞》、《花游曲》、《后园凿井歌》等一连串仿袭宫体艳歌的诗篇中，可知他对那些贵公子及世家子弟逾闲荡检的放纵生活十分向往，甚至因为没有得到他本人应得的一份而产生激愤和嫉恨。李长吉的思想通常是朝着一个方面流淌的，断然不能调节自己的感情，在他内心深处绝少顾及伦理道德的约束，而是肆志任情地让功名、长生、衣食、男女等各种欲望充斥整个灵魂。

具有明显嘲讽意味的是，李贺的实际生活状况又极苦厄，非惟他的仕途困踬偃蹇，生计艰难穷拙，“宗孙”、“皇孙”云云莫非徒托空名，其爱好声色的风流习性偏又配着一副奇寝古怪的外貌，连自己的身体亦久罹痼疾，衰颓病变的迹象接踵而来，死亡的阴影说什么也不能在他心上消释。不管长吉有无结褵婚配问题现在大家的意见如何不同，他在爱情方面遭遇之蔽塞这个事实还必须承认。上述主观愿望和客观现实情况的尖锐对立，无疑是李贺常在精神上陷入苦闷和沉沦的主要症结。由欲望首先促成了心意识的萌动，感情的潜流遇到阻梗时就激起浪涛，执着求取的结果转而带来失望的叹恨，诗人似乎无时不在对人生现象进行究底的探索，而人生这个谜团委实不是靠敏感心灵的思考所能开解的。长吉的歌诗之所以表现得这么思绪联绵，低回悲怆，喜好穿幽入仄而词调诡激，惯于从消极方面去透露宇宙人生消息，这一切，实则都导源于他不能正确看待现实与理想之间存在的偌大反差。

不过从文学研究的角度着眼衡量，李贺毕竟是个擅长想入非非的天才，他纵然无法在现实生活中实现自己的人生祈愿，但决不会放弃通过艺术创造来寻求某种对现存缺陷的补偿。今按其《高轩过》诗所云之“笔补造化天无功”一句，原是对韩愈驾驭诗文宏壮才力的赞扬，唯移之于观察他本人的写诗特征则更具针对性。李贺有惊人的创造象征物的才能，他极善借助幻想和丰富多彩的直觉，把自身对于缺失的感受灵敏地置换到它的相反方向，由之使这些“笔补”概以想象性的愿望形态出现。譬如他经常憾恨自己的身体多病萎弱，就偏爱镂刻坚固强硬的物象，乃至在表现一般自然界的物候景观之际，也屡取金属玉石一类坚硬的事物来作比喻。又缘于他对时光流注及世间万有之不断生灭变化怀有恐惧心理，故尤喜绘写凝固状态的意象，并且在动词的应用方面亦不惜放量多著“凝”字。比以上二事更加有趣的，是诗人长时期受到鬓发斑白和凋落的困扰，这一早衰病象引起的烦恼，竟驱使他特别倾心于摹状青年女子稠密沉腻的头发。姑拈举其《美人梳头歌》为例，此中即以倩艳笔调尽意叙写一位少女的长发之美，用词浓缛而描摹弥富逼真感，通篇洋溢着微妙生机和青春气息，信是一首宣示此类逆反心理趋向的典型作品。

诗人久厌自己所处的现实世界，遂特好作打破时空界限的奇思异想，俾力求将愿望和冲动的纵情表露放在他营造的幻觉世界里。鉴于如此，故《李长吉歌诗》所涉的形形色色意中乐土，大率均被渲染为各种人生期欲得以自由舒展的地方。洵如《大堤曲》、《湖中曲》、《江南弄》、《石城晓》等篇，作者从南朝乐府的叙述中激起兴奋，心神腾飞宛若置身吴声西曲的故乡。是处风土湿润，水浪萧骚，天际云影差池，湖面上的一顷白色菱花竞相开敷，在这里聆听楚吟吴歈，备尝鲜鱼美酒，适足洗涤其枯燥现实生活带来的烦闷。而当地女子表达感情之大胆直率，也恰好迎合了他渴慕异性垂青眷爱的精神需求。再如《贵公子夜阑曲》、《夜饮朝眠曲》、《将进酒》数阕，俱专意摹画五光十色的贵胄宴饮游乐生活，着力突出在场的当事者多方面的感官体验，其间之夸饰和形容堪称淋漓尽致，真让读者觉得诗歌所烘托的主人公就是长吉自己。此外如《宫娃歌》、《荣华乐》、《梁台古意》、《秦宫诗》、《贾公闾贵婿曲》等，则大事铺陈前代宫闱及豪贵之家的行乐图景，在诗人艳羡的笔触下有时还夹杂几分嘲诮的语调，他深恨这样的奢侈生活方式尽属他人却与己无关。《宫娃歌》、《荣华乐》诸篇牵涉到的古代宫嫔姬妾颇多,李贺对她们任人摆布的遭遇不无同情之辞,但隐蔽在其心底的潜意识,是想使那些为他钟爱的灵魂撇开障碍完美地归属于他。至于说到《天上谣》和《梦天》,又进而把这种欲望的升华汇总抬举到一个新的高度。这两首诗都是写诗人超尘陟天,逍遥于神仙境界,挣脱阨塞环境与自然规律的束缚,不啻在生命问题上掌握绝对的自由,而且还有遇合仙姝等一类倾炫心魄的乐事,他俨然已进入一个圆满地体现着其人生憧憬的理想家园。诗人在实际生活里碰到的种种矛盾和苦恼,至此似乎亦得到了片刻的调和。

长吉的诗又多表现鬼魅世界,这类特殊的艺术创造,来源于他心灵苦闷至极而生起的幻影,又标志着诗人的精神冲突已逐渐接近坼裂阶段。不管李贺何等偏执沉迷梦幻,诸如此类全凭主观意念臆造出来的虚拟乐土,固难长时间地起到慰安与维系人心的作用。一旦他从杂乱缤纷的幻觉中清醒过来,准会骤然感到失魂落魄,而死亡作为一个严酷的存在,对人生的价值问题最终提出了否定的答案。《李长吉歌诗》之内有多首作品写到坟墓,它或在荒草田垅的包围之中,或在冷雨凄风的侵袭之下,或笼罩在纵情声色、及时行乐的尽头,非常形象地显示出诗人绝望和幻灭的心境。但这样的归宿并不是李贺所乐于接受的,他至为珍惜依附自己生命的活力与才华,不甘心大暮永恒的沦灭,譬如《秋来》诗的终篇两句,"秋坟鬼唱鲍家诗,恨血千年土中碧",就是从他幽郁情怀里迸发出来的抗议和绝响。李贺咏叹死亡这一主题辄觉惊心动魄,并过多地依靠心神颠倒来触发灵感,老是让不自然的精力消耗招致恶劣的后果。他为了增加生命的密度不停地饮酒,也在痛饮生命之酒的过程中加速毁坏自己。诗人仅仅活了二十七岁,便匆匆离开了他挚爱和怅恨的人间世界。《李长吉小传》记其弥留片刻,谓有一神人前来召他到天帝新成的白玉楼中去当书记。这乍听起来好像是个杜撰的故事,实则纯为濒临死亡的人谵妄和神志迷瞀的幻觉,就中不但泄露出长吉久藏在心坎的潜愿,还刻下了他儿时语言的记忆。寓托在这个白日梦里的错乱意识,多么有力地反衬出诗人一生遭遇的不幸和悲惨。

“天上玉楼终恍惚，人间遗事已成尘。”李贺这位奇特的天才逝世已达一千多年，这段漫长的岁月销铄了许多历史陈迹，而他苦心营造的诗歌艺术迷宫却依旧矗立在人间，并以其诡情幻彩与高度的独创性赢得后代无数读者的惊叹，这一点足以使长吉留名千古而不朽。李贺的诗从整体上讲，属畸零者扭曲精神状态下的产物，其中透现出来的是一个古代没落贵族诗人疲惫的背影，本身就带有诸多病态和缺陷，当然不可能从正面给人以生活的启示。但话又说回来，昌谷集中众多瑰丽卓异的精粹杰作之所以能在文学史上独树一格，在很大程度上还要归因于李贺对诗歌的病态执着。在李长吉的身上，可谓体现着生命与诗艺的同构合一。他毕生忘我耽爱苦吟，犹如铸剑的良工舍身投入烈火喷涌的炼炉，独自担荷痛苦而让世人饱赏他所陶熔锻造的艺术美。这一创作过程，无异是上述二者颤栗人心的交响。李贺创撰的诗篇通常摈弃对客观事物的形似摹写，注重援用作者本人的意向去润饰和美化自然，大凡都展现出极强烈的主观色彩，经由他超常艰苦的酝酿构思，遂而成就了其笔补造化的绝世奇功。李长吉歌诗毋庸置疑是我国古典诗歌优秀遗产的一部分，理应受到后人的珍视和认真研究。

我们合作的这本《李贺诗选评》，正是按照上面叙述的这些认识来着手编撰的，重点是介绍李贺其人其诗，分析与评论则一秉实事求是的态度，力求还原李长吉这位古人的真实面貌，殊愿接触过它的读者能对诗人产生一份同情和理解。在此，想就本书的若干体例问题及相关事项作些简要的说明。

第一，有鉴于李贺平生耽好幽眇之思，恒久沉溺幻觉意象，故昌谷集内多数作品无法进行确切的系年；而原有的四卷本附《外集》一卷的纂合体例，又殊难让后人提挈出其间的主要精神所在。因此我们这个选注本的编次，尝试采用部类区划的方法，即参详入选诗篇所显示的题旨，将它们析为六大类型，分别予以注释和介绍，并在可能情况下尽量照应到此中部分篇章的写作年序。这样做的出发点，无非是为了便利读者感触诗人情智活动的脉络，俾对其性格行为与心理结构达成较为完整、明晰的认知。

第二，晚近文学史家根据杜牧《李长吉歌诗叙》的记载，审定李贺生于唐德宗贞元六年(790)，卒于唐宪宗元和十一年(816)。遵循这一考订成果，许多学者俱将诗人的生卒年厘为公元790年至816年。唯中西历制的转换时常遇到跨年度问题，弄不好会导致某些误差，故亦有不少研究者改从公元791年至817年一说。这两种说法互存小异，实际上出自同一条材料来源，而且迄至今日谁也没有找到一例确证，可表明诗人之出生及逝殁，刚好都处在中西纪历跨越年度的那段时间里面。据此晓知，采用公元790年至816年来表示李贺概然性的生卒年代，仍不失是比较稳妥的处理方法，本书即以此作为推算长吉部分歌诗撰作年份的基准。

第三，在文字校勘方面，我们以清王琦《李长吉歌诗汇解》为工作本，参据《续古逸丛书》影印宋刊本(简称"宋刊本")、上海涵芬楼影印瞿氏铁琴铜剑楼藏金刊本(简称"金刊本")、日本内阁文库藏朝鲜活字本(简称

“日本内阁文库本”）改正了一些错字。书中个别文字的改动，也采纳了叶葱奇、林同济等前辈学者的校勘主张。本书所做的校勘，主要解决传本刊刻过程中的讹、舛、衍、脱等问题，原则上不作文字异同校。

第四，本书的注释工作，贯彻博观约取、广参慎择、折衷去就、间出己意的原则。考虑到李长吉歌诗含意幽奥，不易理会，故除了诠释名物、词义之外，兼而顾及诗中难句文义的疏通。举凡征引古今诸家的独到见解，悉皆附注出处，这一方面旨在彰明先哲时贤所作的积极贡献，另一方面亦希望有助于读者从李贺研究的源流中来阅读诗人的作品。

第五，诗歌的述评致力于揭櫫题意及阐介艺术特色，注意发掘作品寓藏的人生哲理与诗人特定的创作心态，并重视撷取海内外学者具有参考价值的研究成果，使之体现较丰富的学术信息含量。本书编撰伊始，即承吴企明、罗时进、周尚义、荒见泰史诸先生惠赠多种论著的复印件。而书中所尝移录之日语资料，乃由邵毅平、吴正岚、卢宁三同志分头译出，其中吴正岚同志担负的工作量尤多；至及英语资料部分，则是请陈引驰、江玲两同志帮助翻译的。责编奚彤云同志细心审稿，甄别疑似，为保证全书的质量倾注了大量精力。所有这些帮助和支持，对编撰者来说都显得十分宝贵，爰加明识，用申敬谢。

囿于我们的学养识见，本书疏陋失当之处诚属难免，期盼广大读者多赐教言。

2004 年 7 月

一、乡恋、病态和贵公子的梦

才具卓绝的诗人幸有灵秀山川作伴——李贺故居福昌昌谷所在地(在今河南宜阳城西六十华里的三乡乡境内),系洛水及其支流连昌河的交会之处,又当长安至洛阳的两京驿路冲要,地形高低参差,饶多山陵丘壑,连昌河自西北向东南缓缓注入洛水,在它两旁形成了一大片平旷幽美的谷地,“昌谷”因此得名。

据杨其群先生的考辨,长吉一家生活止宿的“昌谷山居”,应坐落于连昌河西侧两个锐峭长圆形山体中间一条大涧沟的出口处,即《南园十三首》第十一首所云“长峦谷口”附近的坡地上。其处地势稍高,北靠汉山,滨临涧溪,东南与三乡驿及福昌宫相望,举目前瞻,川原广阔，洛水从南边流过，两岸畴野葱青，再往西南远眺，便是一条由绵延起伏的峰峦构成的轮廓线。日本学者森濑寿三先生赴昌谷实地勘察，对此亦有深切的体认："哺育了感觉极其敏锐的天才诗人李贺的这一块天地，北面不远处背负着青山，洛水从南边流过，眺望前方可见到银屏山、女几山等名山。"(《李贺古里考》)女几山上有座兰香神女庙，其中形姿娟秀的仙女塑像引人瞩目，曾经长久地在诗人潜意识里激起遐想。在李贺笔下得以重现的，还有昌谷山居前后桑麻掩映的原野和陂陀，乳燕交飞的故乡天空，五月的秧田，泛舟清溪的月夜等等，无一不与精湛的诗句一起散发着永久的魅力。

在如此美好的一方乡土度过童年自然是幸福的，可惜的是美丽的故乡荫庇不了日渐长成的诗人。李贺虽是唐高祖李渊的叔父大郑王李亮的后裔，也算得上是宗室，但至中唐与皇族的关系已甚疏远，无法从中获得较多的实际利益。尽管长吉家中可能也有他诗中所说的"越傭"、"巴童"，不过父亲李晋肃的早逝，使家中的日子不免寒素清俭。然而，在情感方面他同在外为宦的父亲接触原本就少，父亲故去后母爱顿时放大，再加上长吉体质单薄，母亲郑氏对他的关怀和呵护自然要多于对他的姐姐和弟弟。敏感的李贺恬然享受着他在家中的优越感，这对诗人的性格取向决然产生了重大的影响。束发之前的李长吉，殊少留意儒家经世致用之术，道书与佛典成了他的精神养料，同时又酷嗜《楚辞》、乐府、六朝小说、游仙诗和宫体艳词，因此他很早就开始耽于非非之想，重视心灵体验而疏于与人交往。他最喜欢做的事是叫上一个小童为侣，到山泽田野去欣赏景物的无穷变化，聆听万籁的嘘吹和鸣，持一“古破锦囊”收集诗料，回家后再加精心排比组织。李贺擅长刻画处于瞬间的自然事物的直观形象，对色彩和声音的感受尤其敏锐，究其诗歌一些主要创作特色的来由，都可追溯到诗人儿时的习性和经验。显然，昌谷的山水美景以及山居读书生活，不仅涵育了他幼稚柔弱的灵魂，而且培植了他对诗歌的爱好。昌谷是李贺一生的起始、基点和归宿，是他精神上赖以慰藉的温馨家园。为此，诗人不仅居住兹土时曾撰作大量写景咏怀的篇什，即使在他羁旅淹滞长安、洛阳等地期间,犹有许多思乡的章句问世。诸如《昌谷诗》、《南园十三首》、《昌谷北园新笋四首》、《春归昌谷》、《始为奉礼忆昌谷山居》、《勉爱行二首送小季之庐山》、《示弟》、《题归梦》众作,流淌不尽的总是那股醇浓的乡恋和亲情。

诗人的不幸在相当程度上应归咎于不幸的时代。李贺生世上承"安史之乱"的余绪,他二十多年的生涯又逢强藩交乱、兵燹频仍,大唐王朝不可逆转地走向它的衰落。昔日盛世的辉煌仅成勾引怀恋哀悼的幻影,对时局发展前景固难寄予乐观的期待。缘于与日俱增的不安定情绪,那时的士人普遍感到精神空虚,盛唐文士的热情浪漫一变为冷淡的哀伤,内倾的怪谲代替了外露的坦荡。与此相连,人们的价值观念也在迅速改变,传统见解开始遇到挑战,注重现实反被认为是鄙俗的陋习,严肃的理性思考遂为众人所抛弃。世人对于客观现实的沮丧和失望,最终导致他们盲目地去追求主观体验。中唐社会衰颓、窒息的生活现实,成了酝酿和萌生众多病态人格的温床。李贺其人内向孤僻,理不胜情,颇好放纵自己躁动的欲念,惯于沉溺幻觉境界,从客观成因来讲正是当时士大夫时代病的反映;若着眼于个体因素,李贺健康状况不佳,以及仕途蔽塞等多方面原由,也发挥了显著的作用。

造化似乎有意要拨弄我们的诗人,与其年岁增长如影随形而来的是疾病的摧逼。李贺体弱多病可能有些先天不足,在母亲纤屑不遗的关照中长成的柔肌脆骨,又缺乏足够的抵御疾病的能力;而性格多愁善感、毫无节制的苦吟,更是严重地损害了他的身心健康。长吉《昌谷读书示巴童》诗云:“虫响灯光薄,宵寒药气浓。”《南园十三首》其九云:“泻酒木兰椒叶盖,病容扶起种菱丝。”《伤心行》云:“咽咽学楚吟,病骨伤幽素。”《出城寄权璩杨敬之》云:“自言汉剑当飞去,何事还车载病身。”《示弟》云:“病骨犹能在,人间底事无。”《潞州张大宅病酒》云:“病客眠清晓,疏桐坠绿鲜。”足以证实病痛和服药乃是李贺生活中一项重要的内容。此公尚未成年,头上的鬓发即开始斑白和凋落,以后的情势更是每下愈况。这一早衰迹象会同其长相的不尽人意,可随时招致他的烦恼和眩惑,进而将他驱入人寿短促的忧虑之中。李贺对于生死问题素来敏感,惟其如此才格外希望及早登身要津,但他刚涉足仕途即遭惨重打击,继而曳裾奉礼、沉沦下隶,乃至客游潞幕、寄食他方,一生多数时间俱虚耗在潦倒落魄之中,以致衰老和死亡的阴影常沉甸甸地挤压着他的心灵。死诚怖畏可悲,生亦百无聊赖,他等闲消磨青春大好光阴,终日惶恐蹴踖,焉能不为世途无涯与人寿有限"这一永难克服的矛盾深感悲痛"(陈贻焮《论李贺的诗》)。既然人之生存于世具有了为受诸快乐而设的自我主体,那么为什么他从外部世界得到的感受却以苦恼居多?这个自我主体业已禀具才智与情识,为什么又如此脆弱不坚、终将迁灭,同时还免不了会有这样或那样的缺陷呢?这些曾困扰过无数古先民的疑惑,信非李贺能够开解,心中理想恒为现实所不容,他的精神结构难保不失平衡。

李贺抒泄的怀才不遇愤闷侘傺,并未逾越封建时代文士普遍呈现的思想表征范围;唯因其执著于贵胄身份而带来的一系列内心冲突,方属诗人异乎寻常的独特情结。他徒具本朝皇室诸王裔孙的名义，实际境遇则不胜寒伧迫蹙，由此名实脱节所造成的心理障碍，当为其莫能正视生活的主要原委之一。康骈《剧谈录》尝载，元稹明经擢第后去拜访李贺，李竟揽刺而不答。尽管这条材料缺乏史实依据，却入木三分地言中了长吉的虚荣轻熳和天真势利，他秉性高傲且衰于偶合，处身落拓穷愁还要摆空架子。读《李长吉歌诗》可见饶多篇什表现古代豪门戚畹的奢靡生活，就中除了包含一些历史人事匆遽代谢、荣华富贵不足恃怙的感讽内容外，实深恨若此美事与己无关而从属于他人。当这位活得很不称意的"唐诸王孙"确切体认其本身的价值时，就极容易进入一个由他自己心造的梦幻境界，于是专断而固执地认为：致身通显并享受与这贵公子地位相配的物质待遇，原本是他应得的那份人生权利。李贺集中有好几首受宫体诗感染特深的乐府歌辞，如《贵公子夜阑曲》、《夜饮朝眠曲》等，俱将那种贵胄宴饮游乐场面摹写得光彩眩目，夸扬形容情兴勃发，真好像是作者亦参预其间而实现了平生的夙愿。由于李贺牢固地执持其贵族生活意识，这就注定了他要比别的寒素士子负载更多的失落与惆怅。因此，在《李长吉歌诗》里所呈现的诗人自我形象，终不免是病态的。

南园十三首[①]（选五）

花枝草蔓眼中开[②]，小白长红越女腮[③]。
可怜日暮嫣香落[④]，嫁与春风不用媒[⑤]。

① 南园：泛指作者昌谷故居以南一大片田畴平地。杨其群《李贺咏昌谷诸诗中专名考》谓："原"与"园"二字义可相通，凡李贺宅南"可种谷给食"的大片平地，均可称为"南原"，亦称"南园"。这是组诗中的第一首。

② 花枝草蔓：各种木本和草本的花卉植物。

③ 小白长红：春花色泽红白相映，形状小大间杂。越女：越地（今浙江绍兴、诸暨一带）女子，美女的代称。

④ 嫣（yān）香：娇妍芳香。

⑤ 嫁与春风：意谓花瓣在春风中飘荡坠落。

男儿何不带吴钩[①],收取关山五十州[②]。
请君暂上凌烟阁[③],若个书生万户侯[④]?

① 这是组诗中的第五首。吴钩:一种头部呈弯钩状的佩刀。

② 五十州:指当时被藩镇所占领割据的山东及河南、河北五十余州郡。

③ 暂上:一上,试上。凌烟阁:唐代旌表功臣的殿阁。贞观十七年(643),唐太宗为表彰太原首义和秦府功臣,命阎立本绘长孙无忌等二十四人画像于凌烟阁。

④ 若个:哪个。万户侯:受封食邑达一万户的侯爵,借指高位厚禄。

寻章摘句老雕虫[①],晓月当帘挂玉弓[②]。
不见年年辽海上[③],文章何处哭秋风[④]?

① 这是组诗中的第六首。寻章摘句:谋篇琢句,写作诗文。老:终老。雕虫:指琐屑小技。

② 当:临。玉弓:残月弯如雕弓。以上两句写诗人苦吟不

辍,乃至通宵达旦。

③ 辽海:即今辽东半岛,因其南临渤海,故称辽海。

④ 哭秋风:悲秋的意思。此句暗用宋玉《九辩》"悲哉秋之为气也"名句,意谓纵使写出宋玉那样的悲秋名篇,亦徒劳无用,不如带刀从军、力战疆场之易于建立功业。

泉沙耎卧鸳鸯暖①,曲岸回篙舴艋迟②。
泻酒木兰椒叶盖③,病容扶起种菱丝④。

① 这是组诗中的第九首。耎:同软。

② 舴艋(zé měng):小船。

③ 泻酒句:言将酒倒在木兰木制成的容器内,盖上椒叶。曾益《昌谷诗解》:"木兰堪以贮酒,椒叶盖,受辛香也。"泻,倾倒。

④ 病容句:言诗人抱病搀扶初起,乘小船载酒种菱。菱丝,菱叶下的须茎。

小树开朝径①,长茸湿夜烟②。

柳花惊雪浦[3]，麦雨涨溪田。
古刹疏钟度[4]，遥岚破月悬[5]。
沙头敲石火[6]，烧竹照渔船。

① 这是组诗中的第十三首。朝径：清晨的林间小道。

② 茸：细草柔润茂密之貌。

③ 柳花句：暮春时节柳絮飘落沾满了水滨，其色洁白如雪，惊人眼目。浦，水滨。

④ 古刹：古寺。度：传送。

⑤ 岚：山里的雾气。破月：半月。破，剖也。

⑥ 敲石火：敲石取火。

《南园》组诗收录近体诗十三首，为李贺应进士试受挫回昌谷闲居时陆续吟成，撰作时间可系于唐宪宗元和六年（811）春夏之交。该组诗前十二首全以七绝行篇，在“南园”的统一命题下，状物抒怀交替互摄，寄旨侧重略呈小异，即以上述几首入选诗作而言，或对景兴发容华易谢的嗟叹，或直言宣泄恃才不遇之愤闷，或展示自己闲居家园的慵懒心情，末篇则以五言律诗作结，以更广的视野展示当地一天自朝至暮物候景色的变化——那就是诗人可爱的故乡。组诗语言幽闲畅净又不乏赡丽之美，构成了一个具备相同写实风格和抒情特质的有机整体，其中萦绕着摆脱不开的落拓情思。

我们不难理解，像李贺这样没落的王孙贵胄，当然渴望通过入仕重振家业，并将这种努力视为实现自己人生理想的根本途径。然而命运多蹇，“名讳”事件宣告李贺企图靠试进士举致身显达的梦想就此破灭；铩羽而归的李贺内心的震荡该是怎样的剧烈，好在有故乡的风光和家人的关爱对他实行精神疗伤。以故体现在这组诗里的诗人心境，比起他往日困踬长安所吟的那些歌行要略显缓和一些，但基调仍不免忧郁感伤。

《南园》第五首，乍读之下仿佛诗人真有投笔从戎的豪情。然而，问题是李贺体质羸弱，素无经略之才，所可恃者唯有手中的诗笔，并甘心为之呕心沥血，“寻章摘句老雕虫”正其自谓也。在这种情形下，李贺发出“男儿何不带吴钩，收取关山五十州”这种高调言辞，委实显得不着边际，充其量不过是为他萎缩的心灵注入一针兴奋剂罢了，没有任何实践意义。对此，鲁迅先生《豪语的折扣》一文所见甚是：

> 仙才李太白的善作豪语，可以不必说了；连留了长指甲、骨瘦如柴的鬼才李长吉，也说“见买若耶溪水剑，明朝归去事猿公”起来，简直是毫不自量，想学刺客了。这应该折成零，证据是他到底并没有去。

大凡李贺在其他场合讲的一些“豪语”，均应作如是观，远不及《南园》第六首“文章何处哭秋风”的牢骚叹息来得真实。

还有一点需要说明，近世研究者颇多注意李贺与李白的艺术承传关系，而鲜少顾及长吉对杜甫诗艺的吸纳融会。事实上，李贺同李白在创作上的感触相通，主要凸现于他的七言古诗和乐府歌行；昌谷集内若干贴近现实生活的乐府诗和近体众作，则留下诸多蒙受杜诗影响的痕迹可供我们辨认。如《南园》第九首“泉沙耎卧鸳鸯暖”句的诗境，明明白白脱胎于老杜《绝句二首》“沙暖睡鸳鸯”句；第十三首运用五言律诗体裁虽格调尚欠老成，但全篇四联注意对仗，修辞设色复极工细，原其造物赋形的突出征状，似与杜甫某些写景五律殊为接近。昌谷不以创拟律诗见称，然偶而为之辄觉精美可诵，盖亦深得少陵遗法之神髓者欤。

昌谷北园新笋四首[①]（选二）

箨落长竿削玉开[②]，君看母笋是龙材[③]。
更容一夜抽千尺[④]，别却池园数寸泥[⑤]。

① 北园：李贺昌谷山居宅北之坡地，其间多植竹。杨其群《李贺咏昌谷诸诗中专名考》云：李贺宅北丘陵上的坡地，可称为昌谷北原，也就是“昌谷北园”。

② 箨落句：意谓笋壳脱落，纤长的嫩竹就像新削的碧玉一样显露出来。箨(tuò)，笋壳。长竿，指竿子纤长的新竹。

③ 母笋：大笋。龙材：奇伟珍稀之材。《古诗》云：“万箨抱龙

儿。”可知古人好将粗壮的竹笋视为“龙材”。

④ 更容：再让。抽：上长。

⑤ 别却：离去。池园：即北园，因其地凿池沼，故云。以上两句，诗人寄意新竹能在一夜之间遽长千尺，拔起于池园泥土之中。

斫取清光写楚辞①，腻香春粉黑离离②。
无情有恨何人见③？露压烟啼千万枝④。

① 斫(zhuó)取清光：刮去竹子外缘的青皮。写楚辞：书写《楚辞》之文句。

② 腻香：浓香。春粉：粘附在竹上的白色粉末。黑离离：指写在竹上的一行行墨迹。

③ 无情：这里用作竹的代名词。佛家将世间所有事物分为有情、无情两大类，因竹不含情识，属于无情物，故称无情。见：发现，察觉。

④ 露压烟啼：竹叶上的积露隔着烟雾观看犹如啼泣的眼泪。

《昌谷北园新笋》第一、二首，借新竹为喻咏物寄意，集中表达作者的人生期许和牢骚侘傺，纵其笔调委婉，但措思尚属显豁。像第一首诗从竹笋初长放眼其高耸千尺的未来，谁都能感受到这是诗人在借此自喻。唯第二首“无情有恨何人见？露压烟啼千万枝”一联，诠释起来稍有难度。这两句诗意其实承前一联而来，略谓诗人一时情兴所发，题写《楚辞》文句于青竹之上，以泄心中郁积，并由此连类而及，引起下文：殆竹虽为无情之物，然亦自有愁恨，试看这千枝万枝竹叶上的积露，不正是它们在烟雾中啼泣的眼泪吗？

今读贺集诸家注释，往往未能尽揭其义，关键错在对第二首“无情有恨”一词的把握上。自曾益、王琦以降，注家具体文字虽互有异同，但在两个关键问题上意见完全一致：一是认为“无情有恨”乃指“《楚辞》有恨”，也就是说“有恨”这一情感特征所归属的主体是写在竹上的《楚辞》文句，而不是竹子本身；其二，与产生以上认识紧密相关，还在于这些注家都把“无情”当作一般的形容词来看待。这一词性的错判导致了对诗意的误解,因为它完全忽视了“无情”一语在佛法鼎盛的唐代社会,已被赋予了另一层特殊内涵,从而具备充当一个代名词的可能。

今考佛教典籍界定事物,依其最粗廓之区划,通常都将世间万有分为“有情”与“无情”两大品类。举凡人类与畜兽、翎禽、鳞介、昆虫等所有动物,皆因其含有情识而被统称为“有情”;至若竹木、花草、瓦石、尘土及乎山河、日月、大地等,即一切植物和无生命的物体,亦由其俱无情识而谓之“无情”。汉译佛经中与此相关的材料,随在可见,兹举数例。真谛《佛性论》卷一云:“约有情无情,摄一切法皆尽。”竺佛念译《菩萨璎珞经》卷三云:“复次如来至真等正觉,当说法时,降甘露法雨,有情无情,有识无识,普使周遍,皆蒙润泽。”若那跋陀罗译《大般涅槃经后分》卷上云:“我以摩诃般若,遍观三界,有情无情,一切人法,悉皆究竟。”玄奘译《阿毗达磨大毗婆沙论》卷七八云:“以爱能摄有情无情,内外诸事,是故遍说。摄有情者,由爱势力摄受妻子、奴婢、作使、象马、牛羊、驼驴等事;摄无情者,由爱势力摄受宫殿、舍宅、珍财及谷麦等。”

亟应注意的是，“无情”一词还从佛典进入了世人的言语范围。自南北朝末迄止中唐时代，关于竹木、花草等“无情”究竟有无佛性的问题，曾演为佛教界人士长期争执不休的话题。唐代佛法鼎沸，牛头山法融禅师提出“青青翠竹，尽是法身；郁郁黄花，无非般若”的义学命题，极大地引发了佛性论者的兴趣，一时附和者颇多，却遭到禅宗荷泽神会的坚决反对，终因天台宗九祖荆溪湛然力主“无情有性”说，遂使这场论辩归于沉寂。在此前后，“无情”一词的使用频率陡增，成为士大夫的常用语。转被诗家采入翰篇，绝非偶然，如李白《月下独酌》末两句“永结无情游，相期邈云汉”，便是一例。在此诗中，太白以其飘逸不羁的才情吟道：“花间一壶酒，独酌无相亲。举杯邀明月，对影成三人。”故其所咏叹的“永结无情游”，是指他要与花、月、影等没有情识的事物相亲交游。“无情”在这里，显然是充当了一个代名词。

李贺平生嗜读浮屠之书，对“无情”、“有情”之类释典名相绝不陌生。《昌谷北园新笋》第二首中的“无情有恨”系主谓结构，“无情”代指青竹，在遭受仕途挫跌的诗人的移情作用下，原本“无情”的青竹成了满怀憾恨的物主。如此理解，末句“露压烟啼千万枝”也就有了十分惬当的主体归宿。“无情有恨何人见”句中，“无”、“有”相反相承，“情”、“恨”复叠累加，具有极强的艺术概括力，晚唐陆龟蒙《咏白莲》诗第三句蹈袭此意，竟至一字未改。

“无情有恨”见诸《昌谷集》，虽仅《北园新笋》一处，但作为一种特殊思想意念，在李贺诗歌作品中时时闪现。李贺的歌诗是苦闷的象征，也是畸零者人格不和谐的外化和投射。因此，他笔下精致刻画的竹木花草之类自然物形象，往往同《新笋》里写的“露压烟啼千万枝”一样，透溢出悲愁忧郁的情愫。钱锺书先生《谈艺录》即曾指出，长吉歌咏草木好用“啼”字、“泣”字，如《苏小小墓》“幽兰露，如啼眼”，《昌谷诗》“草发垂恨鬓，光露泣幽泪”，《春归昌谷》“细绿及团红，当路杂啼笑”，《黄头郎》“竹啼山露月”，《秋凉诗寄正字十二兄》

“露光泣残蕙”,《伤心行》“木叶啼风雨”,《李凭箜篌引》“芙蓉泣露香兰笑”,《梁台古意》“兰脸别春啼脉脉”,《南山田中行》“冷红泣露啼娇色”,《湘妃》“九山静绿泪花红”,《五粒小松歌》“明月白露秋泪滴”等,这一系列情景交融的生动描写,驱使竹木花草来偿还诗人说不尽的恨意和泪债,从创作手法上去评论,均可视为“无情有恨”的具体化和形象化。负荷着沉重痛苦而别无排遣途径的李长吉,需要借助这些叫人酸楚怜悯的艺术形象,来淋漓尽致地发泄幽闭在他内心中的能量。

兰香神女庙[①]

三月中作

古春年年在[②],闲绿摇暖云[③]。松香飞晚华,柳渚含日昏。沙砲落红满[④],石泉生水芹。幽篁画新粉[⑤],蛾绿横晓门[⑥]。弱蕙不胜露,山秀愁空春[⑦]。舞珮翦鸾翼,帐带涂轻银[⑧]。兰桂吹浓香[9],菱藕长莘莘[10]。看雨逢瑶姬[11],乘船值江君[12]。吹箫饮酒醉,结绶金丝裙[13]。走天呵白鹿,游水鞭锦鳞[14]。密发虚鬟飞,腻颊凝花匀。团鬓分珠窠,浓眉笼小唇[15]。弄蝶和轻妍,风光怯腰身[16]。深帏金鸭冷,奁镜幽凤尘[17]。踏雾乘风归,撼玉山上闻[18]。

① 兰香神女庙:即女几庙,在李贺昌谷山居西南三十余华里的女几山上。庙中所供兰香神女,系传说中在当地修炼成道的一位女仙。

② 古春句:自古以来春色年年如此。

③ 闲绿:指绿意葱郁的草木。

④ 沙砲:沙中的小石子。

⑤ 幽篁句:说竹节上粘附着新生的粉末。篁,竹丛。画,同划,此指竹节。竹节之于竹身,状若划然,故云。新粉,参见前《昌谷北园新笋》"春粉"注。

⑥ 蛾绿句:言当门远处青山在望。蛾绿,妇女画眉用的青黑颜料,亦称螺子黛,这里指青翠的远山。

⑦ 愁空春：言春色骀荡空灵犹自闲愁。以上十句描写神庙周围的自然景色。

⑧ 舞珮二句：神女的环珮饰物刻作鸾翼之状，帐带则用银屑加以描画。

⑨ 兰桂：此指所供养的香花。

⑩ 莘莘：众多貌。以上四句历叙庙内神女像庄饰华美，香花及时新食品供祭丰赡。

⑪ 瑶姬：巫山神女。

⑫ 江君：湘君。王琦《李长吉歌诗汇解》云："瑶姬即巫山神女……以其朝为行云，暮为行雨，故看雨而逢焉。江君即湘君也，以其为湘江之神，故变称江君。《楚辞·湘君》云：'沛吾乘兮桂舟，令沅湘兮无波，使江水兮安流。''乘船'字本此。"

⑬ 绶：用于系结佩玉的丝带。

⑭ 走天二句：王琦《汇解》云："古仙人如卫叔卿，在山中常乘白鹿。琴高入涿水，骑赤鲤。此暗用其事。"以上六句，诗人畅想神女往来遨游及交访其他神仙的种种情状。

⑮ 密发四句：皆形容神女姿色仪容之美。虚鬟，叶葱奇《李贺诗集》注云："卷发为鬟，其中空虚，所以说'虚鬟'。"珠窠，

靥涡，酒窝。

⑯ 弄蝶二句：纵如舞蝶轻妍，犹不若神女腰身之姣好。

⑰ 深帏二句：谓神女出游，庙内炉冷尘封，显得一片寂寞。金鸭，镂刻鸭形图案的金属香炉。幽凤，背面铸有凤形图纹的铜镜。

⑱ 踏雾二句：言只有兰香女神夜半归家的时候，才能听到从山上传下来的环珮晃动之声。撼，摇动，晃动。闻，《汇解》本作“门”，据宋刊本、金刊本及日本内阁文库本改。

《兰香神女庙》诗，颇似纪游之作。全诗行踪有序，层次分明，读者循此诗句如入春山，仿佛亲历，好像看到了在暖云中摇曳生姿的草木，时近傍晚，松香飞泻，柳渚日斜，沙径满是落花，石泉丛生水芹。见一片幽篁，竹节堆积新粉，便是到了兰香神庙，庙门正对着碧螺远山。“山秀愁空春”漾着幽幽的春愁，“弱蕙不胜露”似暗喻庙中神女的兰蕙资质。进得庙门，但见神像系着鸾翼形的环珮，银粉描画的帐带，神像前焚香浓郁，果品供奉丰盛，令人浮想联翩，仿佛看到兰香神女遨游仙界，与巫山神女、湘妃、卫叔卿、琴高等神仙共相徘徊。诗人的目光最后凝结于兰香神女的仪态姿容：那一头卷曲密发下的酒窝和樱唇，轻盈的腰身远胜过弄风翩跹的蝴蝶，长吉禁不住为之牵动神思。末四句诗，意谓神庙深帏炉冷镜尘，无复生气，神女夜半而归，环珮丁当，愈发衬托出清夜的孤凄。

这个让李长吉如此倾注笔墨的兰香神女，究为何方神仙？王琦《汇解》注及此诗，尝据贺集《昌谷诗》下元注，“谓昌谷中之女山，即兰香神女上升处，遗几在焉”，稍微透露了相关信息。女山即女几山，《太平广记》卷五九“女几”条所记，当与之甚有关涉：

> 女几者，陈市上酒妇也，作酒常美。仙人过其家饮酒，即以素书五卷质酒钱，几开视之，乃仙方养性长生之术也。几私写其要诀，依而修之，三年，颜色更少，如二十许人。数岁，质酒仙人复来，笑谓之曰：“盗道无师，有翅不飞。”女几随仙人去，居山历年，人常见之，其后不知所适。今所居即女几山也。

以上记载原出《女仙传》。虽未明言“上升”、“遗几”，但其所述女几得道成仙经历，却有补于前文。此条材料充分展示了民间传说递代流传、日趋繁复的特点。事实上，“女几山”一名早见于《尚书·禹贡》，后世相关传说很可能就是凭此逐渐敷演而成。至于女几山上的神像“兰香神女”的名号由来，则典籍阙如，文献不足征，或为诗人舍质就文、独家私谥之美名，也未可知。

建立在民间传说基础上的兰香神女崇拜，反映出有唐一代道巫结合、“淫祠”风靡的世俗好尚。李贺叹美的兰香神女，在道教神仙谱系内原本排不上什么座次，但在昌谷却能独享立庙供祭，缘此不难见出女几崇拜带有浓厚的民间巫觋祝祷色彩。碰到诸如此类情况，有识者恒以“冒滥”目之，长吉却情有独钟。寻检《昌谷诗》，“遥峦相压叠，颓绿愁堕地”、“纡缓玉真路，神娥蕙花里”、“高眠复玉容，烧桂祀天几”等诗句，亦同样是叙述女几山和兰香神女庙的。说到底，那种屡见女流出没、带有神秘野性而光怪陆离的巫觋方术，与长吉追求刺激的心理趋向颇多一份契合。就本诗而言，李贺起始遵循纪实笔法，待转入神庙内，诗篇随即沉入一片悠谬恍惚的思绪。自幼体弱多病而性格盱僻的李贺，在觐参兰香神女时投注如许深情关怀，除了欣羡神仙不受疾病困扰、生命永无止境外，亦潜藏着他心际对女性执着的眷爱。此诗非啻备写女儿之神通广大，替她争得一份与往古男女诸仙平等交往的身价，且又将神女的畔丽形容得无以复加，使之俨然成为活脱脱的绝色佳人。这与其归誉于神像塑造者的成功，毋宁说是诗人借题发挥、再现心目中的仙姝模样，读者不难捕捉到诗中夹杂着某些想入非非的意念。故此，此诗遭到南宋末刘辰翁“无谓”二字的轻评，近人林同济先生则以“不知幻想之品，正在无谓”相开释。李贺正是如此，一旦开启诗的想象力，就极少再受伦理道德的检束，他沉醉于自己营造的倾炫心魄的幻觉境界，而这正是诗人创作中唯美倾向的突出表现。

马诗二十三首（选五）

此马非凡马，房星本是星[①]。

向前敲瘦骨，犹自带铜声[②]。

① 这是组诗中的第四首。房星：星宿名，属二十八宿之东方七宿，共有星四颗，亦称天驷、天马。《瑞应图》云："马为房星之精。"是星：此星。

② 向前二句：向前敲打这匹马瘦骨棱棱的身体，会发出如击铜器般的声响。

大漠沙如雪[①]，燕山月似钩[②]。
何当金络脑[③]，快走踏清秋。

① 这是组诗中的第五首。大漠：沙漠。

② 燕山：燕然山，即今蒙古杭爱山。

③ 金络脑：黄金或金属的马络头。

赤兔无人用[①]，当须吕布骑[②]。
吾闻果下马[③]，羁策任蛮儿[④]。

① 这是组诗中的第八首。赤兔：骏马名，尝为吕布坐骑。《三国志·吕布传》载："布有良马曰赤兔。"又，裴松之《注》引《曹瞒传》谓："时人语曰：'人中有吕布，马中有赤兔。'"

② 吕布：字奉先，东汉末九原人，封温侯，善弓马，膂力过人，当时号为飞将，后被曹操所杀。

③ 果下马：体材比较矮小的马，人骑上后可于果树下行走无碍，其步履安稳，常用于宫中牵引辇车。

④ 羁策：拘系驱策，任意摆布。

催榜渡乌江[①]，神骓泣向风[②]。

君王今解剑[③]，何处逐英雄[④]？

① 这是组诗中的第十首。榜：船桨。乌江：水名，在今安徽和县东北，项羽被刘邦战败于垓下，至此自刎身亡。

② 神骓：指项羽所骑的骏马乌骓。据《史记·项羽本纪》载：项羽兵败至乌江，乌江亭长泊船等待，希望他能渡至江东，俟机再起。羽以无面目见江东父老，不愿渡江，便以坐骑相托。泣向风：谓乌骓马怅恋故主，向风垂泣。

③ 君王：日本内阁文库本作"吾王"。解剑：指项羽拔剑

自刎。

④ 逐：追随。以上两句，诗人代乌骓表达它的悲酸意念：项王今已自刎，我向何处追随英雄呢？

不从桓公猎[①]，何能伏虎威[②]？
一朝沟陇出[③]，看取拂云飞[④]。

① 这是组诗中的第十五首。桓公：齐桓公，姓姜，名小白，因得到管仲辅佐，成为春秋时期的五霸之一。

② 伏虎威：《管子·小问》："桓公乘马，虎望见之而伏。……管仲对曰：'意者君乘驳马而盘桓，迎日而驰乎？'公曰：'然。'管仲对曰：'此驳象也。驳食虎豹，故虎疑焉。'"

③ 沟陇：涧溪冈脊之地。

④ 拂云飞：掠云而飞快驰骋。拂，掠，贴。

《马诗》五言绝句二十三首，系长吉集中联缀同咏篇什数量最多的一组作品。该组诗歌围绕马广搜事典，寄兴述怀，情思专注，一气盘旋，当是诗人在同一时段依次陆续写成。关于这组诗的题旨，曾益《诗解》一语中的：“贺诸马诗，大都感慨不遇以自喻也。”自后注家多予认同。循此认识逐章抽绎，其间各首之寄意可得迎刃而解。

本书选入数首，题旨尤为醒豁。其四“此马非凡马”一首，旨在强调诗人自身非凡的来历和品质。按《晋书·天文志》的说法，“房四星，为明堂，天子布政之宫也”，“房星明，则王者明”，长吉自喻房星属其本星，显然是对唐室宗孙身份的自我矜伐。方扶南评论此诗曰：“此马非凡马，自喻王孙本天潢也”（《批本李长吉诗集》），所言极是。其五“大漠沙如雪”，表现了诗人企盼入仕的雄心，全诗犹言此身倘获知遇，必当一展所长。其八“赤兔无人用”这一首，略云俊才须遇知者方堪为用，不若凡劣驽马之可任人驱驾摆弄。其十“催榜渡乌江”，化用项羽兵败自刎典故，笔触动情，大有知己背逝、无所依怙的感慨。其十五“不从桓公猎”，则谓多士未蒙委付重任之时，殆无从见彼才艺高下，然一旦风云际会，当令世人刮目相看。

其余十八首绝句，或美或刺，时悲时惜，假题抒意，各有比照，而意涵与此五首大致近似，咸与诗人的身世遭逢和人生期许休戚相关。事实上，类似于此通过写马来宣泄己意的诗句，在李贺诗集中比比皆是，据有的学者统计，李贺径直写马或者在诗中说到马的作品共有83首之多，占其作品总数的三分之一强。诗人如此喜爱咏马写马，除了从描写对象——马的禀赋、品质方面寻找若干解释外，又有深藏着的主观原因可供发掘。台湾大学叶庆炳教授独具只眼，在审实考定诗人出生年代的基础上，指出诗人偏爱借马抒怀的主要原因，在于他“生逢马年，肖属为马”：

> 李贺既然生于贞元六年(790)，这一年是庚午，在十二肖属中为马年，原来李贺是肖马的，这就难怪他既非咏物诗人，亦非养马识马的豪士，而偏偏大咏其马了。有了这点认识，然后去读他的《马诗二十三首》，才明白名为咏马，实乃咏怀。二十三首篇篇是以马喻己：马的穷达哀乐，正是李贺的穷达哀乐。(《说李贺马诗二十三首》，《唐诗散论》，台北洪范书店，1977年)

叶氏的论说从一个独特的角度为《马诗》题旨提供了有力的证据。盖长吉云恨海愁，思绪百结，精神世界封闭阨塞，社会生活中众多问题未必引起他的兴趣，而对附属于其一己生命的某些事象，却经常萦绕心际殊难去怀。就像他十分关念自我长相一样，自己的肖属亦每牵动他的情思，故于撰述诗歌时动辄形诸篇什，径以马的穷达哀乐来传递自身情感。叶氏的这个发现，无疑捅破了李贺创作意识中的一层奥秘。

昌谷读书示巴童①

虫响灯光薄②，宵寒药气浓③。
君怜垂翅客④，辛苦尚相从⑤。

① 巴童：跟随李贺伴读的书童。李贺父亲晋肃曾入蜀为官，此“巴童”或是李父从蜀地买归者。
② 薄：微弱。
③ 宵：夜。药气浓：谓煮药时散发的气味甚浓。寒宵煮药，

说明李贺这时正为疾病所困。

④ 君：此指巴童。垂翅客：作者自喻。诗人此前适在仕途遭受沉重打击，故以斗败垂下翅膀归巢的禽鸟作比。

⑤ 尚：还。相从：随从。

巴 童 答

巨鼻宜山褐①，庞眉入苦吟②。
非君唱乐府③，谁识怨秋深④。

① 巨鼻：李贺面相特征之一。宜山褐：适宜穿山里人的粗布衣。

② 庞眉：粗大浓黑的眉毛，亦李贺面部长相的一项特征。

③ 君：此指李贺。唱：吟咏，亦可作写诗解。长吉于诸体诗中尤擅乐府歌行，故有"唱乐府"之谓。

④ 怨秋深：泛指愁思之深。

以上绝句二首，撰作年代与《南园十三首》大约相当，诗歌一"示"一"答"，互相呼应。前篇是李贺写给巴童看的作品，后篇则借巴童语气代为作答，系代拟体。两诗篇制短小，诗艺亦未见高卓，但因其以别致的方式透露了长吉沉溺苦闷、渴望获得宽慰的复杂心情，且为我们了解诗人的容貌特征提供了重要的信息，故历来吸引读者的关注。

《昌谷读书示巴童》如题所示，可谓是李贺昌谷读书生活的一个横截面，然而在寒虫幽鸣、灯光微弱的夜晚，我们闻到的不是淡淡的书香，而是浓浓的药味。仕途受挫后的长吉病态委顿，用他自己的话说，正如同禽鸟斗败而归的“垂翅客”。诗人在此前加一“怜”字，反映其当时情绪可谓贴切。然而，这份自怜情结却偏要外射到巴童的身上，以巴童的关照来对应诗人的孤弱悲愤。末句“辛苦”云云，既是深谢忠诚的童仆，同时不也正宣泄自己遭遇的坎壈吗？

《巴童答》是自怜与排遣的进一步延伸。起首两句，“巨鼻”、“庞眉”豁然入目，这是李贺对自己容貌特征的速写与摄取。若加上李商隐《李长吉小传》所记长吉亲姊记忆中的李贺体貌“细瘦，通眉，长指爪，能苦吟疾书”，李贺大体形象已跃然纸上。问题是两条浓黑粗大、通连在一起的眉毛，一只过于肥大的鼻子，挤在一张干瘦的脸上，这副尊容实在不怎么惹人喜爱。纤瘦羸弱近乎丑陋的怪模样，偏偏生在以风流逸荡自命的李贺身上，这不能不成为他的一块心病。诗人《高轩过》"庞眉书客感秋蓬，谁知死草生华风"诗句，即表明他对自己的长相缺陷确实未能置之度外。周阆风《诗人李贺》一书还认为，长吉《河南府试十二月乐词》的《十月》一首"长眉对月斗弯环"，亦是他感念自身眉毛的相状而触动灵犀的一处神来之笔。然而，形貌如此的李贺，却有"苦吟疾书"的学养能耐倚作精神支柱，一"入"字将其低眉苦吟的形状点染得活灵活现。末两句承此而来，诗人借巴童之口张扬自己擅写乐府诗歌、动人愁情的特长，不啻为对不公命运的一声控诉。自卑与自尊、自怜与自负，于此纠结在一起，意味深长。

咏怀二首

长卿怀茂陵[1]，绿草垂石井[2]。

弹琴看文君③,春风吹鬓影。
梁王与武帝④,弃之如断梗⑤。
惟留一简书⑥,金泥泰山顶⑦。

① 长卿:司马相如的字。怀:思念。茂陵:汉武帝的陵墓,在今陕西兴平东北,该陵于武帝生前即大力营造,尝徙公卿、百姓户籍以实其地。相如在汉武帝时为孝文园令,以病免职后,遂家居茂陵。

② 石井:蜀中邛州有文君井,相传为卓氏故宅,诗借来描述相如茂陵家居情景,属于移写手法。

③ 文君:指卓文君,司马相如的妻子。据《史记》载,司马相如初事景帝为武骑常侍,因病免,客游梁。梁孝王(景帝同母弟)卒,相如迫于生计前往临邛。临邛富人卓王孙有女文君新寡,喜好音乐,相如以琴挑之,终于成就了文君夜奔相如的千古佳话。

④ 梁王:梁孝王。武帝:汉武帝。

⑤ 断梗:折断了的草木,指一钱不值的东西。林同济《李长吉歌诗研究》:"弃之是长卿弃梁王和武帝。"钱锺书《谈艺录》中华书局 1984 年版《补订》指出:"'梁王与武帝,弃之

如断梗'，谓长卿弃梁王与武帝，观首句'怀茂陵'可见；王琢崖注谓梁王与武帝弃长卿，大误。"

⑥ 一简书：一卷书。汉代人著书用漆写在竹简之上，故称"一简"。《史记》载，相如病重，汉武帝遣使取所著书，使至，相如已死，其遗书乃言封禅事（筑土为坛以祭天为封，扫地为坛以祭地为禅）。

⑦ 金泥句：指封禅事，须写祭文于简版上，以玉为饰，制成玉牒，再盖上"玉检"（用玉做的盖子），最后以水银和金为泥，将玉牒涂封于泰山之巅。以上二句，谓遗其著述，足可不朽。

日夕著书罢[①]，惊霜落素丝[②]。
镜中聊自笑[③]，讵是南山期[④]。
头上无幅巾[⑤]，苦蘖已染衣[⑥]。
不见清溪鱼，饮水得自宜[⑦]。

① 著书：这里指写诗。王琦《汇解》云："长吉每旦骑驴出游，遇有所得，即书投锦囊中，及暮归，足成之。所谓日夕著

书，是其事也。”

② 霜：此借霜喻白发。素丝：白发。

③ 聊：姑且，惟能。

④ 讵(jù)：岂。南山期：长寿如南山。《诗经·小雅·天保》：“如南山之寿，不骞不崩。”以上四句意谓：早晚写完诗后，每因白发凋零而惊恐；自己只能对着镜子苦笑，像这样苦吟不辍劳思伤神，哪里谈得上什么摄生长寿之道呢？

⑤ 幅巾：裹头的绸布。据《宋书·礼志》载，汉末王公名士多委弃正服而不著冠，以幅巾裹头为雅。

⑥ 苦蘗(niè)：又名黄蘗，其皮味苦，可用以染黄褐色，乡民喜欢用此染衣，今昌谷仍多此乔木。曾益《诗解》云：“幅巾即未上头，而黄衣已染，思弃官以就隐也。”

⑦ 饮水：暗指淡泊的生活。得自宜：得到自适。《汇解》本作“得相宜”，据宋刊本、金刊本改。以上两句意谓：岂不见溪内的鱼儿，饮水游乐，多么自由自在。

《咏怀二首》，亦是李贺不得举进士归昌谷后所作。其一以司马相如病免家居茂陵自比，于轻淡笔意中包含着愤闷和期盼；其二则从诗人白发掉落这一生理现象说起,极写由此引起的内心震撼,于是对镜感喟年寿不永,希望用潇散旷达的处世态度来求得一点自适。审察两诗所写,无论是“长卿怀茂陵”,还是“惊霜落素丝”,无一不与疾病之事相关,可见长吉当时的健康状况确实很糟,所以它们都是诗人身心俱瘁、思想反复矛盾交战的产物。

第一首前四句,全道长卿家居情状,绿草垂井,弹琴娱妻,和美自得。五、六句重在宣泄诗人的愤懑之情,不说梁王、武帝弃长卿,偏说长卿弃梁王、武帝,置身窘困境地而又力图保持人格尊严,正是李贺精神上长久承受压抑的反弹。末两句言欲藏书名山,希望能赢得身后极大荣耀,体现了诗人的一份豪气和自负。全诗以三、四句影摹长卿夫妇家居生活图景最为出色,“弹琴看文君,春风吹鬓影”,设语简炼纯净,涉形顿致传神,充满了温馨气息,历来备受论诗家的称道。清陈本礼之《协律钩玄》笺释是诗,即言“三、四(句)活画出一风流潇洒之长卿来,笔致趣甚”。林同济《李长吉歌诗研究》则说:“弹琴两句写夫妻相处之乐,轻轻一笔,描得栩栩如生，却又期期入微。”评价甚高，应承认它是李贺诗中一处非常经心的艺术创造。

《咏怀》“弹琴”两句将长卿夫妇家居乐事写得如此精切，并不意味着诗人自身亦须同等具备这样的经历。李贺这首诗借用司马相如典故以自喻，其着眼点主要在长卿“病免家居”这一基本事实上，余下几处具体细节的描摹，未必都是李贺本人生活的写照，不能因为其间写到了长卿的夫人卓文君，便认为找到了一条重要证据，断言诗人也一定娶过妻室。只要通读《昌谷集》全编，自当明白李贺的一生委实活得非常枯槁，其于男女爱情方面遭遇之蔽塞是毋庸忽诸的事实。因此李长吉歌诗所传写的女性，基本上都属神仙鬼魅或历史传说人物，绝大多数均不具备现行存在的品格，李贺之所以乐此不疲地描绘这些幻想性的艺术形象，往往是为了填补他实际生活中的乏匮和缺失。“弹琴”一联的成功，宜归因于诗人对相如、文君这段姻缘艳羡至深，越是自感孤寂无聊的时候，他就越发渴望、神往这种温馨怡人的生活境界。尽管诗人所写多属虚构，但凭其专注执著的态度及非凡的想象力，仍能把他心目中酝酿已久的意象刻画得体贴入微。征诸古人和前辈学者的评论，实已道出这层意思，如清人黎二樵即认为《咏怀》其一"于寂寞中写出长卿极得意处"（《批点黄陶庵评本李长吉集》）；近人陈贻焮教授则指出，"弹琴"、"春风"二句表现了李贺"青年期特有的憧憬幸福爱情的心情"。黎、陈两家的识解洞明事端，不作过深的牵合索求，在一定程度上触及了李贺撰写此联的创作心理，庶几近乎诗歌之本意。

《咏怀》其二是一首生命的悲歌，将诗人颠踣世途、劳瘁身心的苦恼感受尽情地抒发了出来。诗篇从"日夕著书罢"下笔，接着叙述自己由白发凋零而引发的精神上的震荡，继之慨叹生年短促及苦吟之殚思伤神。在这种前景暗淡、百无聊赖的情况下，李贺惟有感悟功名仕进实不足恋，转而希望眼前清静的乡居生活能够给他带来一些安慰。对于命运淹蹇的李长吉来说，其苦吟好像总和疾病捆绑在一块。为了吟诗镂骨呕心诚然是侵害他健康的重要原因之一，反之其身体的病困委顿又往往愈发激起亢奋的创作热情，自始与诗歌结缘直至逝世,李贺并未真正跳出过上述两者交替互动的恶性循环。但是,健康的恶化毕竟是一道警示,“惊霜落素丝”诗句中一“惊”字,道出了长吉内心的恐惧,致使他不得不暂时遏制一下驰突躁动于其心际的欲念。李贺未成年时鬓发即开始斑白,兼之不断地缺损坠落,如此凋敝病象发生在一位二十来岁的年轻人身上,信然是其体质超前衰竭的外观表征,这就难怪诗人会对此感到惶惶不可终日了。他创撰于不同时期的众多篇章,俱尝涉及这一早衰迹象。如“我待纡双绶,遗我星星发”(《感讽五首之二》);“壮年抱羁恨,梦泣生白头”(《崇义里滞雨》);“秋姿白发生,木叶啼风雨”(《伤心行》);“长歌破衣襟,短歌断白发”(《长歌续短歌》);“终军未乘传,颜子鬓先老”(《春归昌谷》);“别剑无玉花,海风断鬓发”(《平城下》);“鲍焦一世披草眠,颜回廿九鬓毛斑”(《公无出门》);“归来骨薄面无膏,疫气冲头鬓茎少”(《仁和里杂叙皇甫湜》);“从君翠发芦花色,独共南山守中国”(《官街鼓》)。诸如此类变异形象的摹画层出迭见,适足表明李贺对自己病症的忧虑终生莫能去怀。

余者如《还自会稽歌》写庾肩吾“吴霜点归鬓，身与塘蒲晚”，《马诗二十三首》其六写饥马“鬣焦朱色落，发断锯长麻”等，固非直演诗人本事，然托兴自喻之意向悉甚明显，论其图状赋形之熟稔征兆，也都和诗人的自诉极为相似。

伤心行

咽咽学楚吟[①]，病骨伤幽素[②]。
秋姿白发生[③]，木叶啼风雨[④]。
灯青兰膏歇[⑤]，落照飞蛾舞[⑥]。
古壁生凝尘[⑦]，羁魂梦中语[⑧]。

① 咽咽：低声吟诗貌。学楚吟：效学《楚辞》叙说哀怨。

② 病骨句：意谓幽郁的心境使自己多病的身体倍受伤害。病骨，病体。幽素，即幽愫，指幽郁的心境。

③ 秋姿：易于衰谢之姿。

④ 木叶：树叶。王琦《汇解》：“谓木叶与风雨相搅，其声一如

啼啸。”

⑤ 灯青：油灯将尽，其火焰呈青色。兰膏：用泽兰炼成的油膏，可供点灯。歇：尽。

⑥ 落照句：说蛾子在残光中绕灯飞舞。落照，指即将熄灭的灯光。飞蛾，《汇解》本作“飞娥”，此据宋刊本、金刊本、日本内阁文库本改。

⑦ 古壁：旧墙。凝尘：厚积而凝结起来的灰尘。

⑧ 羁魂：羁旅者的魂魄。

此诗乃长吉于行旅羁舍中撰就，诗以“伤心”为题，然其直叙衷曲之处却并不多，而善以环境气氛之烘托来表现诗人的主观感受，是《昌谷集》中比较讲求含蓄蕴藉的作品。诗人方当孤馆客夜，况又风雨交集、木叶啼啸，即如残灯、古壁、凝尘、飞蛾之类，亦皆令人触景生情而不能自持，故凡本篇所摹述之具体景象，悉属“羁愁穷病，满目凄然，无一不伤心者”（曾益《昌谷诗解》），可谓切题。需要指出的是，此诗第三句的“幽素”二字，似不应如叶葱奇《李贺诗集》那样解作“幽冷”、“幽寂”，该词其实恰好道中了诗人精神上的一种特有症候。林同济《李长吉歌诗研究》谓“幽素犹云幽怀”，陈弘治《李长吉歌诗校释》则云“幽素，犹言幽情也”，这两家的注释均从诗人主观方面着眼，无论“幽怀”或者“幽情”，指的都是一种久受压抑而致幽郁伤感的心态。李贺长期处于这种心态的支配下，当然会严重损害自己的健康，“秋姿白发生”这么一类病象在他身上过早地出现，决非偶然。

在我国古代文人中，李贺或许是最早熟、最敏感地咀嚼出人生苦涩滋味的诗人了，而这决定了他诗歌的忧郁基调。缘此，袁行霈先生在《苦闷的诗歌与诗歌的苦闷》一文中称：“李贺是一个苦闷的诗人，他的诗歌主题，一言以蔽之就是抒写内心的苦闷。”虽然造成他这一精神特质有来自社会方面的影响，但诗人的心理结构处于相对的蔽塞状态却是主要病根。李贺关切的事物较少跳出一己生活的狭隘圈子，且鲜能用通脱豁达的态度来调摄心灵。像这种在身心交瘁中发出的微弱吟唱，于李贺沉沦世途、凄惶徘徊的青春时代从没有消歇过。

许公子郑姬歌

郑园中请贺作[①]

许史世家外亲贵[②]，宫锦千端买沉醉[③]。铜驼酒熟烘明胶[④]，古堤大柳烟中翠[⑤]。桂开客花名郑袖[⑥]，入洛闻香鼎门口[⑦]。先将芍药献妆台[⑧]，后解黄金大如斗[⑨]。莫愁帘中许合欢[⑩]，清弦五十为君弹[⑪]。弹声咽春弄君骨[⑫]，骨兴牵人马上鞍[⑬]。两马八蹄踏兰苑[⑭]，情如合竹谁能见[⑮]？夜光玉枕栖凤凰[⑯]，袷罗当门刺纯线[⑰]。长翻蜀纸卷明君[⑱]，转角含商破碧云[⑲]。自从小靥来东道[⑳]，曲里长眉少见人[㉑]。相如冢上生秋柏[㉒]，三秦谁是言情客[㉓]。蛾鬟醉眼拜诸宗[㉔]，为谒皇孙请曹植[㉕]。

① 陈弘治《校释》引钱澄之曰："此为郑姬请歌而作，因其交欢许公子，故云许公子郑姬，从公子引起。"郑园：郑姬住地的

园苑。

② 许史：指许伯、史高，两人皆西汉宣帝时的外戚，疑本诗所写之许公子亦当时唐室外戚。

③ 宫锦句：言公子以宫锦千端为缠头，期与郑姬作一畅饮尽欢。千端，古代以二丈为一端。

④ 铜驼：吴正子《李长吉歌诗笺注》曰："铜驼，街也。"铜驼街是汉代洛阳繁华的商业街市。烘明胶：形容酒色莹彻醇厚。

⑤ 古堤大柳：指买醉作乐之处。

⑥ 桂开客花：叶葱奇《诗集》注云："郑姬是由他处新到洛阳的，所以称为'客花'。"郑袖：战国时楚怀王宠幸的夫人，此处用来比郑姬。

⑦ 入洛闻香：谓至洛阳者悉能闻其名。鼎门：洛阳东城门名鼎门。疑鼎门口即郑姬居住之地。

⑧ 芍药：花名，形大且美，名色繁多，根可入药。《诗经·郑风·溱洧》："维士与女，伊其相谑，赠之以芍药。"此花常被青年男女当作示爱的赠品。

⑨ 解：赠，纳。大如斗：极言赠金之多。

⑩ 莫愁：古代女子名。王琦《汇解》引《初学记》云："释智匠

《古今乐录》曰：石城（今湖北钟祥）西有女子名莫愁，善歌谣。”这里借指郑姬。许合欢：言郑愿与许欢宴好合。

⑪ 清弦句：言郑姬理弦为公子弹曲。

⑫ 弹声句：谓郑姬弹乐感人至深。咽春，言美妙音声低回掩抑。弄君骨，深入触动骨髓。

⑬ 骨兴：心奋，兴奋。

⑭ 两马句：写许、郑乘马偕行，共至园中。兰苑，即郑园。

⑮ 合竹：指两情密洽，如竹符相合。

⑯ 夜光玉枕：叶葱奇《诗集》引唐郑嵎《津阳门诗》注：“虢国夜明枕置于堂中，光烛一室。”

⑰ 袷（jiá）罗：夹罗，双层罗帏。当门：帏幔遮门，故云。刺纯线：指由纯线刺成的绣图。以上两句借对玉枕、袷罗的描绘，暗示许、郑的狎昵欢好。姚文燮《昌谷集注》云：“袷罗当门，言玉枕欢浓，长垂帘幕，故上云‘情如合竹谁能见’也。”

⑱ 长翻：长幅。卷：动词。明君：昭君，这里指摹状王昭君变文故事情节的图画。按唐人转变故事时常用图相来作配合，其画前后联缀布置于长幅纸上，临场则根据讲唱者演绎到的情节，舒卷长幅依次同步展示出相关的形象画面。

所谓“卷”者，即指此，盖郑姬亦善此讲唱技艺者。

⑲ 转角(jué)句：说郑姬演唱昭君故事，至慷慨激昂处绝节赴曲，响遏行云。转角含商，王琦《汇解》引《襄阳耆旧传》云：“含商吐角，绝节赴曲。”破碧云，响遏行云。

⑳ 小靥(yè)：敷于颊上的小样饰品。来东道：郑姬原在洛阳以西某地，故称其入洛为“来东道”。

㉑ 曲里：妓女聚居的里巷。长眉：指其他妓女。以上两句谓自从郑姬来洛阳，因其美丽无比，致使其他妓女都羞于见人。

㉒ 相如：司马相如。

㉓ 三秦：指长安关中一带。

㉔ 蛾鬟醉眼：指酒酣后的郑姬。诸宗：同游诸客，犹言诸位尊长。

㉕ 皇孙、曹植：皆李贺自指，因其为唐室诸王孙，并以诗才自负。按诗末之四句，皆言郑姬拜托诸客为她向李贺求诗。王琦《汇解》云：“相如已死，不可复作，不知当今谁是言情之客？此时幸有才人在座，拜恳诸客为我代白于皇孙，请展曹植之才思，赠一诗以增声价。”

《许公子郑姬歌》，是长吉羁居洛阳仁和里期间撰就的一首七言歌行。诗中提到这位许公子，当时正与新到洛阳的歌妓郑某热恋，不惜为她抛掷大把的钱财，并特地在郑园设席邀请诸客共同游赏。李贺适在与会者之列，遂应郑姬本人及其他宾客的恳求，写下了这一专叙艳情的诗篇。

给曲里名妓题赠诗作，原是唐代文士前行后效的群趋风尚，爰至中唐乃结习尤盛。这种实受商业经济推动的浮世时尚，对于被赠者来说可藉此抬高声价，对于诗人而言则不失为一次展露才思、播扬诗名的良机。具体到李长吉撰作此诗，后者更渗透了他的个人经历。与本篇首句即写到的那位出身豪门的许公子相比，长吉的悲剧在于他是家道中落的皇室裔孙。家道困顿使长吉无缘千金买笑，但唯其如此，更触动他向往欲乐的天性；皇家血脉则是其赖以自恃的精神支柱，这也是他一再在诗中以“唐诸王孙”、“宗孙”自称的原因。在敷写许公子的豪富与痴情、郑姬的美艳与才艺的同时，李贺不忘自我揄扬。当于斯时，骏马骄行，宫锦溢彩，宾主杂沓，催人兴奋，郑姬的拜请、诸客的恳求，所有这一切都为诗人的逞才扬己、自我夸耀营造了氛围。司马相如早已作古，长安城中何人能够赋此风情；贵胄又兼诗才，在前贤时彦中非曹植又将谁来比拟？诗歌结束四句，诗人禁不住自我陶醉起来，能在引人注目的女性面前张扬自己的才气与名分，无疑是长吉平生少有的快事了。

透过《许公子郑姬歌》，我们不仅进一步加深了对李贺贵族意识的了解，而且还可窥见唐代社会变文讲唱的一些具体情状。该诗“长翻蜀纸卷明君，转角含商破碧云”两句，即当作郑姬演唱《王昭君变文》解。变文是一种口头文学，它主要靠“讲”和“唱”来敷演故事，在较多场合下，又采用相关图画形象与之配合。这种图画形象颇似现今的连环画，即按照变文故事的情节发展线索，先将多幅画面依次绘在长幅纸上，至临场时则根据讲唱者演绎的顺序和进度渐次舒卷画幅，使内中的图相逐一同步地展现出来，使听众得以从视觉上加深印象。征诸敦煌藏经洞发现的变文写本，其中 P.4524R《降魔变文》、S.3491《破魔变文》及 P.5019《孟姜女变文》，即附带有此类图画。另有 S.2614《大目乾连冥间救母变文并图一卷》、S.5437《汉将王陵变》、北 8437《八相变》等数种,所著题记或标识同样表明它们当年演播时曾用过图相配合。有关《王昭君变文》的写卷,敦煌文献中仅存的 P.2553 一件,虽缺损不全,但于其内一段唱词后面,犹插入"上卷立铺毕,此入下卷"两句提示,研究者早已指出其为以图画配合变文演唱的确证。《全唐诗》中述及女子转变昭君故事者,还可举王建《观蛮妓》、吉师老《看蜀女转昭君变》两首,以后者提供的信息尤为翔实,该诗"翠眉颦处楚边月,画卷开时塞外云"两句,那个"蜀女"在演唱昭君变文时,也同然有舒卷图画与之配合,与郑姬演唱的情况何其相似乃尔。程毅中先生正是依据这两首诗,论证讲唱变文"并非都是和尚",也包括了"歌妓一流人物"在内(《关于变文的几点探索》)。

留意《许公子郑姬歌》中涉及变文讲唱的内容,有助于我们理解该诗诗风的浅俗流转。唐代变文风靡都会通衢街坊,听众不仅限于市民阶层,而且还有些贵胄文士厕身其中,比如许公子,比如李贺。以变文演唱为中介，民间的俚歌俗曲波及文人的诗歌创作，进而促成了中唐浅俗诗风的蔓延。白居易《新乐府》务求浅白，且有意识地袭用变文唱词常用的"三三七体"。陈寅恪先生论及于此，就认为此"乃以改良当日民间口头流行之俗曲为职志"，遂而演成一代圆熟流畅的通俗诗歌格调(《新乐府笺证》)。李贺作诗力主背俗反常，务欲凸显其诡幻峭奥之特色，但他的七言歌行中常有"三三七体"诗句的介入，无疑就把变文唱词常有的意味带进了作品。《许公子郑姬歌》这首诗，实亦充斥着浮世风情，虽然它的语言不像《长恨歌》那么圆熟流转，却算得上《昌谷集》内最接近变文唱词的一种类型了。姑以"莫愁帘中许合欢，清弦五十为君弹。弹声咽春弄君骨，骨兴牵人马上鞍"四句，于极短篇幅内连续两处蹈袭民歌"顶真格"手法，这未尝不是诗人试图"改良当日民间口头流行之俗曲"的体现。再看"自从小靥来东道，曲里长眉少见人"两句，极力强调女主人公的美艳绝伦，其摹述方式与《长恨歌》"回眸一笑百媚生，六宫粉黛无颜色"同一套路，其间分明透出一股徇俗气味。明乎此端，我们看到了李长吉主导诗风掩盖下的另一种倾向。

贵公子夜阑曲[①]

袅袅沉水烟[②]，乌啼夜阑景[③]。
曲沼芙蓉波[④]，腰围白玉冷[⑤]。

① 夜阑：夜之将尽。

② 袅袅：轻烟缭绕上升的样子。沉水：沉香，亦称沉水香。王琦《汇解》引《南州异物志》："沉水香出日南（今越南顺化一带），欲取当先斫坏树着地，积久外自朽烂，其心至坚者，置水则沉，名曰沉香。"

③ 乌啼：此据《汇解》本，宋、金刊本俱误作"鸟啼"，日本荒井健《李贺》引《万首唐人绝句》五言卷八所载该诗正作"乌啼"。

④ 曲沼：弯曲的池塘。芙蓉：莲花，荷花。波：波动。

⑤ 白玉：指腰带上的饰玉。冷：王琦《汇解》云："冷字写夜尽晓寒之状。"

《贵公子夜阑曲》仅有四句，体制颇似五绝，其实如诗题“夜阑曲”所示，它是一首简短的新体乐府。方扶南以为此诗“当大有脱文”，理由是“既为此曲，必形容贵公子买醉征歌，狎邪纵意，乃与题称”，否则“于公子夜阑之旨安在”(《批本李长吉诗集》)？此论臆断的成分过多，不及林同济所见精到：“此是贵公子夜阑乐罢的最后一镜头。妙在轻描淡写，不即不离。正是乐府体裁，不必有讽刺。”(《李长吉歌诗研究》)

确然如此，李贺此诗有意捕捉这“夜阑乐罢的最后一镜头”，通篇仅作含蓄的静态描写，而此前的纵酒豪饮等种种行乐情事，也就尽在不言之中了。诗中的那位贵公子醉眼朦胧，稍带倦态，然而神志尚且清晰，正满意地感触着周边事物的声音、色彩、香氲和质料，仿佛他所有的感官一时都充分地扩张开来。日本学者川合康三依据亚里士多德以来的感觉五分法，擘析此诗愈加精切，他指出“袅袅沉水烟”一句写视觉和嗅觉，“乌啼夜阑景”写听觉和视觉，“曲沼芙蓉波”写视觉和听觉，“腰围白玉冷”乃写视觉和触觉。综观全诗，作品呈现出由多种微妙感觉纠葛构成的奇特意象。在此基础上，川合康三继而阐发了长吉的诗艺特点：

> 我们可以确认，这四句诗涉及了四种感觉。感觉论哲学的奠基人 E.B.Condillac 曾经嘲讽笛卡尔曰："我感故我在。"这一说法似乎是为这首诗而设的。这是纯粹由感觉建构而成的诗的世界。
>
> 李贺诗歌内频繁出现的感觉语词中，最引人注目的是芳、香、馨等表现嗅觉和湿、冷、寒等属于触觉的字眼。嗅觉、触觉是日常生活中最为原始的感觉。通过对这些最为原始因而也是最为根本的感觉的尖锐化，李贺实现了对日常生活感觉的超越。（《李贺其人其诗》，载日本京都大学《中国文学报》23 期，1972 年 10 月）

通过诗歌来实现对平凡生活的超越，触及了李贺创作的一处要害。以"唐诸王孙"的名分而论，长吉自视为"贵公子"原无可挑剔，问题是身为没落的贵族，不可能得到社会的普遍尊敬和丰厚的物质待遇。李贺的潜愿既不为现实所容,只能通过诗笔想象在幻境中得到宣泄。《夜饮朝眠曲》、《梁台古意》一类歌诗,肆力绘写五光十色的贵胄游宴生活,这里面弥漫着恣纵行乐的气息,既无道义的约束又无理性的调节,唯能感受到醉生梦死和欲望的尽情流淌。这首《贵公子夜阑曲》,更是无一处理语,任由人类本初就有的"原始感觉"在诗中游走,长吉的心思多少应了 Condillac 嘲讽笛卡尔说的那句话——"我感故我在"。然而,虚幻的总归虚幻,理想与现实的云泥之别只能倍增长吉的痛苦,让他在生活的无奈中越陷越深。

将 进 酒①

琉璃钟②,琥珀浓③,小槽酒滴真珠红④。烹龙炮凤玉脂泣⑤,罗帏绣幕围香风⑥。吹龙笛⑦,击鼍鼓⑧;皓齿歌,细腰舞⑨。况是青春日将暮,桃花乱落如红雨⑩。劝君终日酩酊醉⑪,酒不到刘伶坟上土⑫。

① 王琦《汇解》引《宋书》:“汉鼓吹铙歌十八曲有《将进酒曲》,古词云:‘将进酒,乘大白。’大略以饮酒放歌为言。”

② 琉璃钟:用琉璃制成的酒盅。琉璃,天然而成的有光宝石,常呈青中含赤之色,亦称青色宝。按后世由陶土烧制的琉璃瓦,乃因色泽相仿袭用其名,与此并非一物。

③ 琥珀浓:形容酒色似琥珀那样浓艳。琥珀,矿物名,由远古时代松柏类植物的树脂凝化而成。

④ 槽:酒槽,酿酒的器具。真珠红:谓酒滴之形状如赤真珠。赤真珠为佛典中经常提到的宝珠,与琉璃等俱为“七宝”之一。

⑤ 烹龙炮凤:形容所煮肴馔之珍异。玉脂:动物油脂。泣:喻指烹煮食物时发出的声音。

⑥ 围香风:言帏幕内有歌妓舞女侍候,香气袭人。

⑦ 龙笛:马融《长笛赋》:“龙鸣水中不见已,截竹吹之声相似。”故后人称笛为龙笛。

⑧ 鼍(tuó)鼓:用鼍皮制作的鼓。鼍,鳄鱼的近属,皮坚厚,可蒙鼓。

⑨ 皓齿二句:写歌舞伎启齿唱歌,展腰起舞。

⑩ 红雨:繁多桃花缤纷谢落之貌。吴开《优古堂诗话》云:

"李长吉有'桃花乱落如红雨'之句,以此名世。予观刘禹锡诗云'花枝满空迷处所,摇落繁英坠红雨。'刘、李同出一时,决非相为剽窃。"

⑪ 酩酊:醉得迷迷糊糊的样子。

⑫ 刘伶:字伯伦,西晋沛人,嗜酒放达,与阮籍、嵇康等同为"竹林七贤",尝著《酒德颂》。关于此句的义旨,吴正子曰:"此言生当饮酒尽欢,死则已矣。"(《李长吉歌诗笺注》)曾益曰:"酒不浇坟土,死无人劝。"(《昌谷诗解》)姚文燮曰:"且谓其宜及时行乐,没则已矣,他日荒冢古丘,固无及耳。"(《昌谷集注》)三家所释大意相同,均谓生前当须及时纵酒行乐,待身死埋入坟土就再也喝不到美酒了。

在袭用《将进酒》旧题的唐代歌行中,以李白和李贺的作品发唱惊挺,震撼人心。此二人诗俱受鲍照古体乐府的影响,紧扣古乐府纵酒放歌的题旨,感叹年命奄忽,倡言及时行乐,诗句结构错落有致,节奏跌宕跳跃,字里行间充溢着生命的急迫与苦闷。不过,前者活现了太白性格的洒脱开朗,虽言烦恼而终不消沉;后者则发自长吉阨塞的心底,故情调虚无而颓废,有别于清新自然、一气呵成的太白诗风。李贺此诗注重刿凿藻绘，不惮细部雕镂，转以声文之美见长。唯其构思幽邃，缀词精炼，故异彩纷呈，名句迭见，流传千古。如“烹龙炮凤玉脂泣”之绘声剀切，“桃花乱落如红雨”之状景工丽，可谓别著心眼，神情倍出，充分显现了诗人的创意与功力。

与《贵公子夜阑曲》的创作心理同然，《将进酒》也是长吉从贵族生活观念出发敷设的一个心造幻境。此中饮酒器物无比精美，槽床沥液宛若赤珠，珍肴佳膳奇异独绝，歌伎舞女华妍生香。如此情境似乎是对《贵公子夜阑曲》前景的补叙，创作手法也采用了类似的感觉交叉复合，主要是视觉和听觉，同时也动用了嗅觉。“罗帏绣幕围香风”显示了诗人对周边气息变化的敏锐辨别，从而成为全篇极富暗示性的一笔。写豪宴理应形容饮啖之至味，然而长吉对此却进行虚写处理，因其叙列之视、听、嗅诸种摄受，自然同味觉一体相通，以致读来感觉珍异酒食所具美味无所不在。

此篇的精粹卓荦之处，在于能够超越对欢宴的主观享乐,从而清醒地感悟生命理念的颤栗。从“皓齿歌,细腰舞”转接“况是青春日将暮”,进一步延伸了诗意,使诗人心灵上原有的阴影骤然放大。结末“劝君”两句,道尽了长吉察识人生无常的刺促悲戚。正如罗宗强先生所指出的那样,此诗“这一片珠光宝气,笼罩的是坟。从青春的欢乐开始,而走向悲怆”(《中唐文学思想》,载《罗宗强文学思想论集》,汕头大学出版社,1999年)。就这样,《将进酒》于此实现了从短暂欢乐向深重痛苦的逆折,从而迸发出足令读者震荡魂魄的艺术力量。南宋刘辰翁评点至此,尝称其“哀怨豪畅,故是绝调”(《笺注评点李长吉歌诗》),洵为的论。

或许是认同于诗人的狂歌痛饮,或许是激赏桃花乱落般的生命飘零,此诗在东瀛也传诵甚广。在日本亦有“鬼才”之称的芥川龙之介就爱吟这篇《将进酒》;在日本广为流布的《古文真宝》共收录李贺诗三首,《将进酒》即是其中之一。

二、两京之求仕与羁旅

大约在唐宪宗元和二年(807),十八岁的李贺离开家乡,来到唐王朝的东都洛阳,复经三年又抵西京长安参加进士考试。为了求取功名,李贺被迫投入了一种与他性格殊难调协的求仕羁旅生活。好在昌谷地处连接两京驿道的冲要,西去上都固非遥远,东向洛邑则尤其便捷。诗人羁居东都的那些日子,就经常往返于洛阳与昌谷两地。就是这样,在步入成年的六七年间,李贺与京、洛两地的关系殊为密切。考索李贺一生之进止行踪,至少有三次出入长安的经历;洛阳还是他日后北上客游及临终前由潞州返乡的中途歇脚点。周旋于两京与昌谷之间,冷酷的社会现实更激化了他内心的矛盾交战，同时也促使其诗歌创作进入了魅力四射的成熟阶段。

世家子弟求取功名原本是理想的进身之阶，而李贺又有改变没落家境的迫切希望，所以仕宦意识要比一般士子更为强烈。李贺少年时代就有了出人头地的愿望，他需要获得一般人所得不到的高官厚禄，渴望亲身体历一番人间最豪华的生活方式，并对能够实现这个目的深信不疑。然而，问题还有它的另一方面，这就是李贺恰恰缺乏从政的才能，因为长时间过度沉溺于母爱，使他一旦离开熟习的环境便马上感到手足无措。他不会料理自己的生活，感情的自控能力及与他人的亲合力极差，更不用说去应付那些纷繁复杂的官场事务了。细读李长吉的作品，从未发现他就为政之道提出过什么切实的见解，与同时代柳宗元、刘禹锡、白居易等富于政治理想的士人相比，他的功名愿望即显著地带有一些近乎本能冲动的性质。总之，李贺所禀具的那种感情超常浓厚的诗人气质，是同封建社会对于一名官吏的要求完全相背的，缘此他无力在政治上为自己打开一条康庄大道。

但李贺并没有意识到身上的这些弱点，出于幼稚的自负，他还天真地认为只消在适当场合稍稍一蹴，便可立登要津，取得奇迹般的成功。这种置事实于不顾的盲目心态，早就预示出诗人不管如何热衷仕进，其结果只能是一个悲剧。

唐代的洛阳是仅次于长安的都会，这里居住着很多权贵势要，他们占尽了满城春色，和暖的风却很少吹到地位低微的寒士身上。李贺离家进入东都，于城南仁和里向族人借贷一处房屋权住，希望招邀时誉，获得社会名流的推荐。因为环境的迅速变换，此际他已无法获得母亲给他的那一份慈祥的关爱，而依赖性的背面便是压抑感。李贺作为一个习惯倚靠别人帮助的被保护者，在失去了羽翼庇护后不免产生惶恐和焦虑，如此不踏实的心态要到他遇见大文学家韩愈时才有一些改变。韩愈和李贺同一年到洛阳，他俩虽然年辈、处境都不一样，但不同程度上均有一点怪僻心理，感情与社会流俗格格不入，其诗歌创作亦皆以好奇背俗为尚。文学主张和处世见解的投合，使他们很快成为莫逆之交。李贺的诗誉始盛于他游历洛下期间，他的一些名篇由此而流传到长安，这当然离不开韩愈的首肯之力。昌黎在当时已有很高声望，居然不耻下接，还同门人皇甫湜一起去仁和里探访过李贺，这一特殊举动充分显示了他们对这位后辈的提携，而李贺彼时的最大需求也莫过如兹。基于双方感情的合拍，李贺即顺理成章地把韩愈看作自己的另一位保护者，从而将其原来对母亲的信任和依赖，在并非完全自觉的情况下部分地转移到了韩愈的身上。韩愈、皇甫湜过访时他所作的《高轩过》一诗，就是这种依赖和感激心情的如实写照。李贺于元和五年(810)预与河南府试获隽，被选拔去长安应对当年举行的进士考试，在这过程中他从韩愈那里得到的奖助和鼓励极多。长吉西入长安准备就试这一阶段，对仕途前程颇有信心，堪称他一生中难得的“巅峰体验”时期。

但这种踌躇满志的心情未能维持多久，他的入仕通道很快就被一件意外的事情堵塞了。这时长安举场内有不少人怀着习俗偏见，硬说李贺父名“晋肃”中的“晋”字与“进士”的“进”同音，认为李贺应避家讳不参加考试。事情发生后，皇甫湜和韩愈都站在李贺一边，韩愈还专门写了一篇《讳辨》为之力争，但他们这些努力挡不住世俗力量的逼迫，长吉最后还是被剥夺了应试的权利。这是诗人平生所遇的一大挫跌，朱自清《李贺年谱》乃谓："贺方盛年，固以远大自期，遭此坎坷，其怨愤无聊可以想见。"宋人洪迈《容斋随笔》谈及于此，说唐人避家讳甚严，韩愈作《讳辨》论之至切，尚不能解除众惑，《旧唐书》还把该文指为文章之纰缪者，"则一时横议可知也"。这一事件对李贺所具有的严重意义，不啻是使他失去了一次入仕良机，并且更在于多次对他施予保护的韩愈，在这场风波中竟亦未能俾其免受伤害，其内心潜抑着的不安全感在此时又重新占了上风。李贺落第后写的《致酒行》、《出城》等诗，正是他心灵受到极度蹂躏伤害的产物。遭此沉重打击，似为诗人所始料不及，摆在他面前可走的路，唯有回到故乡昌谷去接受母亲的抚慰了。

还在"名讳"事件创痛未愈时，李贺的仕途却有了点小小的转机。元和六年(811)夏，他应朝廷征召，告别家人去长安担任奉礼郎一职。此项任命可能是照顾门荫,但亦需通过一定的考试程序。据新、旧《唐书》官志记载,奉礼郎为太常寺下属官,位不过从九品上,职务是执掌朝会、祭祀和巡陵等活动仪式的调排,在百官跪拜时充任赞导。这个官职不仅品位低下,所做的事情亦甚委琐刻板,容不得半点自由舒展,它加在内心世界躁动活跃的李长吉身上,是无论如何也不会协调的。诗人这段供职长安的经历,前后相续不到三年,其生活异常窘绌和封闭阨塞。他寄住的崇义里寓所,屋外便是一条荒凉而波光刺目的水沟,门是用柴草编织起来的,院子里的那株老柳树也早已被蠹虫蛀空了。处在这样一个寒伧仄陋的氛围里,更容易使他感到孤单凄凉的压迫。他自云"扫断马蹄痕,衙回自闭门"(《始为奉礼忆昌谷山居》),除了沈亚之、陈商、李汉、权璩、杨敬之等少数几个朋友外,平时绝少与人往来,而喜好在沉闷和悒郁中消磨光阴,心间填塞着迷茫的云愁海思。有时他亦应邻客之邀去作一夕痛饮,或者偶尔听赏别人弹奏箜篌、古琴,酒力和音乐的感染会唤起他各种离奇的幻觉,从而放任自己的情绪流于颠倒的混乱状态。沉溺于梦境、幻想以至种种神秘的精神体验,乃是李贺日常生活内容的一个重要方面。这些日子疾病在不断侵蚀他的身体,鬓发的凋零斑白也愈益变本加厉。一直挺到唐宪宗元和八年(813)初,诗人终因病势转剧而辞去奉礼郎的职务,又一次离开长安踏上返乡的归途。此时长吉已二十四岁,但论练达世事人情却极少长进,还牢固地保持着孩童时代的意识境界。“自言汉剑当飞去,何事还车载病身”(《出城寄权璩杨敬之》),当初他曾满怀热望跻入官场,现在竟负荷痼疾与之背离,只觉得自己的身子像死灰一样怎么也振作不起来。

从李贺首次入洛到病重弃官离京,这是他短促一生中最重要的时期。他苦于遭遇不偶,思想和行动严重坼裂,面对世俗社会的轻视和摈斥而鲜有作为。由于诸多原因,长吉的人生观日趋消沉,他唯能虚生浪迹,用各种怪僻的念头来折腾自己,说到事功立业则一无所成。然而在俊杰辈出的元和诗坛,李贺却是一位得天独厚的宠儿,他的才华有着过人的天资作为凭藉,而其敏感和乖异的性格则致使他特别专注在艺术上别开生面。此公卓异的诗歌才华，从某种程度上说亦得力于他的反常性格。今按其诗集中间撰作于这阶段的一些篇章，如《致酒行》、《开愁歌》、《申胡子觱篥歌》、《李凭箜篌引》、《崇义里滞雨》、《赠陈商》、《仁和里杂叙皇甫湜》等，无一不是诗人内心世界错寞侘傺的恳挚陈述，它们往往通过回环复沓的个性描写，对诗人那种神经质的痛苦作了极深刻的表现。

高轩过[1]

韩员外愈、皇甫侍御湜见过，因而命作[2]。

华裾织翠青如葱[3]，金环压辔摇玲珑[4]。马蹄隐耳声隆隆[5]，入门下马气如虹[6]。云是东京才子[7]，文章巨公[8]。二十八宿罗心胸[9]，元精耿耿贯当中[10]。殿前作赋声摩空[11]，笔补造化天无功[12]。庞眉书客感秋蓬[13]，谁知死草生华风[14]。我今垂翅附冥鸿[15]，他日不羞蛇作龙[16]。

① 此诗仿古乐府自制新题，为李贺羁居洛阳仁和里时所作。高轩：高大华贵的车。轩，古代一种前顶较高而有帷幕的车子，供大夫以上官员乘坐。过：过访，拜访。

② 韩员外愈：韩愈，字退之，河南河阳（今河南孟州）人，唐代著名诗人和古文运动领袖，因时任都官员外郎，故称。皇甫侍御湜（shí）：皇甫湜，字持正，睦州新安（今浙江淳安）人，唐代诗人和古文家。刘衍《李贺诗校笺证异》据今存祁阳浯溪摩崖皇甫湜之《题浯溪石》诗碑，考定皇甫湜时任内供奉侍御史，故称侍御。

③ 华裾：华丽的衣襟，这里借指官服。织翠青如葱：据《旧唐书》记载，官服颜色因品级不同而异，六品、七品服绿，八品、九品服青。韩愈当时的官阶正该服绿，皇甫湜服青。

④ 金环：金属环铃。辔：马缰。谓马笼头上装满了金属环铃，而马笼头在辔勒之上，故云“压辔”。玲珑：金刊本作“冬珑”，象声词，摹状环铃发出的声音。

⑤ 隐耳：金刊本作“殷耳”，谓声音盛多而盈于耳。隆隆：车声。

⑥ 气如虹：气宇轩昂，超绝常伦。曹植《七启》："慷慨则气成霓虹。"

⑦ 东京：指洛阳。

⑧ 巨公：大家，大手笔。按东京才子、文章巨公两句，乃互文见义，用于称颂韩愈、皇甫湜两人的才学。

⑨ 二十八宿：亦称"二十八舍"或"二十八星"。我国古代天文学家为了观察天体运行的规律，将日、月经行的整个天区划分为28个星座，东、南、西、北四个方向均为七宿，每个星座各以其中一个星官（恒星）作为观测的坐标，合称"二十八宿"。罗：罗列。

⑩ 元精：天的精气。耿耿：明亮貌。以上两句形容韩愈和皇甫湜知识渊博、才调高卓。

⑪ 殿前作赋：谓韩愈、皇甫湜都经历过大场面。声摩空：声闻达于天际，极言声价之高。

⑫ 笔补造化：谓以诗文创作来补偿造化之不足。造化，指自然的创造和化育。天无功：非造化之力所为。这句所讲的"造化"与"天"，都是指客观存在的自然事物范畴而言。

⑬ 庞眉：见前《巴童答》注。书客：书生，因是时李贺客居洛阳，遂称"书客"。"庞眉书客"系诗人自称。秋蓬：蓬草至

秋枯萎,与下句之“死草”相应。

⑭ 谁知句:意谓谁能知道我碰上两位后,又像死草遇到春风得以复苏。生,复苏,再生。华风,春风。

⑮ 垂翅:见前《昌谷读书示巴童》注。李贺是时求仕未谐,处境窘困,故以垂翅之鸟自喻。附:依附。冥鸿:飞翔于高空的鸿雁,这里借指韩愈和皇甫湜。

⑯ 蛇作龙:形容由卑微到尊荣的地位升迁。以上两句意思是说:我今天虽然沉沦失意,但能依附两位明公,日后必能腾飞青霄,到那时即便别人说我蛇化为龙也不觉得羞愧了。

本篇作于诗人羁居洛阳期间。是时韩愈、皇甫湜两位前辈闻其诗名,枉驾到他仁和里住处过访,命李贺当面写成此诗。因二公乘坐高大轩车而来,故“即事名篇”题此诗曰《高轩过》。朱自清《李贺年谱》系此诗于元和四年(809),刘衍《李贺诗校笺证异》则推定其写作时间为元和四年六月十日以后,所说皆近是。

《高轩过》系为情造文的即兴之作,无论构思布局或意象熔炼,均表现出李贺过人的艺术敏感和创作才力。全诗略可分为三节，前后衔连，一气贯注。开头六句极写韩愈和皇甫湜服饰、车马之华贵，及其态度、气宇之轩昂，刻画人物有声有色。中间四句迭用象喻手法，称颂两人学识渊博、文名隆盛，形容排比精彩旁魄，将他们的内美推崇到无以复加的程度。而“庞眉书客感秋蓬”以下四句，则由盛赞二公转入对自己身世的感叹。此际诗人盘桓洛都既积岁月，然于仕途功名方面却并无任何进展，他以弱冠年华频遭冷落，单身伏处仁和里简陋的居址，自感恍如秋天的孤蓬日渐萎靡憔悴。正当他最需要奖掖和支柱的时候，韩愈、皇甫湜两位名流联镳来访，表示他们对李贺诗才的赏识。这一特殊礼遇召回了他的自信，足令其精神为之一振，仿佛垂死的枯草经过春风的吹拂旋而复苏。细揣“谁知死草生华风”句的“谁知”两字，不难体会诗人那份喜出望外的心情。诗歌结尾两句顺此作结，表明了诗人渴求改变自己窘困处境，企待在二公援手汲引下能腾达而起。

像这首献诗把对方讴歌得高大备至，自述景况则尽量保持低调，最后祈请尊者给予嘘扬帮助，似落入唐代士子酬赠篇什的俗套。然而,这些言辞出自一个久受压抑而乍逢知己的青年人之口,未尝不是他情真意切的肺腑挚言。况且李贺对韩愈的由衷感佩,其着眼点主要还建立在文学主张的认同上。李贺身处文学思潮剧变的元和时期,确实是将昌黎奉为诗歌创作的楷模来加以推崇膜拜的。就拿《高轩过》这一作品来说,即属长吉学习韩诗风格的典型例子。该篇笔力刚健,意象奇崛,语句安排确荦跌荡而富有节奏感,自始至终体现了一种强劲的流动韵律。正如叶葱奇所云:"这首诗的句法、音调、气势都和韩愈的诗很相像,因为是赠韩,即效韩体。"(《诗集》)

《高轩过》措思精绝,刻意求工,"笔补造化天无功"一句实为全篇之警策。此句既是对韩诗超迈境界的高度赞美,又道出了李贺自己在诗歌艺术上的不懈追求,惜乎以往注家多轻意放过,唯曾益《昌谷诗解》稍有述及:"补造化,补造化之不足;能补造化,故曰天无功也。"钱锺书别具只眼,对此诗句的底蕴有透彻的阐发。《谈艺录》自第七至第十五共有九条专以昌谷诗为擘析之对象，其中第十五对“笔补造化天无功”进行纵深论列。钱氏博综中外诗学理论和创作现象，认为百凡道艺之发生，皆天与人之凑合，综而论之，得两大宗：其一为师法造化，以模写自然为主；其二主润饰自然，工夺造化。前者重在写实，后者工能造境。从李贺的创作主张来看，当深悟“润饰自然，工夺造化”者也。钱氏持论即以昌谷此句为例：

> 长吉“笔补造化天无功”一句，可以提要钩玄。此派论者不特以为艺术中造境之美，非天然境界所及；至谓自然界无现成之美，只有资料，经艺术驱遣陶熔，方得佳观。此所以“天无功”而有待于“补”也。

此言鞭辟入里，甚有助于揭橥长吉特定的创作思想。

大凡在理想型的诗人心目中，世间一切自然形态的东西，总是比较粗糙平淡的，对于诗歌来说只能作为原始材料，它们本身并无多少美的价值可言；唯有经过作者的一番大力改造重塑，用艺术的再创造弥补、润饰其缺陷，才能在诗歌形象中体现出契合他主观感情的美。毫无疑问，李贺可以作为此类诗人的代表。长吉不太喜欢他所接触感知的客观世界，其注意力时常投向超验的想象空间，并将营造主观、唯美的诗境奉为圭臬。联系诗人的生平，他这种艺术癖好实有其现实的根源。洎于造化把一个充满缺失的生存环境安排给了他，同时又使他本人带有许多殊难克服的缺点。现实生活能够赋予这位畸零儿的，惟独一枚愁痛惨怛的苦果，出于他对自己景况的失望和不满，就特别希望从幻想的艺术佳境中获得某些慰安。李贺之所以呕心沥血地构筑诗国的华丽宫殿，很大程度上就是为了寻求一种对不幸人生的补偿。

河南府试十二月乐词并闰月（选四）

三　月

东方风来满眼春，花城柳暗愁杀人[①]。复宫深殿竹风起[②],新翠舞衿净如水[③]。光风转蕙百余里[④],暖雾驱云扑天地[⑤]。军装宫妓扫蛾浅[⑥],摇摇锦旗夹城暖[⑦]。曲水飘香去不归[⑧],梨花落尽成秋苑[⑨]。

① 柳暗:柳树成荫,故称柳暗。愁杀人:令人愁极。陈弘治《校释》云:“杀音煞,犹今所谓‘愁死人’也。春满花城,而人各怨别,故曰愁杀人。”

② 复宫深殿:重重叠叠的宫殿。

③ 新翠舞衿:新的绿舞衣,这里用来比喻春深宫竹拥碧流翠的景象。净如水:形容新竹的清净可爱。

④ 光风转蕙:晴日的和风摇荡着蕙草。《楚辞·招魂》:“光风转蕙,泛崇兰些。”王逸注曰:“光风谓雨已日出而风,草木有光也。”转,摇。

⑤ 暖雾句:此紧承上句,意谓春风轻吹,暖雾像行云一样腾空扑地而来。

⑥ 军装宫妓:穿着军装的宫女。古代帝王、贵主游观行乐,命宫女们手持兵器、身穿戎服,模仿出征的样子。扫蛾:指画

眉毛，古人常把女性的双眉称作蛾眉，故谓“扫蛾”。浅：淡。

⑦ 夹城：由大明宫通往兴庆宫、曲江等地的复道，唐玄宗时所筑，专供皇室亲贵往来出游时使用。据程大昌《雍录》载，夹城筑于开元二十年(732)，其形制为两边高墙对起，将通道夹在中间，“所谓筑垣墙如街巷者也”。

⑧ 曲水：即曲江，唐代长安著名的游乐地，位于长安东南隅，附近又有乐游原、芙蓉苑、杏园、慈恩寺、青龙寺等名胜，合成当时上京最主要的游览区。飘香：指在水上飘流的落花。

⑨ 苑：林园。以上两句意谓：曲江池中落花飘逝不复归来，待到梨花谢尽之后，春苑就好像变成秋苑了。

四　　月

晓凉暮凉树如盖①，千山浓绿生云外②。依微香雨青氛氲③，腻叶蟠花照曲门④。金塘闲水摇碧漪⑤，老景沉重无惊飞⑥，堕红残萼暗参差⑦。

① 晓凉暮凉：四月孟夏，气候逐渐暖和，惟晓暮尚有凉意。树如盖：树木枝叶茂畅，绿荫正浓，如盖广覆。

② 千山句：言所见之处无不浓荫滴翠。生云外，绿意弥漫达于云外。

③ 依微：隐约，依稀。香雨：雨水自花间坠地，仿佛可以嗅到清香。青氛氲：谓浓绿茂盛。

④ 腻叶：肥厚油亮的叶子。蟠花：瓣中重叠的花朵。吴企明、尤振中《李贺诗选析》引明董懋策注："蟠花，榴也，故云照，即燃之意。"又，姚文燮《昌谷集注》："蟠花即榴花。曲门，宫中阿门。"

⑤ 金塘：指池塘。此"金塘"与前文的"香雨"，皆诗人形容夸饰之语。碧漪：碧绿的水波。曾益《诗解》："惟绿浓，故塘水摇碧。"

⑥ 老景沉重：指四月春景既阑，无复花明争艳之景观，草树俱结实低垂。无惊飞：没有花片飞扬的景象。

⑦ 堕红：堕落在地的花瓣。残萼：残存枝上的花蒂。暗：形容枝叶繁茂，树荫浓密。参差：交互不齐的样子。

八　　月

嫠妾怨长夜[1]，独客梦归家[2]。

傍檐虫缉丝[3]，向壁灯垂花[4]。

帘外月光吐，帘内树影斜[5]。

悠悠飞露姿[6]，点缀池中荷。

① 嫠妾：寡居的妇女。

② 独客：独自在外的征夫。以上两句是说：八月秋高气朗，望月易触情怀，故嫠妾生旷怨之思而独客有归家之梦。

③ 虫缉丝：指蜘蛛织网。

④ 灯垂花：灯油欲尽，其芯自燃垂结灯花。林同济《研究》云："蜘蛛与灯花都是吉兆，但人间依旧不得团圆。"

⑤ 帘外二句：言月光树影掩映珠帘，都是一片清冷之景。

⑥ 悠悠：盛多貌。飞露姿：空中飘降露水的状态。

十　　月

玉壶银箭稍难倾[1]，缸花夜笑凝幽明[2]。

碎霜斜舞上罗幕[3]，烛龙两行照飞阁[4]。珠帷怨卧不成眠[5]，金凤刺衣著体寒[6]，长眉对月斗弯环[7]。

① 玉壶银箭：古代用以计时的器物，于壶中贮水，中置一箭，上刻度数，随其贮水之漏减勘验刻度以计时。稍难倾：暗指夜时渐长。

② 缸花：灯花。夜笑：灯花夜开，宛如人之破颜为笑。凝幽明：停留在半暗半明状态。凝，停，止。

③ 碎霜：细小之寒霜。斜舞：指霜因风吹而斜坠。

④ 烛龙：《汇解》本作"烛笼"，据宋刊本、金刊本、内阁文库本改。按宫内阁道灯缸布列，左右成行，长似龙形，故云烛龙两行。飞阁：陈弘治《校释》引《文选·东京赋》薛综注曰："阁道相通，不在于地，故曰飞。"

⑤ 珠帷句：言怨而不能成寐。

⑥ 金凤刺衣：王琦《汇解》云："以金线刺凤形于衣，王建《宫词》云：'罗衫叶叶绣重重，金凤银鹅各一丛。'盖其时俗所尚花样。"

⑦ 长眉句：曾益《诗解》曰："月初弦而未上，眉既曲而且长，

两相值,故曰斗弯环也。"按末三句意谓:宫嫔因幽怨不能成寐,于夜深衣单寒重之际,犹对月而长望。

此组乐词作于元和五年(810),当时长吉身在洛阳,观诗题可知本诗之撰创必与是年举行的河南府试有关。全篇采取联章并缀形式,自正月至十二月及闰月各设一章,串合起来共十三首诗,内容大多重在刻画宫闱掖庭女子日常生活。通过描述一年中节物风光的不断变化,进而透示她们内心被压抑着的情愫。日本学者原田宪雄《十二月乐辞》一文援引南宋吴正子的说法,指出像这样遵循时间推移顺序,逐月讴歌诗人从节令替代中获得的感受,在中国古典文学中早有先例。晋代清商曲辞《月节折杨柳歌》,借女子口吻唱咏一岁四季月节的变迁,每月一歌,加上闰月适足十三之数,于摹状自然景物之外,亦复寄托相思情怀。李贺诗作与之比照,无论内容抑或是形式均有诸多肖似之处(《李贺论考》,京都朋友书店,1980 年)。今检索敦煌出土文献,尚有 S.6208、P.3812 拟名《十二月》歌辞写卷二件,各自摄诗

12首，主旨亦演叙节候及思妇闺怨，虽无闰月歌殿后，然与前揭《月节折杨柳歌》显系同一类型的俚曲。任半塘提及盛唐开元时人袁晖尝有《十二月闺情》，虽仅传正、二、三、七月等四章，然其状貌特征当与上述两套《十二月》歌辞相同，因知“此类体制依然先有于民间，文人则踵事增华耳”（《敦煌歌辞总编》）。以此为参照，我们不难断认李贺此组诗应属诗人有意识地学习和模拟民歌体制的成果。

李贺《十二月乐词》既受民间歌辞的影响，自然免不了要保留一些闾里俗曲常有的风调，其题旨亦大要不出叙写节候和闺情，对女性的苦乐命运寄予一份绵邈深情。所不同的是，长吉对此进行了由质而文的主体风格转换。他将诗境移用到幽深宫庭，在不同于原型歌辞的富贵氛围中追求避熟趋新的艺术效果，诗语凝炼精拔，状景工巧透剔，写怀含蓄细腻，涉笔辄寓韵致。尤其令人称道的是诗人通过色彩浓淡的明显对比，光线明暗的便宜处置，以精妙灵巧的笔触，展示出大自然层出不穷的景观迁徙。这十三首诗仿佛晚近欧洲印象派的绘画，在唐诗园地中呈现出崭新特异的面貌。故此诗一经问世流播，便长期引起后人的传诵激赏，如南宋周密的《拟长吉十二月乐辞并闰月》，金元间吴景奎的《拟长吉十二月乐辞》，咸为有意仿袭该诗的作品，可见其在文学史上影响甚广。

《三月》写的是暮春景象，“东方风来满眼春”领引全诗，造语精工。“花城柳暗”一语道尽当下的季候特点，乐词笔墨触染之处，轻灵摇曳的翠竹被形容得无比优美。当我们的视界跟随着诗境的扩展，转向宫外“光风转蕙”的数百里原野，真感觉到有一股暖洋洋的气息充溢于天地之间。厥后诗人所描绘的“军装宫妓”，实则在他《荣华乐》、《追赋江潭苑》等篇什中屡次凸显，类似于这种端严英武的女性形象，看来特别招致长吉的垂青。尽管夹城内帝王出游的队伍填咽喧闹，而目的地却是空空荡荡。“曲水飘香去不归，梨花落尽成秋苑”，此二句作结，读之令人凄绝。

《四月》一首，季节场景的渲染尤为出色。时值孟夏，天气正在日趋暑热，但诗人偏用“晓凉暮凉”来做反衬。展现在读者眼前的是，林树云山构成的一片漫无边际的怡人浓绿，这里面又不乏大自然的精妙运作，“雨珠轻微、柔美几乎不能察觉，它们渗透于花香之中，似乎又可以嗅到”（S.欧文《透明度：解读唐代抒情诗》，《美国学者论唐代文学》，上海古籍出版社，1994 年）。后四句，重在细写女主人公身旁的景物。此刻石榴花拥簇着宫殿曲门，枝叶当风摆动的倒影，在澄静的塘水中悠悠晃荡，光线也变得越来越黯淡，事过境迁的春华残迹，都被这一大片幽深沉重的夏绿所笼盖。那些任人驱役的不幸者目睹如许景物，其心间的悒郁、迷惘就可想而知了。

与《三月》、《四月》采用七言句式不同，《八月》这首改由五言结章，相比之下篇幅较短，章法亦异。该诗前面四句，写女主人公推己及人，转念想到普天下的“孀妾”和“独客”，所涉情事显已超出宫禁范围。八月中秋，天清气朗，最是怀人时节，而蜘蛛缀网、灯芯结花咸属吉兆，然值此光景离人依旧不得团圆，固必倍增其旷怨之思。后四句又回叙即目所见，落笔工致细腻，隐恨随之遽起。姚文燮《昌谷集注》谓:“月光树影,掩映珠帘,愈深寂寥之感。露冷池荷,粉红将坠,幽心离思,俱极凄清。”可谓深得长吉诗心。

《十月》着力描画初冬夜色,发端“玉壶银箭”一句借取滴漏的具体相状,暗示入冬以后夜晚渐长;以下形容灯芯油尽结花,微光若明若暗,则愈加强化了诗境幽寒惨淡的气氛。是时飞霜在风中斜舞,黑沉沉的夜空衬映出阁道上灯烛布列,煞似两条蜿蜒的游龙。这一构图明暗对比十分突出,极易唤起读者深刻的视觉感受。按摹写漏壶滴水是李贺的特殊癖好,此类情景曾反复示现于《昌谷集》中。诸如《河南府试十二月乐词·正月》的“暗黄著柳宫漏迟”,《李夫人》的“玉蟾滴水鸡人唱”,《浩歌》的“漏催水咽玉蟾蜍”,《湖中曲》的“晚漏壶中水淋尽”,《官街鼓》的“漏声相将无断绝”,《夜来乐》的“漏长送珮承明庐”等。这类句例皆被诗人用来象征时间的流逝,与之隐约相伴的是年命短促的焦灼和感伤。正如英国汉学家 A.C.格兰汉姆指出的那样:“人生苦短乃是李贺诗的中心主题,仿佛在他之前从未有人因聆听漏壶的滴水声而备受烦扰，他运用完全个人化的意象来处理这个题材。”(《晚唐诗》)那些身居禁闱的宫嫔寂寞无聊，更易产生韶华易逝的怅恨，她们带着这样的心情夜深不寐望月，其命运之悲苦实足以唤起人们的同情。

最后，需要讨论的问题是，像这么一组构思幽邃、笔致工细、兼因联缀众多诗什而显得体式恢张的乐辞，究竟是否属诗人用来临场应考的篇章？此节古人未加深察，近来学者则提出以下质疑理由：（一）组诗篇幅过长，照理无法在科举考试严格限定的时间里一次性赋成。（二）唐代试帖诗虽多以节令、景物为题，但要求显现承平时代的祥和气氛，即使小有牢骚，也应曲终奏雅，感戴皇风时休。李贺本套《乐词》末首《闰月》虽也有“帝重光”这样的颂圣诗句，但组诗总体关注的是宫女精神上的痛苦，抒写的是岁月流逝的敏感，诗思低回沉著，殊难与科考场屋篇制合拍。（三）就形制体裁而论，唐朝试帖诗以五言六韵为主要形式，虽因事制宜无妨稍参变化，但近体五言排列这一基本格局是决不容打破的。而长吉此诗之体制源于民歌，非关近体，不怎么讲求排列，句式参差不齐，保留了一些民歌原型特征的痕迹，故与应试作品强调的工整规矩反差明显。林同济先生《李长吉歌诗研究》论及此诗，乃谓：

> 各诗格律，无一相同。或五言，或七言。或换韵，或不换韵，句数亦篇篇异。盖贺着意的尝试。题旨多出于闺情，尤其是宫怨。自此角度读之，便知不是纯试帖之作。(《中华文史论丛》1982 年第 1 期)

林先生博达通识，抉示要言不烦，论断当属可信：长吉此组《乐词》并不是真正的试帖诗。

既然如此，《乐词》又缘何以试帖的名目来做标榜？这还需从林先生所称的李贺"着意的尝试"一语说起。考元和五年洛下确曾举行过河南府试，长吉跃跃欲试，盖《乐词》信系诗人自行拟题兼自付诸尝试演练之作。因彼仅属练笔性质，故不必谨守应举时艺的刻板规定，出于李贺一贯的唯美爱好与苦吟脾性，他在撰作该诗时同样没有致力抑制自身的灵感，其精神反被不断奔涌的创作冲动所左右,以致越到后来就越加偏离应试诗歌的轨道。抱着这种态度写作颇近文字游戏,却有助于达到赋诗与现实狭隘功利目标的隔离,终于为当时诗坛奉献了一组艺术品位极高的佳构。

致 酒 行

至日长安里中作[①]

零落栖迟一杯酒[②],主人奉觞客长寿[③]。主父西游困不归[④],家人折断门前柳[⑤]。吾闻马周昔作新丰客[⑥],天荒地老无人识[⑦]。空将笺上两行书,直犯龙颜请恩泽[⑧]。我有迷魂招不得[⑨],雄鸡一声天下白。少年心事当拿云[⑩],谁念幽寒坐呜呃?[⑪]

① "至日长安里中作"七字,据《文苑英华》卷三三六补。至日:冬至日。长安里中:指长安的坊里中间。

② 栖迟:淹留落魄的意思。

③ 奉觞：举杯敬酒。这两句说：自己淹留落魄，承蒙里坊中主人置酒相招，举杯祝我长寿。

④ 主父：主父偃，西汉武帝时人，早岁家贫不得志，因至长安谋求进取，资用匮乏，淹留日久。后向武帝上书献策，遂得朝廷重用。西游：指西入长安。

⑤ 折断：折尽，即全都折光。刘永翔《"折断"新解》释曰："由于主父偃西游蹭蹬，久客不归，家人日日思念，折柳以寄情愫，时间之长，以致把门前的杨柳枝都折尽了。"(《文史知识》1982 年第 1 期)

⑥ 马周：唐初太宗时人，年轻时屡受地方官轻辱。后西游长安，途经新丰投宿旅舍，店主惟供诸商贩而不顾待他，遂命酒一斗八升，悠然独酌，主人深异之。至长安，寄居中郎将常何家，代常何上书太宗，陈说二十余事，获得皇帝的赏识。

⑦ 天荒地老：形容时间极长。

⑧ 龙颜：代指皇帝。请恩泽：祈请皇帝赐给恩惠。以上两句说，马周只是靠了奏本上陈述的几条意见，就被皇帝召见，立即委以重任。

⑨ 迷魂：迷惘失落的灵魂。招不得：招不回来。沈惠乐《李

贺诗选注》云:“迷魂招不得,表现了诗人魂不守舍、抑郁彷徨的心情。”

⑩ 拏云:拂云,犹言壮志凌云。

⑪ 幽寒:冷落寒苦,喻处境穷贱。陈弘治《校释》谓:“末二句言少年当有凌云之志,若乃贫贱沉顿,谁复为之悯恻也?”按此说极是,细揣本诗最后两句文义,盖上句言少年当自奋发努力,下句乃谓坐叹幽寒无济于事。

《致酒行》撰于元和五年(810)冬至日,形式上系承袭古乐府体制而即事名篇的七言歌行。全诗气调非凡,情理俱显,乃诗人羁栖长安期间所吟就的名篇。

元和五年对李贺来说是至为关键的一年,是年秋他通过河南府的选拔喜获机遇,至初冬即自洛阳赴京师应进士试,由于此前文战成功,遂而增长了他以为功名轻易可致的错觉。然而,造物弄人,“名讳”事件突发,举场内外群情汹汹,遽令他不幸陷入窘困境地,纵有韩愈、皇甫湜为之极力辩白,但结果还是被剥夺了应试的资格。如此沉重的打击骤然落在毫无思想准备的李贺头上，诗人灵魂深处的猛烈震荡固难自抑。这时诗歌成了最合适不过的排遣手段，写在诗人初值挫跌之际的这首七言歌行，记录了他对上述事端的最早反应。清人黄周星本已指出，此诗是一首“干禄不得之作”，“惟其天荒地老，所以有招不得之迷魂也”（参看吴企明编《李贺资料汇编》）。以故本篇宣泄出来的诗人思绪，在很大程度上带有那种骤遭碰壁而不甘罢休的情感特征。

推寻此诗的脉络结构，略可分为三个层次。首二句诉说自身处境落拓淹蹇，承蒙里中主人设酒相待，热心举杯祝祷康健，借此亦点明了“致酒”的题意。自三至八句，都是主人宽慰劝勉诗人的话：你离家淹留京城，就像当年主父偃西游长安久困不归那样，家人盼望你回去，恐怕要把门前柳树上的枝条都折尽了；我听说本朝马周在新丰客舍受到冷遇，这悠悠世间没有谁能赏识他的才能，只是凭着奏章上书写的几行文字，就很快地引起了唐太宗的重视。主人这番劝勉语重心长，旨在说明历朝之经国美材不免常处逆境，暗示李贺同样会有伸展出头之日，无需为目前的零落栖迟感到沮丧。这六句诗中迭用主父偃、马周两人典实,却因诗人精心剪裁,让前者引类譬况付以同情,后者则征诸事实复加理喻,务令前后贯穿、主次分明,读来愈觉顿挫有致。故毛先舒《诗辩坻》谓:"主父、宾王(马周字宾王)作两层叙,本俱引证,更作宾主详略,谁谓长吉不深于长篇之法耶!"九至末句,乃李贺听了主人劝慰后的自陈。"我有迷魂"云云,叙述自身精神状态瞀乱,一下子无法理出头绪;而"雄鸡一声天下白"句,实与《赠陈商》诗之"天眼何时开"摄意相近,均被用来借指仕途畅达之时。陈弘治《校释》解云:"我有迷魂,而招之不得,直待雄鸡一声,天下自然悉白耳。"最后"少年"、"谁怜"一联,道出了诗人经思索而获致的理性认识,表示不能老是悲叹失落,而当振作精神,继续努力。

此诗最大的艺术特点是,面对现实,直陈胸襟。李贺终生命运坎坷,穷愁潦倒常与为伴,碰到矛盾冲突,内心每郁结不舒,复好幽眇奇谲之思。缘此,其诗集内诸多抒泄牢骚侘傺的篇什,恒为缤纷复沓的想象所笼罩,作品的真实寄旨反而隐晦不显,从思想取向来看亦以凄苦沉沦者居多。杜牧目之为“理不胜辞”，固应视为入木三分的知言。《致酒行》突破自我藩篱，将当时诗人的真实感受写得异常挚直，非但全篇的理念昭晰显豁，而且又像刘辰翁说的“末转慷慨，令人起舞”(《笺注评点李长吉歌诗》)，其基调终蹈积极向上一路。如是清醒激励之作在《昌谷集》中犹若凤毛麟角，所以愈显珍贵。

出　　城[①]

雪下桂花稀[②]，啼乌被弹归[③]。
关水乘驴影，秦风帽带垂[④]。
入乡诚可重[⑤]，无印自堪悲[⑥]。
卿卿忍相问[⑦]，镜中双泪姿[⑧]。

① 徐渭曰：“出城，出帝城而归乡也。”按此诗文义，可审知其为李贺应试受挫后离京返昌谷时所作。

② 雪下句：曾益《诗解》：“雪下桂稀，出城之候。”

③ 啼乌被弹：比喻诗人因"名讳"事件而受到伤害。

④ 关水二句：皆为诗人自叙其归途孤单萧索的景况。叶葱奇《诗集》谓："唐的长安就是秦的咸阳、关中之地，所以用'关水'、'秦风'。"

⑤ 诚可重：宋刊本作"试万里"，金刊本作"诚万里"，今从叶葱奇《诗集》据黎简校本改为"诚可重"。诚，确实。重，贵重。

⑥ 无印：无为官之印信，指应进士试失败。林同济《研究》云："疑反用苏秦掌六国印事。"

⑦ 卿卿：对亲者的爱称。忍相问：忍泪相慰问。

⑧ 双泪姿：双眼垂泪貌。曾益《诗解》谓："是预拟其闺人怜己意，言始忍泪相慰问，而终不能忍其泪，见悲甚也。"

长吉因"名讳"事件而无望于仕进功名，遂独自离京返回故乡昌谷，本诗即其初出长安城时所作。由于季候已届深冬，沿路一片萧索苍茫，不停飘落的霰雪值风劲吹，煞似稀疏微细的桂花飞扬天际；而他自己，则好似一只被弹丸击伤的乌鸟，忍着剧烈的疼痛铩羽逃回巢穴。"关水乘驴影，秦风帽带垂"一联，通过叙写诗人身骑弊驴的倒影映入寒水，他帽沿下的带子在风中瑟缩低垂，活现出这个踏上归途的失意者孤寂落寞的形象，堪称绝妙好辞。抒情诗所渲染营造的特殊氛围，大率是诗人心灵世界的折光反射。与《致酒行》相比，《出城》显然少了些愤激不平之气，却平添了几分黯然神伤。这两首作品呈现的情感取向上的差异，符合一般人遇到重大挫折后渐次变化的心理过程。

诗的下半首纯写诗人的感情体验。“入乡诚可重，无印自堪悲”两句，吐露了长吉行将抵家时的矛盾心情。回归山居重温亲人团聚的天伦之乐，固当可欣可珍；但自己长期汲汲功名，既往数年羁旅淹滞京洛，最后竟落得个一事无成的结局，回想起来不禁惨酸塞膺。对封建社会的知识分子而言，应试下第意味着人生道路上的一大颠踣，由此肯定会负荷沉重的精神压力。愁肠失意的李贺因性格内向更是身入“愁城”不能自拔，尤其需要有人给他以同情和关怀。出于这种心理需求，这时诗人感觉仿佛已经置身昌谷家园，一位意念中的“卿卿”填补了他生活的空白。她善解人意、温情脉脉，隐忍悲辛慰喻归客，等她转过身去，归客从镜中窥见的是她那双眼垂泪的面容。有这位贤慧体贴的“闺人”共担不幸，诗人无疑找到了他人生的避风港湾。

按“卿卿忍相问，镜中双泪姿”两句，尝被近世较多学者援为李贺娶过媳妇的证据。然而，细绎该联诗句，此“闺人”不过是诗人悬想中的意象，未必具备实际生活客观存在的品格。纵观长吉一生爱情际遇蔽塞枯槁，遂而将自己欲愿的实现转移到丰富的幻觉世界，《昌谷集》内塑造过众多大胆虚构的女性形象，无论是女神、女鬼抑或人世间的异性，从根本上讲都肇源于他现实生活的乏匮。鉴于李贺吟诗殊多依赖想象，并有相当大一部分的诗句旨在“笔补造化”，不宜拿来当作考索其经历行踪的实证依据。故要弄清诗人平生究竟有无配偶问题，必须充分尊重以下一个基本事实：那就是在现存李贺生平传记资料中，论记事之原始与委宛翔实，殆莫过于杜牧《李长吉歌诗叙》以及李商隐《李长吉小传》，然其中并无一点支撑“贺尝有妇”说的蛛丝马迹。《李长吉小传》系记录传主亲姊的口述，其间道及许多鲜为人知的故事，且演叙长吉的家庭生活琐状尤备，却根本不提他有婚娶一事。勘诸《李长吉歌诗叙》，该文还录有诗人的好友沈子明说的“贺复无家室子弟”等几句话，这从另一个侧面提示我们注意诗人可能终身未娶，因此自然也就没有子嗣。

始为奉礼忆昌谷山居[①]

扫断马蹄痕[②]，衙回自闭门[③]。长枪江米熟[④]，小树枣花春[⑤]。向壁悬如意[⑥]，当帘阅角巾[⑦]。犬书曾去洛[⑧]，鹤病悔游秦[⑨]。土甑封茶叶[⑩]，山杯锁竹根[⑪]。不知船上月[⑫]，谁棹满溪云[⑬]？

① 奉礼：奉礼郎，官员，属太常寺。《新唐书 · 百官志三》：“奉礼郎二人，从九品上。”

② 扫断句：指无车马之宾相过。扫断，摒绝，断绝。

③ 衙回句：是说由衙中回到住处，率即闭门谢客。衙，官署。自，率，即。

④ 长枪：江米形状犹如锐长的枪头，故云。江米：盛产于京洛中原的一种糯米，米形乌黑锐长，食时香软可口。熟：煮熟。

⑤ 枣花春：枣花开放。

⑥ 悬：悬挂。如意：器物名，用竹、玉、骨、铁等质料制成，其端作灵芝或云叶状，可供指划、搔背及赏玩等用。

⑦ 阅：观看抚摸。林同济《研究》："'阅'字佳，即老杜'看剑引杯长'之'看'字意，摩挲之谓也。"角巾：晋、唐人在家闲居时所戴的一种有棱角的头巾。

⑧ 犬书：据《述异记》载，晋陆机有一犬名"黄耳"，黠慧能解人语，机仕洛阳久无家信，乃戏语犬曰："汝能赍书驰取消息否？"犬作声应之。机修书系之犬颈，犬走向吴，到家取答书还。去洛：这里指去李贺的家乡昌谷。

⑨ 鹤病：谓诗人此时身患疾病，"鹤"系李贺自指。游秦：指到长安担任奉礼郎一职。

⑩ 土甑(zèng)：瓦罐。

⑪ 竹根：用竹根做成的酒杯。陈弘治《校释》引钱澄之语曰："'土甑'、'山杯'二句，皆忆昌谷景物，'封'与'锁'见主人不在也。"

⑫ 不知：《汇解》本误作"不如"，据余各本改。

⑬ 棹：船桨。这里作动词用，划船的意思。刘衍《证异》释二句云："摇船夜游，溪映云月，故云'满溪云'。"曾益《诗解》谓："船上之月，我昔载之；溪上之云，我昔棹之。今既服官，谁复优游其间哉？犹言山阿寂寥，见忆之甚。"

本篇作于元和六年（811）诗人始为奉礼郎时。前一年冬天，李贺因"名讳"事应举受挫，黯然离京返回昌谷，然居家赋闲养疾不到半年，即应召重赴长安，开始他首尾三年的为官生涯。按西安市及其周边，枣树开花大抵都在每年农历的四月下旬至五月初，花期二十来天，此诗的"小树枣花春"一句，正透露了长吉出仕时令已入初夏。奉礼郎系太常寺属下的小官，尽管位卑职琐，得来却并不容易。此项任命或许是出于照顾门荫，而所以能惠及李贺，疑与韩愈之荐引有关，不过事前必须通过一道考试程序。朱自清先生考索史实、典章，对长吉出任此职所经由之委曲作了信实的论述：

> 唐选人之制，六品以下，须集而试；先试"书""判"，继察"身""言"。王鸣盛疑贺以恩荫得官，

近之。《新书·选举志》,太庙及郊社斋郎即以荫子为之,然亦须应试;贺之为奉礼郎,殆亦由斯道也。(《李贺年谱》)

李贺向以身据要路为其人生目标,像奉礼郎这样一个低微的职务,自然与他的期望值相距甚远。不过此次被意外地摄录,适在他遭到严重打击之后,可算是命运的小小转机,何况还是经过许多折腾方得跻身官场,在短时期内它还是能起到些许安定情绪的作用。是以本篇所显示的诗人心态,总的说来还比较平静,纵然无法弥合理想和现实的矛盾,却没有以往常见的那种躁动、焦虑和感伤。在艺术方面,此诗笔意澄净、思致清晰,李贺用他那支叙述生动的诗笔,委宛地表现自己依违于守官与思乡两端的特定襟怀,通篇浸透着一股浓浓的乡情。清人董伯音以为该篇末后"不知船上月,谁棹满溪云"一联"尤得'忆'字神理"(附见陈本礼《协律钩玄》)。李贺所以能写出这样风格清隽闲朗的诗作,与其高度重视南北朝诗艺有着密切的关系。洵如此篇"山杯锁竹根"一句,溯其创意来源,当是祖述庾信《奉报赵惠王酒诗》的“山杯捧竹根”。

从内容结构上看，该诗前六句主要写诗人在长安的景况，末四句着重抒发对昌谷山居的忆念，而“犬书”、“鹤病”一联则是连结前后两部分的关键。“犬书”显系援用《述异记》陆机让“黄耳”回乡递送信息的故事，旨在说明诗人已附书往昌谷家中问讯。问题出在“鹤病”句到底用了何典，自王琦《汇解》从乐府古辞中找到一处“鹤妻”被“病”的文句，并藉此推论“诗用此事，当因其妇卧病故”后，后来学者多认同此说。其实，长吉诗中的“鹤病”亦同用陆机典故，乐府古辞不过与之文词偶合而已，这是需要稍加辨说的地方。

按晋初陆机应召衔命入洛，以其才华富赡、文藻宏丽，极受北方名流权要的推挹。当时文坛巨擘张华带头为之延誉，至称“伐吴之役，利获二俊”。而著名诗人潘岳代贾谧作赠诗十一章，对陆机竭尽褒美表彰之能事，其中第五章有谓：

长离云谁？咨尔陆生。鹤鸣九皋，犹载厥声。况乃海隅，播名上京。爰应旌招，抚翼宰庭。

上述篇章在西晋士大夫圈子里流播甚广，如是把陆机喻为长鸣九皋的“鹤”，可说是历史上留下的一桩崇文佳话。尽管处在盛赞声中，陆机内心仍觉缺憾孔多。他到达洛阳后，始为祭酒，继迁太子洗马，大凡均为文学侍从，无法满足其驰骋逸足的欲愿，因此陆机每起乡关之思，如《怀土赋》、《归思赋》等思乡主题的作品先后问世，透露出他对自己北上出仕潜生懊悔。这也是《述异记》陆机“黄耳”故事产生的历史背景。陆机的这番经历，与李贺有诸多相似之处。李贺与陆机同是出身于赫奕世家，且亦早著才名，现在应召来到京城，不过做一个很不起眼的小官，精神上又屡为恋家的情结所占据。既然潘岳已以“鹤鸣九皋”称诵陆机声闻远扬，那么又何妨李贺借用“鹤”这个意象来自喻呢？至于“鹤”之“病”，毋庸置疑是说长吉的患病。当诗人闲居昌谷之次，其病象已显露无遗，抵京奉职一直未能摆脱病魔的困扰。这位眷念故土、多愁善感的书生，就是靠着如是羸弱的身子支撑为官生活，就在他宣泄自适惬意情绪的同时，又怎能不对此番西游长安怀有悔意呢？

申胡子觱篥歌[1]并序

申胡子，朔客之苍头也[2]。朔客李氏，本亦世家子[3]，得祀江夏王庙[4]，当年践履失序[5]，遂奉官北部[6]。自称学长调短调[7]，久未知名。今年四月，吾与对舍于长安崇义里[8]，遂将衣质酒[9]，命予合饮。气热杯阑[10]，因谓吾曰："李长吉，尔徒能长调[11]，不能作五字歌诗，直强回笔端[12]，与陶、谢诗势相远几里！[13]"吾对后，请撰《申胡子觱篥歌》[14]，以五字断句。歌成，左右人合噪相唱[15]。朔客大喜，擎觞起立[16]，命花娘出幕[17]，徘徊拜客。吾问所宜[18]，称善平弄[19]，于是以弊辞配声[20]，与予为寿[21]。

颜热感君酒[22]，含嚼芦中声[23]。花娘篸绥妥[24]，休睡芙蓉屏[25]。谁截太平管[26]，列点排空星[27]？直贯开花风，天上驱云行[28]。今夕岁华落[29]，令人惜平生[30]。心事如波涛，中坐时时惊[31]。朔客骑白马，剑弝悬兰缨[32]。俊健如生猱[33]，肯拾蓬中萤[34]。

① “胡”即“鬍”，因其人姓申而多髯，故以“申胡子”称之。觱篥（bì lì）：我国古代西北少数民族的一种吹奏乐器，以芦茎为簧，短竹为管，制如竖笛，原出龟兹，至六朝后才传入中土。

② 朔客：北方客人。苍头：奴仆。

③ 本亦：《汇解》本无“本”字，据宋刊本、金刊本、日本内阁文库本补。世家子：贵族豪门的子弟。

④ 得祀江夏王庙：谓朔客是江夏王李道宗的后代。据《新唐书》，江夏郡王道宗，初封任城王，太宗时以战功徙封江夏。古代宗庙中，宗子主祭，支属从祭，朔客为支属，故称“得祀”。

⑤ 践履失序：行为失检。

⑥ 奉官北部：被派到北方去做官。

⑦ 长调短调：唐人称七言歌诗为长调，五言歌诗为短调。

⑧ 对舍：对门居住。崇义里：长安城门内的街坊名，详参后文《崇义里滞雨》注。

⑨ 将衣质酒：拿衣服作抵押换酒喝。

⑩ 气热杯阑：气感身热，杯中酒尽。

⑪ 徒能：只会。

⑫ 直：但。强回笔端：勉强掉转笔头。

⑬ 陶、谢：陶渊明和谢灵运。诗势：指诗歌的模样。相远几里：相差多少。

⑭ 请撰：指请对方同意自己作诗。

⑮ 合噪相唱：合而嘈杂唱咏。

⑯ 擎觞：举杯。

⑰ 花娘：朔客家里的歌妓。出幕：从帘内走出。

⑱ 所宜：所擅长的。

⑲ 平弄：即平声慢歌之意。

⑳ 以弊辞配声：把我写的歌辞谱成曲调。弊辞，对自己所写歌辞的谦称。

㉑ 与予为寿：给我祝寿。

㉒ 颜热：酒酣面热。

㉓ 含嚼：吹觱篥时唇口的动作。芦中声：因觱篥以芦茎为簧，故称觱篥声为芦中声。

㉔ 篸：同“簪”，古代妇女常戴的一种首饰。绥妥：悬垂的样子。

㉕ 休睡：不要睡觉，此句显属朔客招呼花娘的语气，陈弘治

《校释》引董懋策曰:“休睡芙蓉屏,讽之使出。”

㉖ 太平管:另一种吹奏乐器,形如跋膝而九孔,头的形状如觱篥,此借指觱篥。

㉗ 列点句:意谓觱篥管上排列的按孔,犹如天空的星星。

㉘ 直贯二句:意谓觱篥的声音如春风吹开百花,能高扬入天驱赶行云。刘衍《证异》云:“此实形其申胡子吹觱篥之声,劲健高亢,如吹太平管。”

㉙ 岁华落:时光消逝。

㉚ 平生:一辈子。

㉛ 中坐:坐中,在座的人。沈惠乐《李贺诗选注》云:“这句说:自己虽同在座的人一起听音乐,但心中时时感到心惊。”又,曾益《诗解》笺释以上四句曰:“谓己当今夕聆是声,感岁华之徂落,惜年生之虚迈,心为之沸跃而时惊,声之入人深也。”

㉜ 剑把(bà):剑柄。兰缨:剑柄上悬挂的穗子。

㉝ 生猱(náo):野性未驯的猿猴,形容朔客的灵敏健疾,不拘常格。

㉞ 肯:竟肯,居然肯。蓬中萤:蓬草中的萤火虫。晋代有个穷书生车胤,夏天拾取萤火虫借光夜读。叶葱奇《诗集》

谓:“结尾四句是赞美主人的话,说朔客骑白马,佩宝剑,雄壮英勇,竟然知道爱好文艺。”

《申胡子觱篥歌》反映了李贺长安生活的一个侧面。其时有位唐皇室的疏属子弟朔客李氏,与诗人同在崇义里对门居住,此人生性倜傥豪爽,行为摆落拘碍,自称久留意于学习五、七言诗。一日朔客置酒邀请李贺过去共饮,席间他命苍头申胡子吹奏觱篥助兴,又叫家里的歌妓花娘出来参拜宾客,于酒酣杯阑之际,主人直率地批评长吉只会作七言长调,对五言歌诗却不太在行,要客人当场试吟一首。李贺这一篇五言体的乐府歌辞,正是回应朔客的要求而作,因此记及诗人和朔客本次诗酒交游的情景,并顺取申胡子为他们演奏觱篥一事立题命篇,个中既描绘了音乐形象,也触涉到诗歌创作问题,颇能展现出唐代音乐与诗歌普及和相互交融的文化态势。题于诗前的小序写得相当认真,全用韩愈提倡的古文体式,不仅叙述事件生动具体,刻画人物形神毕肖,而且对本篇创撰的背景也有明确交代,可肯定它是作于元和六年(811)四月诗人初为奉礼郎时。

置身于群星璀璨的中唐诗坛,李贺特以善撰新体乐府歌行著称,两《唐书》本传就说他“手笔敏捷,尤长于歌篇”,“辞尚奇诡,所得皆惊迈,绝去翰墨畦径”,可见长吉此类作品在当时确有很大的影响。原诸昌谷乐府歌辞之果能负斯盛誉,主要还得归功于他的七言歌诗。唐人称七言歌诗为“长调”,因其句式稍长,操作起来有较大的回旋余地,经李贺这样的能手驱驾,很容易形成那种“如崇岩峭壁,万仞崛起”的气势,从而让诗歌的主体风格藉此得到愈加鲜明的体现。唐五代笔记提到的《高轩过》、《雁门太守行》两诗,一朝问世,随即得以迅速流播,堪称致使李贺名溢天下的代表作,其体裁皆采用了七言体。爰论号称“短调”的五言歌诗,长吉当然也写了不少,唯其付诸运用,总不如七言那样得心应手,故创作成就亦相对逊色一些。本篇的小序道及朔客曾当面指称李长吉“尔徒能长调,不能作五字歌诗”,虽说话的语气不无恢啁夸张,却传递出时人对长吉歌诗所持的一种普遍看法,李贺本人对此未必没有自知之明。

长吉所以“明知而故犯”，原因有二：一是为了席间佐欢，其二则是想证实一下自己并非缺乏结构“短调”的能耐。这篇五言乐府歌诗的创作，体现了诗人要强逞才的一面。《申胡子觱篥歌》全篇四句一节，诗意流转，散发着词华清越、神理骏发之美。诗歌从酒酣颜热起笔，引出申胡子的觱篥声，“花娘”两句以歌女深宵立听不睡，侧写觱篥之乐音感人。“谁截太平管”四句，转而慨叹觱篥乐器造作之奇，盛赞乐音之激越高亢可冲风驱云。“今夕岁华落，令人惜平生”两句，诗意陡转，嗟叹光阴悄然告逝，一“惜”字既留连此良辰欢会，又使悲情萌动，引出诗人如波涛般涌动的感遇心事。最后四句归美主人，揄扬朔客文武兼备、企盼知音，照应诗歌创作的起因，以完结全篇。诗篇如此结构，在索语造境方面明显追攀陶、谢佳构，尤其是“今夕”两句由喜入悲，向被论者认为饶有晋、宋古人气貌。

然而，李贺毕竟生长在距东晋义熙、刘宋元嘉三四百年的中唐元和年间，作为“诗到元和体变新”的精神产物，《申胡子觱篥歌》无论如何也恢复不了晋宋五言的清新风雅。我们细绎该诗肌理,从中不难感触到跳荡起伏的气脉,体会到周遭涌动着一股很强劲的张力,这与其说是模拟陶、谢,倒不如说逼近韩愈更为贴切。

崇义里滞雨[1]

落漠谁家子[2],来感长安秋。壮年抱羁恨[3],梦泣生白头[4]。瘦马秣败草[5],雨沫飘寒沟[6]。南宫古帘暗[7],湿景传签筹[8]。家山远千里[9],云脚天东头[10]。忧眠枕剑匣,客帐梦封侯[11]。

① 崇义里:唐代长安城内之里坊名。王琦《汇解》引《长安志》:"朱雀街东第二街,有九坊,崇义坊其一也。"刘衍《证异》:"坊与里,为唐人通称。……朱雀街东为安上门大街,崇义里在其街东,位处长安市中心。"滞雨:久雨不晴。滞,停留。

② 落漠:冷落寂寞。谁家子:诗人自问。

③ 羁恨：旅愁，羁居客地的愁恨。

④ 梦泣句：意谓在睡梦中为自己头上早生白发而哭泣。

⑤ 秣：喂养。败草：腐烂的草料。

⑥ 雨沫句：雨水落在寒沟里，在水面上泛起一阵阵的泡沫，又慢慢地漂走。

⑦ 南宫：古称尚书省为南宫，东汉郑宏为尚书令，著有《南宫故事》。唐卢纶《酬金部王郎中省中春日见寄》："南宫树色晓森森。"白居易《微之就拜尚书居易续除刑部因书贺意兼咏离怀》："我为宪部入南宫。"古帘：旧帘。

⑧ 湿景：雨天湿润迷糊的景色。传签筹：谓有漏声传出。签筹，漏壶内刻着时辰度数的竹箭。以上两句写诗人在阴雨天里，遥对昏暗的南宫，忧念时光的流逝，感叹自己沉沦卑职，未能施展抱负。今稽《长安志》、《唐两京城坊考》，崇义里地近皇城，与南宫之斜线距离仅一坊之隔，宜其可以凭眺远望。

⑨ 家山：家乡。远千里：李贺家乡昌谷距长安约八百余里，"千里"是举其整数。

⑩ 云脚：云的脚下，云的下面。陈弘治《校释》曰："云脚，犹言'云底下'也。"天东头：昌谷在长安之东，故谓。

⑪ 忧眠：忧闷而眠。客帐：指诗人羁居崇义里寓所之床帐。曾益《诗解》云："滞雨怀忧，枕剑而眠，而封侯之事，见之梦中，感可知已。"

《崇义里滞雨》这首五言古诗，系李贺羁居长安期间写成的一篇感情幽邃的咏叹力作。诗人秋日于崇义里住处因滞雨拟题，着意描述他西游京城遭遇之寂寞冷落，此中思绪纷呈，笔调沉着，续续道来，略无讳隐，坦诚地剖露了自己的内心世界。此诗对于我们了解长吉在这一阶段的习常行止和精神面貌，具有较高的认识价值。刘衍《证异》推断它"作于元和六年秋奉礼郎任上"，当接近事实本相。

这一年的秋天，长吉入京奉职已积数月，由于官况无聊，病象有增，日子过得异常窘困枯槁，谋食维艰之消磨，使他不得不与"向壁悬如意，当帘阅角巾"的悠闲情趣作别。其权且寄身的崇义里寓址，虽处长安城中心位置，但地势湫下，舍宇陋劣，居住条件极差。所谓"荒沟古水光如刀，庭南拱柳生蛴螬"，非惟荒秽凄凉满目，甚至大门也是用柴草编结起来的。李贺缘其仕途顿沉多舛,本来心志错寞,再加上日常生活环境如此寒伧阨塞,其襟怀之悒郁不舒确属可想而知。这时适又碰到天公不作美,沉沦者最易感知秋雨羁旅的悲苦。诗人一连数日索居寓所,拿些朽败的草料喂自己骑的牲口,看着不停的雨点在沟水上激起一阵阵泡沫,然后慢慢地漂荡而去;遥对雨中昏暗的南宫,想起那边漏壶内的贮水正在一滴一滴往下淌,益发增添他对生命无常的感触。偌大的帝京竟容不下一个孤单的游子,使他只能从天东头的云脚下去寻觅对远在千里之外的故乡的情思。所有这一切迫使他从心底喊出"落漠谁家子,来感长安秋"的感慨——秋者,愁也,全诗起笔即定下了忧郁的基调。叶葱奇《诗集》云:"首句用'谁家子',仿佛自问,极愤郁之致。"姚文燮《集注》引陈二如云:"一'来'字妙极,本是自悔其来。"然而恨是恨,悔则悔矣,末两句"忧眠枕剑匣,客帐梦封侯"又表明长吉身陷绝境仍不甘心,潜意识中的热望唯有到梦境里去追寻了。

《崇义里滞雨》为失意者愤闷的言志篇章,它注重表现的是创作主体复杂的心理活动,不过其间偶或摹述客观事物,殆亦足以显现李贺摄纳外境诸色相状所获得的特殊感受。试取诗中“雨沫飘寒沟”及“南宫古帘暗”两例言之,二者固皆由状景而洵具烘托作品抒情的效果,不过细加擘析,二者实则分别代表着两种不同的赋物方法类型。“雨沫飘寒沟”系写诗人寓址近旁的滞雨景象,即在一个极有限的狭小空间内,生动地展现出雨点叩击沟水而引发的一连串细微变化,其笔触之精致绵密直可谓纤毫无遗。相反,“南宫古帘暗”一句则属略叙眺望远处所见,此刻映在诗人视野里的“南宫”,无非是一片烟雨迷茫中露出的粗浅轮廓而已,至于那座建筑物此时究竟有没有垂着帘幕,恐怕连诗人自己也未必辨认得清。更有意思的当数其下“湿景”一语,它尝被荒井健教授目为长吉自创的新词,诗人之所以喜欢造作“湿景”、“空白”这类生僻的语汇,主要是为了增强他笔端景观事物的模糊性。比较此诗上述两个句子各自呈现的征候,因知李贺极善以工笔精描细写侧近的事物,但遇到摹画远处的景象,就只好改用泼墨来加以模模糊糊的渲染了。类似于这两种写景手法的明显歧异，勘诸《李长吉歌诗》犹可检到许多例证，正如钱锺书在《谈艺录》中所指出的那样："余尝谓长吉文心，如短视人之目力，近则细察秋毫，远则大不能睹舆薪。"钱先生的这段话，不仅抉示了李贺诗歌艺术的一大技巧特征，而且还启迪我们顺此思路触及长吉心理上的一种偏畸症状：他惯于在与一己切近相关的人生期遇当中钻牛角尖，而对社会普遍关怀的政治、伦理问题却缺乏远见卓识。明乎此理，即可晓达昌谷诗写景特色形成之作者主观原委所在。

李凭箜篌引[1]

吴丝蜀桐张高秋[2]，空白凝云颓不流[3]。江娥啼竹素女愁[4]，李凭中国弹箜篌[5]。昆山玉碎凤凰叫[6]，芙蓉泣露香兰笑[7]。十二门前融冷光[8]，二十三丝动紫皇[9]。女娲炼石补天处[10]，石破天惊逗秋雨[11]。梦入神山教神妪[12]，老鱼跳波瘦蛟舞[13]。吴质不眠倚桂树[14],露脚斜飞湿寒兔[15]。

① 李凭:中唐宫廷乐师,以善弹箜篌著称。箜篌:此指竖空篌,亦称擘箜篌,原流行于埃及与西亚细亚地区,约在晋代传入中国。唐人诗歌叙及李凭弹箜篌题材者,尚有杨巨源《听李凭弹箜篌》、顾况《李供奉弹箜篌歌》等篇,宜与本篇参照并读。

② 吴丝蜀桐:指箜篌采用吴地的丝弦、蜀地的桐木制成,叹其取材、制作之精美。张:张设。高秋:深秋。

③ 空白句:写李凭弹奏箜篌之前李贺本人迷惘的感觉。空白,茫茫的天空。王琦《汇解》本作"空山",此据金刊本及叶葱奇《诗集》、林同济《研究》所作之校勘改。陈弘治《校释》谓,"空山"二字,密韵楼覆刻北宋本、诵芬室覆刻宋宣城本皆作"空白"。凝,停止,聚集。颓,坠。

④ 江娥:传说中舜的二妃。相传舜南巡,死于苍梧,二妃哭泣不已,以涕泪挥竹,竹为之尽斑。素女:古代神话中的神女,善鼓瑟,声极悲切。曾益《诗解》:"上三句是未弹,故曰张,此句承上接下。"

⑤ 中国：举国之中，这里指京都长安。

⑥ 昆山：昆仑山，据说山上多玉石。凤凰叫：与前面的玉碎同是摹状弹拨箜篌的声音。又，我国古代箜篌架柱上端多以凤头为饰，此处或属一语双关。

⑦ 芙蓉句：说箜篌的音声洵妙独绝，能使芙蓉、香兰等无情之物骤生哀乐。芙蓉，荷花。

⑧ 十二门：汉唐之长安城四面共十二门。班固《西都赋》："披三条之广路，立十二之通门。"融冷光：谓乐音之感和能融化冷光。

⑨ 二十三丝：竖箜篌有弦二十三根。动：感动。紫皇：古代道教传说中的天帝。

⑩ 女娲：古代神话中补天和造人的女神。传共工与颛顼争为帝，怒触不周山，使天柱断绝，天西北倾，女娲遂炼五色石以补天。又，曹植《女娲画赞》："古之国君，造簧作笙，礼物未就，轩辕纂成。"由此可知，女娲还担负着草创音乐的使命。

⑪ 石破句：形容乐曲行将终止，声音转入高亢激荡，如石破天惊而秋雨骤至焉。曾益《诗解》云："秋雨至骤，石破天惊，音将绝而急奏也。"逗，引。

⑫ 梦入句：意谓李凭技艺精妙通神，仿佛是他梦入神山叫神

妪弹奏出来的。教,使,令,叫。神妪,具备神通力的老妪(参看荒井健《李贺》一书注释)。

⑬ 蛟:指鼍、鳄等一类水中动物。吴企明、尤振中《李贺诗选析》:"《列子·汤问》'瓠巴鼓琴而鸟舞鱼跃',诗句化用此意。"

⑭ 吴质句:写诗人病中听到箜篌乐曲所引起的感慨愁恨。吴质,字季重,三国时魏人。他是一位通达乐理的知音者,又因其性格多愁善感而得病,这里李贺借用他的典故来抒泄自己的心理感受。不眠,缘闻乐生愁而无法入眠。

⑮ 露脚句:写秋夜光阴推移之速。露脚斜飞,指由月轮疾速转驶而使其周边露水纷纷洒落,暗示时光飞快消逝。露脚,露水洒落时的水滴。寒兔,传说中广寒宫里的兔子。

李贺性嗜乐府,雅善歌行,堪称妙解律调的行家,其集中如《申胡子觱篥歌》、《听颖师弹琴歌》、《秦王饮酒》、《苦篁调啸引》等作,悉以描写音乐之美藉甚当世。在这些同类题材作品中,《李凭箜篌引》设想奇瑰神骏,反复运用通感联觉,造物赋形出人意表,辞采华丽而含意隐晦,带有诗人强烈的主观感情色彩,以其鲜明的个性特征为读者所激赏。本篇撰于诗人在长安任奉礼郎期间,时当元和六年或七年深秋的一个晚上。诚如章炳麟所言:"身有疾痛,闻幼眇之音,而感慨随之矣。"(《文学总略》)当长吉困守卑职、病势转剧、心志恍惚弛散之时,得闻李凭出神入化的箜篌演奏,从而唤起他种种离奇的幻想,触动他的诗心灵感,故有此名篇之创构。

诗歌抒写诗人抱病听赏李凭弹奏箜篌器乐的情景,字里行间浸透着听赏者的主观意绪和情感体验。全篇按诗意流转可分为四段:开端四句,着意营造即将演弹箜篌之际行云凝住、鬼哭神号的气氛,以及当时病魔缠身的诗人的迷惘感觉,真可谓是"未成曲调先有情"。嗣后四句,通过多种形象化的比喻和移情手法,于摹状洵美极致的乐音的同时,凸显李凭箜篌具有超常的感染力量,这意味着箜篌演奏正在酣畅淋漓地进行中。第三段的四句并用两韵,传写曲终变奏,音调卒趋高亢急骤,恍如石破天惊,引起秋雨大作——李凭弹奏技艺精妙如是,顿令长吉疑其能幽通神鬼。诗的最后两句为第四段，所谓"吴质不眠倚桂树，露脚斜飞湿寒兔"，重在渲染李贺听完乐师演奏后的感慨，借用吴质典故点破自己愁恨的寄旨所在：那个知音而又多病的吴质，为何斜倚桂树夜不能寐，不正是同我一样有感于时光无情的流逝吗？

李贺所以在诗末选定吴质作为自己的类比，即着眼于彼此的相似点，此节前代注家往往不加深究，因此有必要对"吴质"、"露脚"一联作出确切的笺解。按三国时魏人吴质，字季重，建安中为朝歌长，与曹丕、曹植交情都很好。文帝受禅拜北中郎将，进振威将军，后官至侍中。原斯人平生情性之所亲，固属耽玩宫商乐律著闻者焉。然而王琦以来贺诗注家多漠视这一点，直到现代才有一些研究者予以重视。如刘衍先生《证异》曾指出："吴质是'知音'者，并非王琦所谓'与音乐不相涉'。"早于20世纪80年代，吴企明先生的《王琦〈李长吉歌诗汇解〉补笺辨正》一文，便罗举诸多材料，对此作了极具说服力的考证。囿于篇幅，这里摭录曹子建《与吴季重书》的两段话即可观其大略。其一云：

> 夫君子而知音乐，古之达论，谓之通而蔽。墨翟不好伎，何为过朝歌而回车乎？足下好伎，值墨翟回车之县，想足下助我张目也。

别一段云：

> 当斯之时，愿举泰山以为肉，倾东海以为酒，伐云梦之竹以为笛，斩泗滨之梓以为筝。

这封信札，是曹植在吴质就任朝歌长后写给他的。前一段文字讲到古书里有“墨子非乐，不入朝歌”的说法，曹植对此颇露微词，而对吴质作为音乐爱好者去朝歌做官，则表示了非常赞赏的态度。在后一段文中，曹植纵情设想吴质在朝歌的丝竹宴饮生活，虽多恣纵夸饰之辞，却同样备见吴质对赏乐和乐器的酷好，以致“斩泗滨之梓以为筝”在后世演为季重雅好乐器的著名事典。南宋吴正子《李长吉歌诗笺注》诠及《李凭箜篌引》，尝征引刘义庆《箜篌赋》“器荷重于吴君”一句以为援据，究其最初的出典恐当推寻至此。

关于爱乐者吴质，还有一点必须提及的是他浸愁得病的事迹。历代诗家对此多有涉及，如庾信《小园赋》："崔骃以不乐损年，吴质以长愁养病。"韩偓《阑干》诗："吴质谩言愁得病，当年犹不倚阑干。"吴蔚光《别黄仲则》诗："长愁岂独如吴质，先达谁能荐陆机。"以上三个诗例提及吴质，表达的都是同一层意思。正因为吴质其人一好音乐，二缘长愁致病，对于倍受疾病困扰、又正在听赏箜篌妙音声的李贺而言，自然殊易引起他的"同病相怜"和"隔世共鸣"，随之而造成了诗人对本篇内涵的重大拓进。

对吴质本事构成干扰的，是"露脚斜飞湿寒兔"一句。此句想象超忽神异，不啻图状了月轮周边露水纷纷洒落的瑰奇景象，被沾湿了的玉兔使读者自然地联想到倚着桂树发愁的吴质此时正身处月宫，从而与传说中的吴刚二而为一。尽管关涉吴刚的传说要到晚唐才进入书面记载，然而在此前必然经过了一个漫长的口传阶段。李贺混同二人的身世，对他这位想象极为丰富的诗人来说，固属情有可原。就这样，诗中的"吴质"被赋予了神话人物的品格，而与桂树、寒兔一道彰显着月亮的意象。诗中暗写的明月，不只是对夜景的照应，那一轮疾速转驶、万古长新的明月，实为诗人生命忧惧感的征象，因为月亮的转动行迈，同样也是象征着时间在悄悄地逝去，这与余音不散的箜篌乐音相配合，自然使他的内心无法平静了。

吕将军歌

吕将军，骑赤兔[1]，独携大胆出秦门[2]，金粟堆边哭陵树[3]。北方逆气污青天[4]，剑龙夜叫将军闲[5]。将军振袖拂剑锷[6]，玉阙朱城有门阁[7]。榼榼银龟摇白马[8]，傅粉女郎火旗下[9]。恒山铁骑请金枪[10]，遥闻箙中花箭香[11]。西郊寒蓬叶如刺，皇天新栽养神骥[12]。厩中高桁排蹇蹄[13]，饱食青刍饮白水[14]。圆苍低迷盖张地[15]，九州人事皆如此。赤山秀铤御时英[16]，绿眼将军会天意[17]。

① 吕将军,骑赤兔:此借三国吕布故事比拟诗中所写的吕将军,有关吕布的事迹,详见《马诗二十三首》第八首注。

② 大胆:《世说新语》:"姜维死时见剖,胆大如斗。"秦门:此指潼关等出入秦川的关隘门户。

③ 金粟堆:即金粟山,在今陕西蒲城东北,山边有唐玄宗的陵墓泰陵。哭陵树:指吕将军到唐玄宗的泰陵去哭陵,诉说自己的冤屈和心愿。

④ 北方逆气:北方藩镇叛逆的气焰。

⑤ 剑龙句:意谓当此国家危亡之际,吕将军却被弃置不用,宝剑只能在夜晚发出悲愤之鸣。古代传说宝剑有化为飞龙的,故称"剑龙"。

⑥ 剑锷:剑刃。

⑦ 玉阙句:指皇城宫禁森严,门阁重重,阻隔难进。

⑧ 榼榼(kē kē):方整貌。银龟:指银质印信。

⑨ 傅粉女郎:指统军或监军的宦官。火旗:红旗。

⑩ 恒山:郡名,在今河北正定和赵县地。铁骑:此指北虏。请金枪:言北虏向官军挑战。金枪,指官军统帅所持的武器。

⑪ 箙(fú):箭袋。花箭:杆上漆花的箭。以上二句意谓面对

叛军的铁骑，监军宦官武备犹带脂粉之气，无以镇慑敌军。

⑫ 皇天：上天。神骥：指良马。以上二句意谓良马被放逐野外，吃着带刺的蓬草。

⑬ 桁（héng）：厩中系马的横木。蹇蹄：指劣马。

⑭ 刍：草料。以上二句言劣马反而在马厩中得到优渥的待遇。

⑮ 圆苍：指天。低迷：低暗迷糊。盖张地：如伞盖般笼罩大地。

⑯ 赤山秀铤（dìng）：形容吕将军是出众的人才。赤山，即赤堇山，在今浙江绍兴东南，相传为古代著名铸剑工匠欧冶子的铸剑处。秀铤，用金属制成的利剑。御时英：为御世之英才。

⑰ 绿眼将军：当指吕将军，据此可推测他或是碧眼胡儿。会天意：领会上天的意旨。王琦《汇解》："赤山秀铤乃御世之英器，天意未必竟弃置于无用之地。将军当会天意，徐以俟之可也。"

《吕将军歌》是昌谷集中少有的直面中唐现实矛盾的诗篇。安史乱后，藩镇割据，拥兵自重，已严重影响到唐王朝的政治统一和社会稳定。时代呼唤武将猛士,受此风的感召,李贺伸展诗笔,着意塑造了一个雄健昂藏的猛将军。在他那刚健硬朗的形象中,包裹着吁天扑地的愤懑,从而使诗篇蕴含了强烈的现实意义。

全诗紧扣诗题,"吕将军"破空而起,接以"骑赤兔"三字与前句相联,暗用三国吕布故事,以骏马显衬战将之超凡。此下由骑马顺势引出吕将军的出行,"大胆"与"独"字相映带,顿使诗中描摹的人物豪气冲天。而紧接着"金粟堆边哭陵树"一句,又跌出极大的反差。以下四句,"北方逆气污青天"云云,道出了吕将军心中的冤愤:北虏叛逆已侵染了皇天的清明,然而仗剑自雄的猛将却被闲置一边,"剑龙夜叫"喊出了将军内心的激越,"振袖拂剑锷"进一步表白了将军的戎马壮志,但因皇城门禁重重,忠心终不能上达于天听。

以上八句一气呵成,是为此诗第一节。厥后复有三重诗意,层层递进。按照学术界比较认同的王琦《汇解》的解释,"榼榼银龟摇白马"四句将笔触直指"傅粉女郎"般的统军宦官——那正是将军不平遭际的根源所在。面对如狼似虎北虏铁骑的挑战,金枪在执秉帅权的宦官手中却仅成一种摆设;在杀气四起的沙场,敌将竟然远远地闻到了对方花箭箭袋散发出来的熏香。两相比照,战局的胜负不言而喻。

"西郊寒蓬叶如刺"四句,诗人有意荡开一笔,以萧疏的文字描写西郊寒瑟的蓬草野地,在那里放牧着骏马神骥,任由天生天养。与此相对的是马厩中供养着成排的蹇蹄劣马,它们饱食青刍、徒饮白水,却一无是处。此四句显系借马喻人,某种意义上可说是上述两节诗意的绾结,它使监军宦官与将军形象的反差在此得以进一步凸显。

诗末四句文意更进一解,"圆苍低迷盖张地,九州人事皆如此",是对前揭事实的精辟总结。此为牢骚之语,写得沉着悲慨。"赤山秀铤御时英"句转以宝剑比喻英雄,其潜在的含义是说,像吕将军这样非凡的人才,当不致长期弃置于无用之地,以故结句"绿眼将军会天意"内,也包含了一份作者对他的安慰。

联系中唐藩镇交乱、宦官典兵误国的史实,便不难明了此诗的讥刺所在,这可说是贺集中现实内容最强的作品了。不过我们还应注意到,本诗在揭示吕将军坎坷命运的同时,亦然潜伏着长吉一己的不平之鸣。此时的李贺纵然委顿沮丧,但尚未熄灭对前程的向往,结末他要"绿眼将军"去领会"天意",亦一并道出诗人心中的希冀。如是结句扫荡了牢愁哀怨的氛围,起到了振起全篇的作用。

赠陈商[1]

长安有男儿,二十心已朽。楞伽堆案前[2],楚辞系肘后[3]。人生有穷拙,日暮聊饮酒。只今道已塞[4],何必须白首[5]。凄凄陈述圣,披褐钽俎豆[6]。学为尧舜文[7],时人责衰偶[8]。柴门车辙冻,日下榆影瘦[9]。黄昏访我来,苦节青阳皱[10]。太华五千仞[11],劈地抽森秀。旁苦无寸寻[12],一上戛牛斗[13]。公卿纵不怜,宁能锁吾口。李生师太华[14]，大坐看白昼[15]。逢霜作朴樕[16]，得气为春柳。礼节乃相去，憔悴如刍狗[17]。风雪直斋坛，墨组贯铜绶[18]。臣妾气态间，唯欲承箕帚[19]。天眼何时开，古剑庸一吼[20]。

① 陈商：字述圣，传为陈宣帝五世孙，元和九年(814)登进士第，后仕至秘书监，系中唐古文家之一，与韩愈、李贺均有交往。

② 楞伽：指《楞伽经》，为中土很流行的一部晚出大乘经典，前后经过四译。李贺这里所说的《楞伽》，一般都认为是指刘宋求那跋陀罗译的四卷本《楞伽经》，唯日本原田宪雄教授以为应指北魏菩提流支译十卷本《入楞伽经》。案：桌案。

③ 肘后：肘之后或胁之下，意指近身之处。

④ 道已塞：王琦《汇解》："谓道不行。"

⑤ 须：待。

⑥ 披褐：身着粗布衣。钼俎豆：《汇解》引丘象升曰："俎豆何可钼，盖即耕治礼乐之谓。"刘衍《证异》："罗列茅藉、俎豆，行祭祀之礼。"钼，即锄。

⑦ 尧舜文：韩愈《答陈商书》："辱惠书，语高而旨深，三四读尚不能通达。"可见陈商作文过于崇尚高古，不为时人所认同。

⑧ 衰偶：衰于偶合，不合时宜。陈弘治《校释》引董懋策曰："衰偶，即寡偶。"

⑨ 柴门二句：曾益注："车辙冻，见往来者稀；榆影瘦，树木萧条也。"

⑩ 苦节：言于穷困中固守节操。青阳皱：春为青阳，皱指春气郁结不舒。

⑪ 太华：指华山。

⑫ 旁苦：林同济《研究》："旁苦疑当作旁若。"无寸寻：谓其高耸挺出，非寸寻之平庸者可侔。

⑬ 戛(jiá)：拂，凌。牛斗：牵牛、北斗星。

⑭ 李生：李贺自谓。

⑮ 大坐：长坐。以上两句，如王琦《汇解》所释："师太华者，以陈商为师法，亦欲立品如太华之高，不肯奔走于富贵之门，长坐而过白日，了无一事。"

⑯ 朴樕(sù)：小木。

⑰ 礼节二句：言司礼仪之职与本心不合，自己为人所贱，如已祭之刍狗，不堪甚矣。去，背离。刍狗，用草编的狗，用于

巫觋祝祷。《庄子》:"夫刍狗之未陈也,盛以箧衍,巾以文绣,尸祝斋戒以将之,及其已陈也,行者践其首脊,苏者取而爨之而已。"

⑱ 直: 同"值",当值。斋坛: 斋会祭坛。李贺为奉礼郎,执掌祭祀礼节,故常于风雪之时值事斋坛。墨组: 黑色绶带。铜绶: 指官印上的绶带。

⑲ 臣妾二句: 意接以上二句,自言虽佩戴印绶,俨然王臣,其实不过充当杂役皂隶的角色。臣妾,男女贫贱之称。

⑳ 古剑句:《殷芸小说》: 王子乔墓在京茂陵,战国时有人盗发之,睹之无所见,惟有一剑,悬在空中。欲取之,剑便作龙鸣虎吼,遂不敢近,俄而径飞上天。《神仙经》云: 真人去世,而多以剑代其形。庸,犹"乃"。

《赠陈商》当作于李贺在长安为奉礼郎时。题为赠诗,实则抒怀,陈弘治《校释》谓此篇"诗意一以赞陈商之孤高,一以叙己身之不遇",斯言固然在理,但说得不够全面。因为诗歌在"赞陈商之孤高"的同时也叙及他的穷困落拓,反之诗人"叙己身之不遇"亦表示要坚持高尚的节操。所谓"君子固穷",历来品德崇高的人终不免饥馁寒苦，就中实际上已触涉到人生之道德与命运互相矛盾的问题。这一题材屡被写入韩愈的诗歌，并且成为孟东野诗里的一条思想主线。李贺的这首《赠陈商》，不惟内容上能够与之沟通，而且从诗歌的艺术风格来看亦与孟郊的一些五古非常相似。此诗笔意朴直古拙，语调遒劲清刚，在平易的外观下隐藏着作者的愤激之情，如用李肇《国史补》提出的观点来透视，正是中唐时代"学矫激于孟郊"的一首典型诗作。

既然如此，故本诗之叙事述情，要在显现命运与道德相悖背的这一对矛盾，其中辄多运用比兴手法，充分发挥了诗歌言志的作用。开头八句系诗人之自述，案前堆楞伽，肘后悬楚辞，可谓深有学养，正当二十岁左右，却已走入穷途末路。自"凄凄陈述圣"以下十八句，描写的重点转到陈商一边。这位朋友学行兼备，乃心古道，而处境亦是阨塞潦倒，他在傍晚登门拜访，与李贺共吐衷肠。陈商同李贺一样是韩门弟子，在诗人的心目中，他的学问品行就像拔地千仞的太华山，因此决心师法对方，在任何情况下都要做个有节气的人。

长吉撰作是诗，距始任奉礼郎已有较长一段时间，这个官职品位低微，职事委琐刻板，对于平生自视甚高的诗人来说，积久充当这么一个形同皂隶的角色，准会产生恚恨自己不被人尊重的屈辱感。况且这几年来他为追逐功名不辞辛劳，身上的宿疾有增无减，苦于体力衰竭，也会对丝毫引不起兴趣的职事感到厌倦。此下“礼节乃相去，憔悴如刍狗。风雪值斋坛，墨组贯铜绶。臣妾气态间，唯欲承箕帚”六句，道出了当时李贺为官的真实感受。这些话出于一位屡好矜伐的“宗孙”之口，听起来未免让人感到太寒酸了，但同样也是他内心的诚实鸣响。

诗歌于此抑郁已极，情感积势既久，遂尔逼出“天眼何时开，古剑庸一吼”两句。穷极呼天，乃人之常情；古剑自喻，透露了诗人的自信，二者并列凸显的是理想与现实之间的巨大反差。如是，两句十字就只剩下一个“吼”字来宣泄内心的郁积，这好比是地下翻滚的岩浆仅以狭小的罅隙喷吐，其势汹涌难以言表，读此精神为之感奋。

出城寄权璩杨敬之[1]

草暖云昏万里春，宫花拂面送行人[2]。
自言汉剑当飞去[3]，何事还车载病身[4]？

① 权璩(qú)：字大圭。杨敬之：字茂孝。权、杨二人皆元和进士擢第，与李贺交游甚密，李商隐《李长吉小传》："所与游者，王参元、杨敬之、权璩、崔植辈为密。"

② 宫花：从宫苑中飘出的飞花。行人：诗人自谓。曾益《诗解》："宫花拂面，不解迎人，而解送人，有自惭意，而凄惋可知矣。"

③ 汉剑当飞去：刘敬叔《异苑》："晋惠帝元康五年，武库火，烧汉高祖斩白蛇剑、孔子履、王莽头等三物。中书监张茂先惧难作，列兵陈卫，咸见此剑穿屋飞去，莫知所向。"此句言诗人初来长安时期望值颇高。

④ 还车：归返的车子。载病身：时李贺疾病加剧，故云。

《出城寄权璩杨敬之》一首，为元和八年(813)李贺因病弃官离京回乡之际所撰，与诗人集中的《春归昌谷》写作时间大致相当。后者抒写的“发轫东门外，天地皆浩浩”，正道出了长吉撰作这首七绝的具体情景；而沿途所见“花风满秦道”，以及落魄的诗人“独乘鸡栖车，自觉少风调”云云，皆可视作此诗的背景资料。

读《出城寄权璩杨敬之》诗，感受深刻的是触处皆是的骀荡春光，以及挥之不去的离愁别恨。首句“草暖”、“云昏”二意象颇见诗家炼字的工力，“草”、“云”原本乃寻常事物，以“暖”、“昏”二字加以形容，则写物赋形，摹状远春，风味全出。清人丘象随评云：“草暖，是春时之景；云昏，失意时也。”在这生机蓊郁、万里远春的背景中，被衬托的却是作者失意的情思。紧随其后的“宫花拂面送行人”句，则由远而近，进一步将诗人出城的凄惋意绪具象化，此中的“送”字，深含作者彼时的失落心情，读者于此不可轻意放过。

如果说前两句以景语为主的话，该诗后两句则纯以议论见长，自为问答。“自言”云云出语沉痛，“汉剑”用六朝小说事典，是诗人自况之语，充分体现了长吉对自我的过高期许，"当飞去"之"当"全然是想当然的口吻语气，在不经意间正透露了诗人悲剧命运的性格因素：人生的预设如此不切合实际，轻飘的理想终不免在沉重的现实面前折翅人间。诗意至此，最后吐出"何事还车载病身"一句。当初他满怀自信跻入官场，现在却身荷疾病凄然离去，其命运之变演究竟是出于何故？这样的困惑诚然不是李贺自己所能开解的。

勉爱行二首送小季之庐山[1]

洛郊无俎豆[2]，弊厩惭老马[3]。
小雁过炉峰[4]，影落楚水下[5]。
长船倚云泊，石镜秋凉夜[6]。
岂解有乡情？弄月聊呜哑[7]。

① 勉爱：勉其自爱，即珍重之义。小季：即小弟。

② 洛郊：洛阳郊外。俎(zǔ)豆：古代祭祀、设宴时用以载牲的礼器，此指设宴饯别事。

③ 弊厩：破败的马厩。老马：贺自比，因其属马，故称。

④ 小雁：喻小季。炉峰：即香炉峰，在江西九江庐山之东南，峰形圆耸，前悬瀑布，气霭氤氲若烟，故名。

⑤ 楚水：楚地之水，即鄱阳湖、九江之水。曾益《诗解》："自洛之庐山，必由九江浔阳，故曰影落楚水。"

⑥ 石镜：庐山著名景观，《水经注》："山东有石镜，照水之所出，有一圆石，悬崖明净，照见人形，晨光初散，则延曜入石，毫细必察，故名石镜焉。"

⑦ 弄月句：指李贺遥想小弟对月伤怀。呜哑，模仿雁的悲鸣。

别柳当马头①，官槐如兔目②。欲将千里别，持此易斗粟③。南云北云空脉断，灵台经络悬春线④。青轩树转月满床，下国饥儿梦中见⑤。维尔之昆二十余⑥，年来持镜颇有须。辞家三载今如此，索米王门一事无⑦。荒沟古水光如刀⑧，庭南拱柳生蛴螬⑨。江干幼客真可念⑩，郊原晚吹悲号号⑪。

① 别柳：送行分手处的柳树。

② 官槐：官街所植之槐。《旧唐书·吴凑传》："官街树缺，所司植榆以补之，凑曰：榆非九衢之玩。亟命易之以槐。"如兔目：指槐叶小如兔目。《本草纲目》："槐之生也，入季春五日而兔目，十日而鼠耳。"

③ 欲将二句：意谓兄弟远别，是为了换取升斗之粮以养家糊口。

④ 南云二句：兄弟睽别犹如南云北云，云脉两绝，然而彼此心中却似有春线相牵，萦绕于怀。灵台，心脏。《庄子》："不可内于灵台。"郭象注："灵台，心也。"

⑤ 青轩二句：老母日夜思念，梦中见到身在异乡的小儿子。青轩，指老母的居室。树转月满床，树影转移，月光照床，形容光阴的流逝。下国饥儿，钱仲联《李贺年谱会笺》云此"乃李贺指其母所思念之小季而言"。下国，相对于京洛而言，小季的去处自然就是下国。

⑥ 维：发语词，无实义。昆：兄长，即李贺。

⑦ 索米王门：指在朝为宦领取薪俸。《汉书·东方朔传》："无令但索长安米。"

⑧ 古水：积久之水。光如刀：死水不动，水光寒如刀光。

⑨ 拱柳：拱抱粗的柳树。蛴螬(qí cáo)：此指蛀虫。

⑩ 江干幼客：指小弟。江干，即江边，指小弟所去的地方。念：思念。

⑪ “郊原”句：郊野晚风劲吹，其声号号，犹如悲音。

李贺因病辞官，对原先生机窘绌的李家无疑是致命的打击。它不仅加速了家庭的经济危机，更主要的是在家中搅起了骚屑无望的旋涡。为此，李贺未在家园久居，而是再次启程至洛阳寻找出路；时隔不远，他的弟弟也为生计所迫，离开故乡前往庐山一带。大约是兄弟手足情深，小季取道洛阳告别李贺，分手在即，李贺在郊野相送，于是有了这两首《勉爱行》。根据第二首诗“离家三载”、“官槐如兔目”等语句，可以大体判断其时在元和八年(813)春夏间。

《勉爱行》属于送别诗，按照古人常规，送行应当设宴饯别，然而诗歌开头却明言“洛郊无俎豆”，这实在不是为兄者的吝啬，“弊厩”、“老马”分明道出了个中原因，缀一“惭”字又益见诗人对小弟的愧情。或许是当前的情境过于凄凉，长吉转而设想小季的行程，因其去往庐山，故连缀香炉峰、楚水、石镜等山水佳处以为终极目的地，穿越其间的则是一只初涉江湖的“小雁”。中间四句，如明曾益所言：“缘楚水乘长船而依云以泊”，“过炉峰寻石镜而值秋夜之凉”（《诗解》），颇富意境；“小雁”的飞过，更是为此平添了一份动态的美。李贺至此并未搁笔，后两句索性直接煽情：“岂解有乡情”这一句看似唐突，然与其末句“弄月聊呜哑”相联，我们发现了诗人的巧思妙想，南宋刘辰翁评点末两句曰：“只是一只雁”（《笺注评点李长吉歌诗》），一语中的，可谓深得长吉诗心。以雁拟人，将兄长的嘱咐化作形象之语，遽使这首送行诗别开生面。

《勉爱行》之第二首，不同于前一首诗采用五言句式，此诗前四句为五言，后十二句是七言，韵凡四转，层次分明，尽属至情真语。前四句交代同幼弟分别的情景，“别柳”、“官槐”两句状景，当时正是“折柳相送，槐叶尚小”（姚文燮《昌谷集注》），后两句补叙离别的原因，幼弟此行千里饥驱，唯求薄糈糊口而已，如是饱含悲辛的寄语，非笃于昆季之情者不能道。“南云”以下四句转述兄弟别后，慈母对幼子的牵挂。“南云北云”喻兄弟的暌隔，“灵台”句揣想慈母胸怀，那条心中经络相悬的“春线”，牵出了一个青轩月夜的梦，所谓“下国饥儿”云云，尤其逼真地传递出了天下慈母忧饥念寒的怜子心情。“维尔之昆”将事由承揽到自己身上，此四句极言自己老大无成，对其为宦三年不能振兴家业深表愧疚，在这里我们触摸到了幼弟出行对长吉的震撼，向来自负的李贺竟至称自己“一事无”，其内心的挫折感已到了何种地步。以下的“荒沟”、“庭南”两句，承上“索米王门”而来，极写诗人在长安崇义里怆陋的居住环境。仕途遭际的落寞，加上家道的衰败艰危，终使长吉心际无法安定下来。就在这般冷清惨淡的氛围中，诗人重又念及垂将行至江边的幼弟，他的思绪也仿佛随着晚风扩散到了广阔的郊野中间。

三、客游潞州——临终前的漂泊

元和九年(814),李贺最后一次离开长安,削瘦的脸上定然写满了惆怅和失意。就在去年,因不满奉礼郎的卑官薄禄、箕帚琐事,病势迁延的李贺决定弃官归家,然而日见困乏迫蹙的家境不容他赋闲安居,只可惜再进京城已然是仕进无门。为生计所迫,李贺只得前往潞州(今山西长治)依张彻寄食。临行前,他可能回过一次故乡,继而自洛阳北上,经河阳等地,开始了他漂泊潞州的最后生涯。

李贺行途所历与寄食潞幕的情景,每多著为诗歌,我们现在也正是透过这些诗篇窥察到他潞州之旅的些许细节。李贺北行先抵河阳,七月一日进入了太行山,备历艰辛而达到潞州。其间他还吊祭长平古战场，到过潞府周围的一些地方。或许是受挫心理的向外投射，或许是处于低谷期的生命的自然流露，李贺途中所作歌诗多显示出孱弱生命的阴郁色彩。像作于河阳的《河阳歌》，诗中嘲弄老夫狎亵少妓，其中寄寓了长吉受压抑的潜意识，以致有学者疑心“颜郎身已老”指的就是李贺本人。七月一日，李贺晓入太行，但见灰白色的晓雾弥漫在山间，露水沾湿了低矮的蔓草，路旁的莎草好像一簇簇利箭展示着干瘦的姿态，深藏在灌木丛中的秋虫在发出嘶哑的哀鸣，一股冷森的寒气透过衣裳浸入他的病骨，好像一切都面临着行将衰谢的厄运。他凭吊长平古战场，摩挲着捡到的一枚狼牙箭头，感受着千年前征战厮杀的酷烈，为此长吉拜祭亡魄阴魂，涕泪汍澜，我们从中分明感触到他个体生命的颤栗。于高平县东私路上得诗，李贺又画出一幅“石溪远荒涩，棠实悬辛苦”的幽寒意象。

李贺此次北行所投奔的张彻，有着科举功名以及外戚身份，这不仅让长吉着实感到艳慕，同时也使他对自己此行多了一份期待。张彻早年为韩愈所赏识，从某种意义上与李贺俱属韩门，他对李贺的接纳很可能是由于韩愈推荐的缘故。张彻此时初入潞州幕府为幕僚，掌管文书章奏，公务繁忙。尽管如此，他对李贺的到来还是表现出相当的热情。李贺《酒罢张大彻索赠诗时张初效潞幕》记录了他俩的文酒诗会，诗中长吉对张彻大加揄扬，同时也掩饰不住面容的憔悴与内心的辛酸。

揆之本意，李贺起初并无意以张彻为其衣食之地，他原是想通过张彻的引荐进入潞州幕府，解决自己的生计问题，进而有所作为。《河阳歌》自述心事曰："不是无心人，为作台邛客。"王琦凭此以为李贺"盖有所为而来也"(《汇解》)，不为无据。当时郗士美为潞州长史、昭义军节度使。郗公为政俭省，《旧唐书·郗士美传》记其以"前政之丰给浮费，至皆减损，号令严肃"。以李贺身为文学之士，素无实务才干，要在郗公手下讨生活，其艰难可知。我们无从确知李贺是否得入潞州幕府，总之李贺寄食潞州的日子过得并不惬意，正所谓"旅歌屡弹铗"(《客游》)，生存的困顿首先来源于基本物质生活层面的迫蹙。

相信“归来乎”的呐喊曾经在李贺心中无数次响起，然而岁月悠悠，这样的日子倏忽也过去了三年。不能说李贺在潞州毫无收获，至少在这里他继续搜集了他颇有兴会的诗料。在其诗歌创作的最后阶段，乡愁、亲情，以及自我的病态，成为李贺歌诗的三大主题。故乡远在千里之外，日照下的女几山和银屏山成了他魂牵梦绕的景象，按捺不住的亲情思念只能通过鸿雁传书来加以递送，偶遇江使，得以向远在江淮的族兄问候也使他深感喜慰，然而寄给亲朋的诗书竟然是满纸哀情，自绘惨状不说，明明知道对方供奉不薄仍规劝其不如归去，可见思乡已然成了李贺的心病。

心病尚在其次，李贺客游潞州期间，躯体的衰变更是达到了崩溃的边缘。《潞州张大宅病酒》描状“病客”卧病的清苦，《客游》则透露了自己的“老”态。李贺的气血衰竭久成痼疾，潞州的凄苦境遇无异于雪上加霜。身处困境，心犹不甘，为了增加生命的密度，寻求生活的刺激，李贺不时饮酒，且有酗酒倾向，这无异于一口口地啜干生命的醴泉，加速自我毁灭的进程。

大约是受危弱生命的驱使，就在元和十一年(816)，李贺毅然返乡，回归昌谷，谁能想到此时的长吉正一步步地接近他人生旅程的终点。就在同一年，可能是回家不久，李贺病故昌谷山居。在他临死的床边，只有慈母、姐姐等亲人相守看护。李贺亲姊的在场，为以后李商隐写作《李长吉小传》追忆长吉病逝的场景提供了第一手的口述资料：

> 长吉将死时，忽昼见一绯衣人，驾赤虬，持一板书若太古篆或霹雳石文者，云："当召长吉。"长吉了不能读，欻下榻叩头，言阿㜷老且病，贺不愿去。绯衣人笑曰："帝成白玉楼，立召君为记。天上差乐不苦也！"长吉独泣，边人尽见之。少之，长吉气绝。常所居窗中，勃勃有烟气，闻行车嘒管之声。太夫人急止人哭，待之如炊五斗黍许时，长吉竟死。

李贺临死所述，是其命终前谵妄和心神迷乱中产生的幻觉，在一刹那间，长吉仿佛感到通向天上乐境的大门向他洞开，自己久藏心底的隐情和宿愿在幻想中得到了最大的满足——是天帝派专使召他到天上，为新落成的白玉楼作记呢！这是典型的诗人白日梦，其基本要素必然在李贺的潜意识中盘踞许久，此时借生命弥留之际，与生命临终的紊乱体验混同一起浮涌而出，竟然情节环环相扣，细节极其逼真，从某种角度来看，这可说是李贺生平最后的虚构创撰了。死在如此情境之中，真不知是该为他喜抑或是为他悲。

七月一日晓入太行山①

一夕绕山秋②，香露溘蒙菉③。
新桥倚云阪④，候虫嘶露朴⑤。
洛南今已远⑥，越衾谁为熟⑦？
石气何凄凄⑧，老莎如短镞⑨。

① 太行山：在山西高原与河北平原间，由东北向西南伸展，北起拒马河谷，南至晋、豫边境黄河沿岸，绵延四百余里。王

琦《汇解》引《山西志》:“太行山跨山西、河南、直隶三省,形大而原远,延袤千余里不绝。地界中外,省画东西,耸为恒岳,融为霍镇,秀如中条,奇如五台,险如三关,灵境名迹,随地异称,皆其支脉云。”

② 一夕句:王琦《汇解》:“六月为夏,七月为秋。晦朔之间,仅隔一夕,而绕山已作秋色,谓时景之不同也。”

③ 溘(kè):依也。蒙:女萝别名。菉(lù):即淡竹叶。

④ 云阪:指云气弥漫的山坡。

⑤ 候虫:应节候而鸣的昆虫。嘶:嘶鸣。朴:朴,即灌木。

⑥ 洛南:似应指诗人洛阳仁和里寓居,贺入潞,自洛阳出发,故云。

⑦ 越衾:用越地布匹制成的衾被。谁为熟:陈弘治《校释》引丘象升曰:“言谁能熟睡。”

⑧ 石气:犹山气也。

⑨ 莎:《尔雅翼》:“茎叶都似三棱,根若附子,周匝多毛,大者如枣,近道者如杏,人许谓之香附子,一名雀头香。”镞:箭。

元和九年(814),失意京洛的李贺最终放弃了仕进理想,他黯然离开长安,可能暂还昌谷,既而由洛阳向潞州进发，开始他的寄食幕府生涯。七月一日行经太行山的他，惊见物候的变迁，感慨自己的背井离乡，于是留下了这篇写景抒怀的纪行诗。

《七月一日晓入太行山》诗题时间、地点、行为俱全，俨然一句精洁的日记文字，其中“七月一日”尤其不应轻忽，因为它确乎是此诗的关节点。农历七月一日是秋季初始的界标，诗人此日身入太行顿感满山秋意萦绕，仿佛是在一个晚上太行山迅速换上了秋装。诗人对秋季的敏感，既缘于他强烈的生命忧惧感，同时节候又对应了他时下内心的愁绪，而他如是感觉的得来又建筑在一定的现实基础上：山间的秋意着实要比平地来得浓重，顿时将诗人对秋意的感受提升到一个新的境界。

如果说诗歌的首句照应了诗题中的日期的话，那么次句着力表现的则是题目中的一个“晓”字。王琦《汇解》评曰：“露本无香，草木得其润泽，而香气发越，故曰香露。”正是滴沥在山间草木上的露水宛然在目，清香犹存，让读者真切地感受到诗人起身入山之早。三、四两句继续铺展山中景致，诗人于此调动视觉和听觉，简笔抓取途中遇到的典型意象，一座“新桥”映入他的眼帘，满耳听到的是秋虫的嘶鸣，包括“阪际生云，朴间凝露”（王琦《汇解》评语），殆无一不在显现山间的晓景。

五、六两句暂以述情代替状景，寄托自己奔走谋食的幽怨。“洛南”句明写远离洛南的感慨，诗人山行一程，登阪南向，怅望故园，不免心念系之；“越衾谁为熟”看似泛泛而问，其实是长吉自怜之语，人在行旅，不遑宁处，他的辛苦兼程自在不言之中。然而，一方面是对曾经使他辉煌和落魄的洛南依依不舍，另一方面又不顾劳倦地走向此行的目的地，诗人之心情无疑是复杂而微妙的。

长吉无意对自己这种矛盾心情细加剖露，最后两句转而又将视线投向太行秋景。入眼的还是那浓重的山气，而“何凄凄”三字分明倾吐着悲苦之意，这不禁令人联想到这飘浮于诗篇中的云雾莫非是一个象征，它代表了前途未卜的去路？诗人自己什么也没有讲，那迎面而来的是那宛如短镞的老莎草，叶葱奇先生以为“内里还含有刺心、愁苦的意思”（《诗集》），置于全诗情境来看，并非无根之谈。然而，长吉毕竟没有说破，较之七言歌行多主观抒情之语，李贺的五言诗相对要含蓄一些，这突出地体现在将情绪融于景语之中，此诗便是例证，可谓颇得风人蕴藉之致。

长平箭头歌[1]

漆灰骨末丹水砂[2]，凄凄古血生铜花。白翎金簳雨中尽[3]，直余三脊残狼牙[4]。我寻平原乘两马[5]，驿东石田蒿坞下[6]。风长日短星萧萧，黑旗云湿悬空夜[7]。左魂右魄啼肌瘦，酪瓶倒尽将羊炙[8]。虫栖雁病芦笋红，回风送客吹阴火[9]。访古汍澜收断镞[10]，折锋赤璺曾封肉[11]。南陌东城马上儿，劝我将金换簝竹[12]。

① 长平：在今山西高平西北。王琦《汇解》引《图书编》："长平驿，即秦白起坑卒四十万人处也。问居人，不能指其所，第云旁村人锄地，尚得铜镞如绿玉。"

② 漆灰句：王琦《汇解》："箭头之上，其色黑处如漆灰，白处如骨末，红处如丹砂。盖因古时征战，常染人血，积久变成斑点故也。"

③ 白翎：指箭末的羽毛。金簳(gǎn)：指涂金的箭杆。

④ 三脊残狼牙：指箭头呈三棱形，俗称"狼牙箭"。以上两句言古箭因年月积久在风雨中销蚀了箭羽、金杆，只剩下狼牙箭头。

⑤ 平原：平旷的原野，此指白起坑赵卒之处。

⑥ 驿：此指长平驿。蒿坞：蓬蒿丛生的洼地。

⑦ 黑旗：曾益《诗解》："(黑旗)非有旗也，天黑云幔，若或旗悬也。"以上二句摹状古战场阴森景象。

⑧ 左魂二句：王琦《汇解》："左魂右魄，见国殇甚多，久无祭祀，闻其啼啸之声，知其馁饿求食，于是倾瓶中之酪以奠之，又奉羊炙为肴以荐之。"将，奉。

⑨ 虫栖二句：王琦《汇解》："遥望四野，虫栖雁病，芦笋焦枯，满目凄其，但见旋风忽起，阴火明灭，盖感其祭祀之惠，知其将去，竟来送客也。"

⑩ 汍(wán)澜：流泪貌。

⑪ 折锋赤璺(wèn)：指缺裂的箭锋。璺，坼裂的器具。封

(kuī):穿刺使裂。

⑫ 金:此指箭镞。簝(liáo)竹:指竹制的箭杆。

此诗作于元和九年(814)秋,李贺在北去潞州的路上,越太行,经高平,寻访长平古战场,捡得一截铜锈的箭头,不禁触动他的忧思,遂以此为题,赋写了这首《长平箭头歌》。

《长平箭头歌》的创作情境,与杜牧的《赤壁》诗极为相近:

> 折戟沉沙铁未销,自将磨洗认前朝。东风不与周郎便,铜雀春深锁二乔。

该诗拟设作者在赤壁拾到一段三国纷争时代的折戟,从而引发了他的一番感慨议论,为自己徒怀经世之才而无风云际会深感憾恨,开启了怀古作品的新思路。

按长平之战故址,历来多有箭镞等遗物的发现。1995年4月,当地永录村村民李珠海修整田地时,就挖出包括一枚铜镞在内的多件文物。此后高平市文化局和博物馆即组织力量对永录1号尸骨坑进行考古发掘,在出土文物中又有铜镞两枚(参看《长平之战遗址永录1号尸骨坑发掘简报》,《文物》1996年第6期)。可见长吉于此拾得一箭头或许实有其事。本诗与《赤壁》既为同类题材的怀古诗,写法却又迥然相异。李贺的《长平箭头歌》无意追究古代战事的历史评判,也不在于抒泄诗人的现实感遇,而将关注点辏集于古战场上的孤魂野鬼,对此寄予了十二万分的关注与同情。

全诗四句一节,前四句工笔描摹古箭的形状,克尽造物赋形之能事,但见铜锈斑斓,古箭原有的翎羽箭杆早已消蚀净尽,只留下了三棱形的狼牙箭头。此四句中最抢眼的是施色,"漆灰"的黑、"骨末"的白、丹砂的红,再加上原不可见的"古血"、"白"翎、"金"杆,给人以一种古色凄迷的感觉。"我寻"、"驿东"两句,用以补叙诗人乘马车行经石田蒿谷的事实。当时风长日短,已入薄暮,"风长"、"黑旗"两句则是对彼时景象的具体展示,天上星辰寥落,那悬挂于夜空中的湿云,犹如一面舒张的"黑旗",极显古战场内气氛的惨烈可畏。就在此时,诗人宛如同这里的千古幽灵发生了情感交流,看到"左魂右魄”的层层冤鬼，因久无祭祀，饥饿难忍，纷纷前来求食，于是他倒酪炙羊吊祭那些悲惨的亡魂。诗人环视四野，虫栖雁病，芦笋枯萎，满目凄其，忽然之间旋风飔起，阴火时明时灭。好像幽魂感激他的祭祀恩惠，争先恐后前来送行似的。

此番“访古”令诗人涕泣“汍澜”，诗歌末后又回到了这枚断镞，诗人遥想此箭曾经射人中的，尖锐的箭镞又撕裂了谁的皮肉？人类历史上凶杀相斫司空见惯，没有比拥有这么一件残缺的上古凶器更能让人警醒的了。然而，“南陌东城马上儿”却对诗人进行了不合时宜的规劝。对结句的“将金换簝竹”，明曾益以为此谓“劝己买竹合箭头成完矢也”(《诗解》)，这样的建议无论是出于功利目的，抑或赏玩需要，都是与李贺此时幽邃的吊古情怀格格不入的。

酒罢张大彻索赠诗时张初效潞幕[①]

长鬣张郎三十一[②]，天遣裁诗花作骨[③]。

往还谁是龙头人[4]？公主遣秉鱼须笏[5]。太行青草上白衫[6]，匣中章奏密如蚕[7]。金门石阁知卿有[8]，豸角鸡香早晚含[9]。陇西长吉摧颓客[10]，酒阑感觉中区窄[11]。葛衣断碎赵城秋[12]，吟诗一夜东方白。

① 张大彻：即张彻，系韩愈的门人及侄婿，元和四年（809）进士，累官至范阳府监察御史，长庆元年（821）七月，幽州军乱，张彻骂贼身死，事迹详见韩愈《故幽州节度判官赠给事中清河张君墓志铭》。初效潞幕：新就职于潞州（今山西长治）军幕府。

② 长鬣（liè）张郎：指张彻。长鬣，形容美髯。《北史》："许惇美须，下垂至带，省中号长鬣公。"三十一：指张彻当时的年岁，王琦《汇解》本作"三十八"，今据金刊本改。

③ 天遣句：称赏张彻天生才华善于作诗。花作骨，董懋策注："犹锦心绣肠之谓。"

④ 往还句：王琦《汇解》注："言往还之人，无有能出其上者。"龙头人，最杰出的人。《三国志·华歆传》裴松之注引《魏

略》："（华）歆与北海邴原、管宁俱游学，三人相善，时人号三人为一龙，歆为龙头，原为龙腹，宁为龙尾。"

⑤ 遣秉：使其执掌。鱼须笏（hù）：指大臣上朝陛见君主时所持的狭长板子，边缘饰以鱼须图纹，用于记事。王琦《汇解》释此句曰："似言以外戚荐引入仕。"姚文燮《昌谷集注》："张偃尚玄宗宁亲公主。彻，其裔也。"

⑥ 太行：太行山，此代指潞州。《汇解》作"水行"，此据宋刊本、金刊本改。青草上白衫：脱白着青，谓张初入仕途，脱去白衫，穿上青色的官服。

⑦ 匣中句：言公务繁忙，所掌章奏之事繁密如蚕。

⑧ 金门、石阁：汉代的官署和藏书秘阁。据《三辅黄图》载，金马门因武帝得大宛马，以铜铸像立于署门而得名。石渠阁为萧何所造，因其下砻石为渠以导水而得名，起初用以收藏入关所得秦朝图籍，至汉成帝又于此藏秘籍。卿：指张彻，第二人称代词。

⑨ 豸（zhì）角：指御史所戴的獬豸冠。《初学记》："《汉官仪》曰：獬豸兽性触不直，故执宪者以其角形为冠。"杜佑《通典》："大唐法冠一名獬豸冠，一角为獬豸之形，御史台监察以上服之。"鸡香：鸡舌香。王琦《汇解》："尚书郎口含鸡

舌香,以其奏事对答,欲使气息芬芳。”

⑩ 陇西:今西北甘肃一带,李贺好以“唐诸王孙”矜伐,故将唐皇室的发源地陇西成纪作为自己的籍贯。摧颓:摧折颓败。

⑪ 酒阑:酒尽。中区窄:心胸幽郁不舒。

⑫ 葛衣:葛布衣,平民夏季的衣着。赵城:指潞州。曾益《诗解》:“言秋凉客邸,而葛衣褴褛尚未去体,其坎坷足悲也夫。”

“酒罢,张大彻索赠诗,时张初效潞幕”,此十四字为诗题,近乎小序,将此诗创作的由来交待得明明白白。朱自清先生推定此诗作于元和九年(814)秋诗人“初至潞时”(《年谱》)。

经过一路的跋涉,李贺终于来到潞州。时张彻初入潞州为幕僚,他与李贺尝俱受韩愈的赏识,也算有同门之谊,故而相见倾心,有此索诗、赠诗的文友雅事。面对张彻这位仕途得意者,更激增了李贺心中的落差,故而此诗前大半虽承袭赠诗的俗套尽力赞誉张彻之见遇,末四句终禁不住流露出落魄颓废的情绪来。

诗歌开篇以“长鬣张郎”四字称呼张彻，直说对方年齿，既显示出张彻形貌玮映、春秋壮盛，又足见两人关系的亲近，寥寥数字使读者对张彻有了相当具体的了解。继而李贺又盛赞张氏的诗心丽才，“天遣裁诗花作骨”云云极尽揄扬之致，颇有良曲酬知音的意味。以下两句一问一答，“龙头人”以设问的语气极度推挹张的才华，“公主遣秉”则进一步透露了斯人的外戚身份以及显赫的社会地位。

“太行青草上白衫”一语双关，既可表明张彻初入潞幕不久，又隐含了张氏脱白着青、初涉仕途之意。“匣中章奏”乃言其公务之繁忙，但非案牍劳形之意，而重在展示其处理事务之敏捷练达。具才如此，必定腾达有日。至谓“金门石阁知卿有，豸角鸡香早晚含”云云，信如前代诗家所指出，其中确实包容着显著的情俗成分。不过，对于急切想改变自己困境的诗人而言，他的人生悲剧缘于求而不得，那么像张彻这样的贵胄子弟，只需顺流进取即可平步青云，又如何不让李贺歆羡不已呢？在这种场合讲几句祝祷升迁的话，可说是长吉最真诚的祈愿了。细细咀嚼此联中的“知卿有”、“早晚含”，真是字字沉痛。

虽说是人同命不同，但是生来不平等的人们却偏偏有攀比思齐的习惯。直面前程远大、风华正茂的张彻，李贺不能不自觉形容憔悴、沉顿萎靡。这个好将本家籍贯定在陇西成纪的唐诸王孙，蹭蹬世途，迭受摧抑，秋日来到赵城还穿着褴褛的夏服，承蒙贤主人设席热情款待，达于酒阑杯尽之际愈觉心胸郁结不舒。而这种“中区窄”的受压抑感，正是长吉创作此诗的基本心态，无怪乎诗人要借这首奉赠之作一吐为快，“是以永夜长吟，即东方之既白不知也”（曾益《诗解》）。

就这样，郁悒穷愁的李贺与英姿勃发的张彻形成了鲜明的对照，从某种意义上说，李贺的存在近乎成了张彻的陪衬。或许李贺要的就是这种效果，毕竟长吉此行入潞州幕是不折不扣的寄人篱下，尤其需要贵人呵护与掖助的啊！

潞州张大宅病酒遇江使寄上十四兄[1]

秋至昭关后[2]，当知赵国寒[3]。系书随短羽[4]，写恨破长笺[5]。病客眠清晓，疏桐坠绿鲜。城鸦啼粉堞[6]，军吹压芦烟[7]。岸帻褰纱幌[8]，枯塘卧折莲。木窗银迹画[9]，石磴水痕钱[10]。旅酒侵愁肺[11]，离歌绕懦弦[12]。诗封两条泪，露折一枝兰[13]。莎老沙鸡泣[14]，松干瓦兽残[15]。觉骑燕地马，梦载楚溪船[16]。椒桂倾长席[17]，鲈鲂斫玳筵[18]。岂能忘旧路，江岛滞佳年[19]？

① 张大宅：即张彻的居宅。病酒：因醉酒而致病。江使：指往来于赵地与吴楚江干的信使。十四兄：李贺的族兄。

② 昭关：在今安徽和县，即伍员奔吴之“昭关”，当是十四兄所在地。

③ 赵国：此指潞州。

④ 短羽：即羽书，指信使递送的紧急文书。

⑤ 破长笺：谓感触甚多，很快就写满了长笺。破，尽。

⑥ 粉堞：涂粉的雉堞。雉堞，指城墙上面凹凸形的小墙，亦称女墙。

⑦ 军吹：军中号角。

⑧ 岸帻句：戴帻露额，掀举纱幔以望。岸帻，覆髻的头巾，推而向后，露出额来，有脱略随便之意。褰，掀举，揭开。

⑨ 银迹画：指木窗上原有的涂银彩画，由于年深褪色，仅仅留存一些痕迹而已。

⑩ 石磴：指庭院内的石凳。水痕钱：因石上之水渍而逐渐形成的钱状苔藓。

⑪ 旅酒：意谓旅居潞州以酒浇愁。

⑫ 离歌：离别的歌曲。懦弦：弱弦。

⑬ 诗封二句：意谓寄书内有赠诗和手折枝兰，皆和泪而为。

⑭ 沙鸡：即“莎鸡”，俗称纺织婆，鸣声凄切如“泣”。

⑮ 松：此指瓦松，常生于石缝及瓦屋之间，高约尺许，远望如松树苗。瓦兽：屋脊上鸱尾狻猊之类。王友胜、李德辉校注《李贺集》：“松干兽败，则所居屋舍之破败可想而知。”

⑯ 觉骑二句：曾益《诗解》：“言方乘马，而忽梦载船至兄处。”燕地马，燕地所产的马匹，燕赵两地相连，骑燕地马意谓身

在北地。楚溪,指十四兄所在之地。

⑰ 椒桂:指楚地之酒。《楚辞·九歌·东皇太一》:"奠桂酒兮椒浆。"王逸注:"桂酒,切桂置酒中也。椒浆,以椒置酒中也。"

⑱ 鲈魴:鲈鱼和魴鱼,味均鲜美。斫:切、割。玳筵:玳瑁之筵,极言筵席之豪奢。

⑲ 江岛:指十四兄在江南所居之地。以上四句,姚文燮《昌谷集注》解曰:"身虽在此,梦已南游。兄处椒桂魴鲈,江南之风景自乐,岂得竟忘旧路,而久滞江岛耶!"

据本篇题目及诗中所写内容,可知其必作于某年深秋诗人客游潞州之时。李贺元和九年秋至潞,元和十一年已怅然归乡,刘衍《李贺年谱新笺》系此诗于元和十年(815),钱仲联《李贺年谱会笺》则系于元和九年(814),均可备一说。

起首两句所述之"秋至昭关"、"赵国寒",乃谓秋肃之临天下,江皋与赵土皆然,李贺身处北地,愈能感受到这种季节的变换。就像姚文燮《集注》所言:"兄客昭关,弟羁赵国。秋至,兄应念弟寒矣。”于是趁信使南行之便,附书写恨,说不尽的是一缕缕凄苦的情思。

“病客眠清晓”八句,属于对前者“写恨破长笺”内容的诗意表述。“疏桐坠绿鲜”简笔画出萧疏桐木间坠落的绿叶,可说是秋意十足,那一片叶子的飘落在病人心目中无疑是沉甸甸的,因为它象征了生命的消逝。“城鸦”、“军吹”两句写啼鸦与军中鼓吹,前一种响动意在撷取清晨意象,后一音声则侧重表现诗人身为幕僚、人在军旅的处境,两种音响交替唱和,真实地再现了长吉清晓病眠听闻窗外声响的情景与心境。诚如钱锺书《谈艺录》所揭,“军吹压芦烟”之“压”字是李贺惯用的“化流易为凝重”的字法,其客居异乡的沉重心情在此悄然流露。与前四句清晓犹眠的病客相对,“岸帻褰纱幌”四句写诗人的卧起,不羁的装束体现的未必都是六朝名士的潇洒散澹,而是颓废处世,一副病容。“枯塘卧折莲”正是诗人举帘所见,同时又是枯槁意绪的外射。那银画滮灭的木窗是对上句的补叙,长吉此时可能正凭窗倚望,忽而又注意上了那雨水浸渍下生苔的石凳，游移不定的目光透露出诗人的无聊与烦躁。

“旅酒侵愁肺”八句，表达诗人对十四兄的怀念。前两句的酒与歌，照应诗题中的“病酒”二字，“愁肺”令人猜想长吉所患的宿疾“大概是肺病”（参看台湾学者陈颖《李贺与济慈》，1964年台湾《清华学报》）；“离歌”点出与江使的遇合，那颤动的弱弦分明是长吉悸动的心灵。诗人所以如此激动，是因为江使的往返为他提供了向兄长致意的契机。和着清泪的赠诗，滴了晓露的枝兰，这既是托付江使捎带的两样物品，又写出诗人临纸涕零的悲戚。“莎老”两句转用残败的秋景文字来表明自己时下的悲苦境地，一“泣”一“残”将愁苦心绪渲染得无以复加。然而，自惭形秽毕竟不是此诗的根本所在，诗人于此以“觉”、“梦”相对，自然地将诗思由自己羁旅的北地引渡到十四兄所在的江南，乃倍显其浓情之饱满。

结末四句，诗人遥想琼浆美食的盛筵，这是对十四兄江南游宦生活的想象，“椒桂”、“鲈魴”等物极具江南特色，与自己凄苦的境况形成鲜明对照。然而，如此设想李兄的境遇，却并没有祈求对方对己施以援手的意思，这是此篇立意不同于其他赠诗的地方。末两句连缀成文，以“岂”字领起，成一反问句式。“旧路”者归途也，就这样长吉以乡关之思截断了对江南风物的勾留，动情地为李兄奏起了乡思曲。其言外之意是：江南如此美好尚不足流连，何况自己在北地愁病苦辛？长吉于此别意已生，难怪他最终决计离开潞州，踏上了回乡的归途。

客　　游

悲满千里心[①]，日暖南山石[②]。
不谒承明庐[③]，老作平原客[④]。
四时别家庙，三年去乡国[⑤]。
旅歌屡弹铗[⑥]，归问时裂帛[⑦]。

① 千里心：因客游而远离家乡的愁心。

② 南山：即昌谷西南之银屏、女几诸山。

③ 承明庐：汉代侍臣当值住宿的处所。庐，值所所止曰庐。

④ 平原客：李贺自谓，以赵为平原君故地，诗人漂泊客游至此，故称。《史记·平原君列传》："平原君赵胜者，赵之诸公子也。诸子中胜最贤，喜宾客，宾客盖至者数千人。"

⑤ 四时二句：意谓长年不能祭扫家祠，只因离家客游已有三年。家庙，家祠。乡国，家乡。

⑥ 弹铗(jiá)：战国时，齐国贵族孟尝君田文家的食客冯谖(xuān)，起初因受冷遇，经数次弹铗而歌，引起孟尝君的重视，遂争得了较高的待遇。

⑦ 归问：寄书回家探问。裂帛：指裁纸写信。姚文燮《集注》："失意浪游，离家久客，时裂帛系书以寄乡信也。"

李贺在潞州寄食时间首尾差及三年，此可引《客游》"三年去乡国"以为佐证；也正是依据此句，朱自清《李贺年谱》系《客游》诗作于元和十一年(816)。就在同一年，李贺最终离开潞州，回归故乡，在昌谷凄然病逝。作于潞州的这首《客游》，记录了诗人客居异地的悲情，对功名的绝望以及对家乡苦苦的思念，甚至脆弱生命的衰变，在这里也有相应的体现。

起句“悲满”二字，即为此诗奠定了悲苦的基调。“千里心”原本可以成为壮游天下的代名词，然而一旦浇注以悲情，读者感触的只有诗人那颗愁苦心灵的悸动。与此相对，故乡愈益散发出它永恒的魅力，在诗人的记忆里它是煦暖的，仿佛一直沐浴在阳光之下。“日暖”二字犹见真情，“南山石”以山指代家乡，足见女几等山在其心目中的重要位置。林同济《研究》云：“日暖南山石，却不暖此心也。”分析至这一层面，则可知诗人跂足望乡之情已尽在此中。长吉客游平原故地，是其仕途失意带来的结果，滞留这儿一晃就是三年，寄人篱下的种种不如意，仅用“旅歌屡弹铗”一句话作了概括。在这百无聊赖的情况下，他除了“归问时裂帛”外，还能做什么呢？

四、深叹恨古今未尝经道者

李长吉歌诗流传至今积一千余年，因其诗境瑰丽奇诡，足成一家之体，极受当时和后代人们的推挹，征诸诗话、笔记亦迭见赞叹之辞，而第一个撰文从诗学理论上对它们作出全面阐介的，则是中晚唐大诗人杜牧。

今存《樊川文集》内之《李贺集序》一篇，系杜牧应长吉遗集的保存者、集贤学士沈子明的恳请而作，此中除了交代撰序的缘起之外，又语及贺诗在元和年间颇为韩愈所称道，接着就有如下一段精湛的评论：

> 云烟绵联，不足为其态也；水之迢迢，不足为其情也；春之盎盎，不足为其和也；秋之明洁，不足为其格也；风樯阵马，不足为其勇也；瓦棺篆鼎，不足

为其古也;时花美女,不足为其色也;荒国陊殿,梗莽邱垄,不足为其怨恨悲愁也;鲸呿鳌掷,牛鬼蛇神,不足为其虚荒诞幻也。盖《骚》之苗裔,理虽不及,辞或过之。《骚》有感怨刺怼,言及君臣理乱,时有以激发人意。乃贺所为,得无有是?贺能探寻前事,所以深叹恨古今未尝经道者,如《金铜仙人辞汉歌》、《补梁庚肩吾宫体谣》。求取情状,离绝远去笔墨畦径间,亦殊不能知之。

该序写于唐文宗大和五年(831),是时距李贺之去世仅十五载,作者杜牧处世与贺差相衔接,亲身经历过中晚唐之交文化运动潮流的洗礼,其作诗主张亦较倾向韩愈一派,他的这通议论委宛中肯,理应视为深切了解李长吉歌诗创作特征的知言。

综合杜《序》这段评述,撮其要旨约略有三:其一,作者运用弥富形象之比喻,辨明了昌谷诗多样的情调和辞采。其二,指出李贺的诗深受《离骚》的影响,从源流上看是属于"《骚》之苗裔","理虽不及,辞或过之"。《离骚》"言及君臣理乱",包含"感怨刺怼"的内容,长吉的歌诗可能也有寄托。其三,是说昌谷集内一系列赋咏“前事”的歌篇,立意脱去凡近,精神面貌不落窠臼,殆俱为前贤及时人所“未尝经道”。这几条见解鞭辟入里,对李贺的诗歌既有揄扬亦有批评,充分展露出序文作者犀利的识度,迄至今日于这一研究领域仍保持着经典意义。尤需重视的是个中的第三条,实则揭橥了《李长吉歌诗》里一种特有的抒情模式。这一模式堪称是诗人的独家锻造,最能体现李贺拗肠盱眼的创作个性,嗣后纵然不断有人摹袭效仿,却终因写出的作品与之貌合神离而罕能入其堂奥。长吉这些抒情诗至为显著的特点,无非就是杜牧《序》中概括的:“探寻前事,深叹恨古今未尝经道者。”

这里所说的“前事”云云,含义相当宽泛,它决非单单指前朝的史实记载,诸如往代流传下来的稗官轶闻,若干与乐府旧题相关的事典,古今作家尚未吟咏过的诗歌素材,长吉生世耸人听闻的谈资,甚至于诗人想象当中所可能发生的事情,均无妨一并纳入它的范围。以故昌谷“探寻前事”付以深情叹咏的篇章,在他的诗集里可谓比比皆是，远不止杜牧拈举的《金铜仙人辞汉歌》及《还自会稽歌》两篇，我们于此遴选的十来首歌诗，大致分别属于以下三种不同的情况：

一是因史感兴。此类诗作有《金铜仙人辞汉歌》、《秦王饮酒》、《雁门太守行》、《公莫舞歌》等，前二首依托史迹，益以遐想，读者不难从中寻觅到人生短促和王朝兴衰的无限憾恨；后两首沿用乐府旧题，藉之注入新意。其间描绘的意象，固然也可见秦始皇、汉武帝以及古代片断史事的影踪，质而言之却是旧瓶新酒式的创作，内中更多地灌注着长吉个人的悠谬情思。钱锺书先生尝以《公莫舞歌》为例，对此作过很恰当的阐发：

> 长吉苟真有世道人心之感，亦岂能尽以词自掩哉。试以长吉《鸿门宴》，较之宋刘翰《鸿门宴》，皋羽《鸿门宴》，铁崖《鸿门会》，则皋羽之作最短，良由意有所归，无须铺比词费也。盖长吉振衣千仞，远尘氛而超世网，其心目间离奇俶诡，鲜人间事，所谓千里绝迹，百尺无枝，古人以与太白并举，良为有以。(《谈艺录》)

钱氏这一论断，说明这类诗作要在宣泄长吉幽郁心怀，不宜等同于一般意义上的咏史诗。《还自会稽歌》的创作动因，主要出自李贺对前人经遇之揣测，其小序中所言庾肩吾潜难会稽时“必有遗文”的说法，本来并无什么客观史料依据，诗人竟能遽然将其坐实，为之作补。它以代拟体的形式联结古今，以他人之酒杯浇作者自身之块垒，至于求取情状，那飘忽于楮墨间的笔意，后人确难达成明晰而透彻的理解。

二是缘事寄意。此类作品藉以慨叹的并非陈年旧史，而是李贺当世所曾感知接触的事物。《黄家洞》涉及中唐时代颇具轰动效应的容州黄洞蛮作乱的事件，作者对官军滥杀当地百姓的行为也深感不满，应属《昌谷集》内难得的一篇直接反映现实政治题材的诗歌，不过李贺在这里尽情抒发的，多半还是那种在好奇心理支配下的奇思异想。《宫娃歌》摹写禁锢深宫女子的幽怨，《老夫采玉歌》形容蓝田采玉工人的血泪艰辛，同样赢得后世无数读者的青睐，论其表现形态实与《金铜》、《秦王》、《雁门》、《公莫舞》诸篇近似，即既有实际生活里的某些影子，又有诗人一己情感之系托。《春坊正字剑子歌》、《五粒小松歌》、《罗浮山人与葛篇》所写，均与长吉生平交游有关，然而诗人抓住可以用来表示这层关系的典型物品题咏言怀，看来好似咏物，实则裹藏着他对亲朋的挚情和个人的遭际志向。而且，通过这几首诗多处带着浓厚想象成分的细节描绘，犹可一窥李贺背俗反常的审美情趣。

三是人生忧嗟。虽然生命的浩叹是李贺作品的一个泛主题，但古今的错比似乎更适合凸显人生的短暂，从某种意义上说，这是李长吉歌诗反复叹恨的主旨所在。即以上面列举的两类诗作而论，像《金铜仙人辞汉歌》、《秦王饮酒》、《老夫采玉歌》等篇，无不满蕴焦灼的生命忧患感。此处予以单列一类，是因为如《相劝酒》、《古悠悠行》之什，所吟唱的内容基本上摆落了纷纭具体的世事，是处触动长吉愁绪的，乃是一片日光、一阵鼓声、一座铜驼，世人早已熟视无睹或置若罔闻，却能够在诗人的内心激起强烈的震荡和反响。它们传递作者的惶恐和伤感，纯从思考天道与人生的关系着眼，以天道之无尽反衬人生的有涯，强调时间的流逝是生命的否定力量，由之低回苦吟这个人类与生俱来的大惑，往往饶富形而上的哲理意味。采用如此的方式讴歌年命奄忽的题意，信然把这类篇章提升到了前代诗人所未曾到达的境界。

诗人之情兴乃有感而发，李贺上述众多诗歌共同的征候，皆在取材的颖异和构思的出人意表。不管是其中哪一类型，它们汲取和赋咏的“前事”作为诗歌业经择定的题材，大致都没有引起古往今来其他诗家的注意，长吉则独能凭其敏感和联想由兹生发艺术创造的冲动，兼又喜欢穿幽入仄，自一个特殊的角度予以惨淡经营。诗人脱轶常伦的结构能力，值此即愈加显得奇变无穷，他不仅善于借助丰富的想象开拓以诗泄情的渠道，也长于利用本人的生活体验充实作品的内涵。今按《金铜仙人辞汉歌》、《公莫舞歌》、《还自会稽歌》三例，其首端均有昌谷自撰之一序，务期说明他写作以上各篇的动机和意图，故诗人追求变创的心迹亦因之昭然若揭。要之，就像陈贻焮先生《论李贺的诗》所说的那样：李贺特别娴于挖掘别人不太经意的题材进行构思，并且巧妙地从中化出一片新颖而不平凡的诗意来。

自形式体裁上看,李贺这些作品十之八九驱驾七言长句,且复操调险急,生面别开,篇中每个传递诗意的单元,总有独立存在的倾向,于前单元与后单元之间时常表现出某种思维的跳跃性。只是倚靠作者强力的牵挽运作,才得以将此诸多关系不很密切的因素连贯起来。尤当一提的是通感联觉的运用,径以一端之相似推及初不相似之他端,即屡被长吉拿来充当构思时叩关通塞的重要方法。至及诗人对典故的融摄,亦"率多曼衍其意,藻饰其文,宛转相生,不名一格"(陈弘治《李长吉歌诗校释自序》)。有像这样多项赋物造形手段的参预,才缔结了它们骨节奇硬、气韵流动的主体风格,洵如钱锺书先生《谈艺录》所云:"其每分子之性质,皆凝重坚固;而全体之运动,又迅疾流转。"合而歌咏,则发唱惊挺,才情卓荦,缀辞造语赡丽绵密,长言咏叹复沓萦回,就中非惟含寓哲理,同时还挟带着猎奇情味和童真意识。"其文思体势,如崇岩峭壁,万仞崛起"(《旧唐书·李贺传》),并以超迈时俗的姿态,赫然成为诗人集中最具耀眼光彩的一部分。我国古代诗歌批评史上所习称的“李长吉体”,究其基本征状大略即在于此。

金铜仙人辞汉歌[1]并序

魏明帝青龙元年[2]八月,诏宫官[3]牵车西取汉孝武捧露盘仙人,欲立置前殿。宫官既拆盘,仙人临载,乃潸然[4]泪下。唐诸王孙李长吉遂作《金铜仙人辞汉歌》。

茂陵刘郎秋风客[5],夜闻马嘶晓无迹[6]。画栏桂树悬秋香[7],三十六宫土花碧[8]。魏官牵车指千里[9],东关酸风射眸子[10]。空将汉月出宫门,忆君清泪如铅水[11]。衰兰送客咸阳道[12],天若有情天亦老。携盘独出月荒凉[13],渭城已远波声小[14]。

① 金铜仙人:汉武帝于建章宫前造神明台,上铸金铜仙人,舒

掌擎铜盘,玉杯以承云之露,以露和玉屑饮之以求仙道。

② 魏明帝:三国时期魏国君主曹叡。青龙元年:金刊本作“青龙九年”。按诸史实,魏代并无青龙九年,宋刊本、日本内阁文库本、王琦《汇解》本作“青龙元年”,可从。

③ 宫官:宦官。

④ 潸(shān)然:流泪貌。

⑤ 茂陵:见前《咏怀二首》注。刘郎:即刘彻,汉武帝。秋风客:以刘彻曾作有《秋风辞》,故称。

⑥ 夜闻句:林同济《研究》认为:“自是指(汉武)帝之阴灵夜出晓灭,与生前之赫赫对照,加倍悲凉。”

⑦ 秋香:林同济《两字之差——再论李贺诗歌需要校勘》一文认为应作“枯香”(《复旦学报》1979 年第 4 期),录以存参。

⑧ 三十六宫:东汉张衡《西京赋》:“离宫别馆三十六所。”土花:指苔藓。以上两句言汉武帝殁后,画栏桂树,秋香徒悬,宫馆荒芜,尽生碧苔。

⑨ 魏官:即序文中所言“宫官”。牵车指千里:牵车向千里之外的洛阳进发。

⑩ 东关:此指长安东城关。酸风:犹凄风。眸子:目中瞳子。

⑪ 空将二句：意谓铜人只有月亮相伴走出汉家宫门，她因忆念汉武帝而清泪长泻犹如铅水。将，携。汉月，铜人在汉时所见之月，亘古不变，故魏时仍称“汉月”。君，此指汉武帝。铅水，此喻铜人之泪水。

⑫ 客：指铜人。咸阳道：此指自长安东去的道路。

⑬ 携盘独出：《魏略》：“是岁（魏明帝景明元年），徙长安诸钟簴、骆驼、铜人承露盘。盘拆，铜人重不可致，留于灞城。”此言铜人最终携盘东迁，似与史实不符。

⑭ 渭城：秦都咸阳，汉改称渭城，这里应指长安。

《金铜仙人辞汉歌》诗情浓郁，神骏沉着，取喻新奇，名句迭出，千古以来脍炙人口，历代考证注释者颇众。朱自清以为此诗作于元和八年“辞京赴洛，百感交并，故作非非想，寄其悲于金铜仙人耳”（《年谱》）。金铜仙人辞汉的依依深情，很可能对应了李贺凄怆别帝京的一段经历。

无论诗人是否出于自觉，此诗实已触及一个强大王朝衰落消亡的题材。长吉凭其天才的敏感，善于把握隔代陈迹中的典型物件兴发感动,从而将他自己的忧患意识寓托在其间,诚如香港学者周诚真在《李贺论》(香港文艺书屋,1971 年)中所论:

> 我们时常企图从古代文化的物质残余寻探它的盛衰因素和背景,但是只有诗人的想象才能从物质残余捕捉到它的精神。济慈的《希腊坛颂》是如此,李贺的《金铜仙人辞汉歌》也是如此。

具体地说,金铜仙人建造于汉武帝时代,它作为一项文化设施,宜当视作汉王朝繁荣昌盛的标志物。然而随着汉室的败亡,它亦不免被魏官牵引,辞别了曾经辉煌一时的汉都长安。铜人遭际的变迁涵盖着丰富的历史内容,这在诗人看来无疑是意味深长的。李贺撰作此诗,还特地注明他"唐诸王孙"的身份,可见其抒发的乃是一种异代同悲的情感,此中不仅咏叹了汉武帝祈求长年的虚妄,也隐隐地流露出作者对唐王朝黯淡前途的担忧。

与上述题旨相应,该篇别具匠心地采用了金铜仙人的独特视角，让它见证这颇具历史沧桑感的一幕。林同济先生论及此诗，即指出："全篇是仙人作语。称汉武为茂陵刘郎，亦出自仙人之口。"(《研究》)前人多认"刘郎"一词为造语突兀，并就此引发不少议论，贬之者多责其"欠理"，褒之者则称其体现出"反传统观点"。其实这里的"刘郎"，就像开元天宝年间宫中人常呼唐玄宗为"三郎"一样，不过是一个习惯称谓，并不包含多少思想意义在内。若明乎此诗叙述主体之出发点，有关"刘郎"的称谓问题也就迎刃而解了。

正因本篇的抒写角度有其独特性，让金铜仙人作为主体来证知历史的沧桑迁变，从而在开掘题材的过程中达到了极好的移情效果。启端"茂陵刘郎"以下六句，总叙铜人尚在汉宫时的触受。此际汉武帝刘彻久已葬身茂陵，夜间的魂游马嘶一到清晓就杳无踪迹，而他生前临幸的"三十六宫"，同样画栏凋敝，桂树徒香，苔痕满地，无复畴昔繁华景象。如斯之氛围已够使铜人潜生悲伤，但更令其痛苦的是曹魏统治者又起意将它迁往洛阳。从"魏官牵车指千里"开始，诗歌进入辞汉内容的主干部分，其后一路上的景物描绘，都被作者系为铜人在当时获致的感觉而给以着力的渲染。诸如“东关酸风射眸子”写它的触觉，“衰兰送客咸阳道”写它的视觉，“渭城已远波声小”写它的听觉，“携盘独出月荒凉”则重在摹画其心灵感受。与此演述多种感觉体验相伴，乃是大胆采用拟人化的抒情手法。铜人当此惨别汉家宫阙的场合，虽金石之质亦不免有泪倾洒，并通过“天若有情”这一假设语，进而想象天地之间殆靡有不为之动情者。诗歌探寻前事别著手眼若是，信为前人的咏史篇章中所未尝有，长吉就是驱驾这套“离绝远去笔墨畦径”的构思方式，替一个强盛朝代唱出了动人心魄的挽歌。

《金铜仙人辞汉歌》可说是最能代表李贺创作成就的诗歌之一，如刘辰翁所言：“此意思非长吉不能赋，古今无此神妙。”(《笺注评点李长吉歌诗》)指出此诗唯有作者一人能为。诗篇引人入胜之处在于构思之奇、造语之奇，诡谲灵动的气息，再加上锻句炼字的独到，如此奇意奇语正反映了李贺童心未泯的一面，清王夫之一句“不无稚子气”(《船山唐诗评选》)的评语，可谓切中肯綮。

惟因本篇构思造语的奇隽，故出人意表之佳句随在可见，如“东关酸风射眸子”、“忆君清泪如铅水”等，莫不逐事赋形、情景交融，长期以来备受读者的激赏。而“天若有情天亦老”这一句，转以天道运行与人事的关系着眼，在抒情作品里化出一片哲理意境，殆愈能见出诗人卓荦的才力。明代余光诵读此句，“不觉涕泗沾襟，废书而叹者累日”（《余光辑解昌谷集》）。宋人石曼卿则以“月如无恨月长圆”与之匹配，遂被世人誉为名对。又有秦少游将其挈之入词，足证才人文士对它的钟爱。一代伟人毛泽东将此名句妥帖地写入七律《人民解放军占领南京》，并且生发出“人间正道是沧桑”的历史真理，这一古为今用的实践，乃是赋予古代成语崭新寓义的再创作。

秦王饮酒[①]

秦王骑虎游八极[②]，剑光照空天自碧[③]。

羲和敲日玻璃声[4]，劫灰飞尽古今平[5]。龙头泻酒邀酒星[6]，金槽琵琶夜枨枨[7]，洞庭雨脚来吹笙[8]。酒酣喝月使倒行，银云栉栉瑶殿明[9]，宫门掌事报一更[10]。花楼玉凤声娇狞[11]，海绡红文香浅清[12]，黄鹅跌舞千年觥[13]。仙人烛树蜡烟轻[14]，青琴醉眼泪泓泓[15]。

① 日本内阁文库本作"秦王饮酒歌"。秦王：秦始皇。

② 骑虎：状其威武。八极：《淮南子·墬形训》："九州之外乃有八殥……八殥之外而有八纮……八纮之外乃有八极。"

③ 天自碧：剑光所照，天亦为之澄碧。

④ 羲和：传说中负责为日驾车的御者。敲日玻璃声：因日光晶莹如玻璃，故有此敲日作玻璃声的遐想。

⑤ 劫灰飞尽：此指劫难已过。佛教认为宇宙世界处于周期性的成住坏空之中，天地的一次成坏过程谓之一劫，当劫运降临时，天下悉成劫灰。

⑥ 龙头：刻成龙头状的泻酒器。酒星：据《晋书·天文志》载，轩辕右角三星曰酒旗，是为酒官之旗，主飨宴饮食。

⑦ 金槽：指用黄金装饰的琵琶琴槽。枨枨(chéng chéng)：琵琶声。

⑧ 洞庭句：言酒宴上的笙吹，犹如洞庭湖上的雨点有声。雨脚，犹雨点。

⑨ 银云句：银云片片，照映得宫殿通明。栉栉，排比貌。

⑩ 宫门掌事：指皇宫中掌管事务的官员。

⑪ 玉凤：指歌女。娇狞：形容声音糅合娇柔与狞厉之美。

⑫ 海绡红文：指织有红色花纹的绡纱舞衣。《述异记》："南海出鲛绡纱，泉室潜织，一名龙纱，其价百余金，以为服，入水不濡。"香浅清：形容香气微淡且清。

⑬ 黄鹅：《文苑英华》作"黄娥"，身穿黄衣的舞女。跌舞：一种向前倾倒的舞姿。千年觥：指举杯祝寿。

⑭ 仙人烛树：指刻成仙人形状的烛台。

⑮ 青琴句：谓酣饮达旦，乐尽悲来。青琴，古代神女名。泪泓泓，泪汪汪，悲伤貌。

李贺的《秦王饮酒》，系《昌谷集》内一篇描绘虚幻荒诞的名作。此诗摹写作者想象中秦始皇举行的一次内宫夜宴，借咏叹始皇追求长生而不得实现的悲剧，来发泄他自己的人生愿望和对光阴消逝的感伤。在这首诗里,围绕着秦王感于人有死亡之胁迫而痛饮解忧、纵情声色这一情节,大肆铺张其宫室的豪华,侍宴宫女和仙姝的窈妙,音乐歌舞的纷然杂陈,而主人公秦王豪纵奢侈、恣睢极欲但终究不能摆脱其痛苦的情态,也写得跃然纸上。作为显现李贺内心世界矛盾冲突的杰构之一,这首诗在读者面前展示出一幅神秘而色彩斑斓的古代宫闱行乐图。

诗歌起势极壮,发端两句描述秦始皇凭其显赫的威势,远陟八极,到处巡游,其剑光所及连天色也为之澄澈。"羲和敲日"两句承此而来,"敲日"意谓羲和驾驭日车"策之而使之行也",此句形象地写出日月光阴运行之速,透露了"天道"的自然运作;"劫灰飞尽"意味着不复再有劫数的循环,从而得以真正实现"古今平"。在一般人看来,秦始皇横扫六国、一统中华,建万世之勋业,确乎能超迈古今、凌驾于时间之上。

秦始皇扫平六国后,广筑宫室尽蓄天下美女,这或许就是《秦王饮酒》纵情豪宴的由来。所谓"龙头泻酒邀酒星”、“洞庭雨脚来吹笙”，都使人感到一种仿佛置秦王于神仙境界的气氛。“酒酣喝月使倒行”一句，是全篇的关节所在，它与前面的“劫灰飞尽古今平”互相呼应，意在凸显秦王为求长生，试图凭其威力阻挡时光的行驶。郭璞《游仙诗》云：“愧无鲁阳德，回日向三舍。”其主旨也在于表现作者幻想使时间逆转，人由此而可得不死。然而，就在“银云栉栉瑶殿明”的夜景中，传来“宫门掌事报一更”，表明光阴仍在无情地流逝，即使有宫娥奉觞祝寿，祝他千秋万岁长生无极，也终究不能排遣他对生命短促感到的悲哀。结末两句，“蜡烟”当为烛光熄灭之象，一宵已过，清晓来临，时不我待，长命难期，秦王的痛苦倍增，连陪宴的仙姝也为之悲泪盈眶，使全诗的意境染上了浓重的悲剧情味。

该诗尚有两处须加说明：诗中“羲和敲日玻璃声”、“劫灰飞尽古今平”两句皆堪称名句，无理而妙。按常理而言，岂可敲日作声，古今时间又怎能扫平，对此钱锺书先生在《谈艺录》中的阐释甚为精妙：“夫劫乃时间中事，平乃空间中事；然劫既有灰，则时间亦如空间之可扫平矣。”有关“羲和敲日”的解释以及二句共通的创作思路，已见前文。诸如此类，其实正反映了李长吉“好奇无理，不可解会”的特性，然而以艺术家诡异的想象论之，亦堪称神来笔墨。

再则该诗“花楼玉凤声娇狞”之“狞”，别本又作“佇”，如是歧异实因宋吴正子臆测改作而起。“狞”字，有狰狞、粗恶之意，算得上是一个“酸心刺骨”之字，在六朝至盛唐作诗好尚清圆流转的气氛中，它与诗歌的关系几乎是绝缘的。但是到了韩愈、孟郊和李贺的笔下，情况即大不一样。因为这几位诗人措词造语所希望达到的目的，恰恰就是要打破这种美感的和谐，故“狞”字在他们的作品中，也变成了一个时常出头露面而且很有表现力的字眼，藉此来追求一种确荦怖厉之美。李贺在遣字造句方面有意营造奇险和拗戾的效果，在这儿亦得到突出的体现。诗人并不欣赏那些自然本色的东西，他要在写诗过程中有意识地撇开和改造它们，就必然导致他把自己的注意力转移到它们两个相反的极端，去寻找那种异乎寻常的“美”和十分怪诞的“丑”。李贺在本诗中将“娇”和“狞”两个意义刚好相反的字，放在一道来形容女子的歌唱，正像十九世纪法国浪漫派诗人曾将“美人”与“野兽”并列起来加以着力地表现一样，非常符合他的美学理想，从而显示出了沉湎声色的“秦王”在当时所获得的特殊感官享受。

雁门太守行[①]

黑云压城城欲摧[②]，甲光向日金鳞开[③]。
角声满天秋色里[④]，塞上燕脂凝夜紫[⑤]。
半卷红旗临易水[⑥]，霜重鼓寒声不起[⑦]。
报君黄金台上意[⑧]，提携玉龙为君死[⑨]。

① 雁门：秦、汉郡名，治所在今山西右玉南。

② 黑云：既指黑色的浓云，也用以比喻与敌军对峙的紧张气氛。

③ 甲光：铠甲由金属小片缀成，日照而有反光。向日：《汇解》本作“向月”，据日本内阁文库本改。金鳞：指因反射

日光而呈金黄色的连锁甲。

④ 角：军中号角。

⑤ 塞上句：塞上城墙土色为紫，在夜色中愈加凝重。据《古今注》载，秦筑长城，土色皆紫，汉塞亦然，故称紫塞；一说边塞夜色凝紫，犹如燕脂。陈弘治《校释》："'燕脂'借以喻当时塞上之天色；'凝夜紫'犹王勃《滕王阁序》所谓'烟光凝而暮色紫'也。"燕脂，即胭脂，因取燕地红蓝花汁制成，故称。

⑥ 易水：水名，在今河北中部，流经易、定诸地。

⑦ 鼓寒声不起：因为严霜浓重，致使鼓声低沉不响。

⑧ 黄金台：王琦《汇解》引《上谷郡图经》："黄金台在易水东南十八里，燕昭王置千金于台上，以延天下之士。"

⑨ 玉龙：指剑。

《雁门太守行》，原系汉乐府《相和歌·瑟调》三十八曲之一。古词叙述洛阳令王涣少好任侠，晚而折节博学的始末，至梁简文帝之作，始言边城征战之事。李贺承此题材变演线索，借旧题而抒泄己怀。该诗铺陈边塞战斗惨烈，着重摹写将士提剑慷慨赴死的氛围和心理活动，诗笔传神精到，成就超迈前人同题之作，为李贺集中一首极有感染力的优秀作品。

关于此诗的流传，张固《幽闲鼓吹》尝记有一段轶事：

> 李贺以歌诗谒韩吏部，吏部时为国子博士分司，送客归极困，门人呈卷，解带旋读之。首篇《雁门太守行》曰："黑云压城城欲摧，甲光向日金鳞开。"却援带命邀之。

此类记载往往摭拾社会传闻，事出有因，查无实据，不能作为考订史实之依据。但是假材料里有时亦能透露出某些真消息。从以上这条记述中，至少可以推知《雁门太守行》当为长吉之成名作，而作者的诗名之所以能遍播京洛，确实与韩愈的鼎力揄扬大有关系。

诗歌起首两句浓墨重彩，造成一种乌云密布、阳光破云隙而出的强烈视觉冲击感，同时"黑云"、"金鳞"等词的缀用，又显示出了边塞战地的急逼气氛。三、四两句，转写时间推移，将读者的注意力渐次引向满天秋色与塞上夜景。联系前两句的军情紧迫,满天的号角声可能是侧笔描写激烈的沙场鏖战。有此铺垫,愈觉塞上凝重夜空所包容着的内涵十分复杂,在如此情境下更不知其中蕴藏着多少拼杀与危机。五、六两句继续描写战事,就是在这种荒寒阴暗的背景中,跃动的"红旗"成为唯一的亮色,战旗"半卷"正可"见轻兵夜进之捷"(王琦《汇解》),联系"临易水"三字,当年荆轲刺秦,燕太子、宾客人等白衣送行的情景历历在目,气氛是何等的悲壮。按照王琦的理解,诗歌所咏应是"中夜出兵,乘间捣敌之事","'霜重鼓寒',写冒寒将战之景"(《汇解》),萧瑟天气愈显孤军奋斗的英勇。

诗歌的最后两句转写壮士的主观心态,诗人通过设身处地的揣摩体验,让作品中的人物迸发出了慷慨誓言:为了报答明君养士之恩,甘愿"提携玉龙"血洒疆场。贺诗多用"死"字,据不完全统计,《昌谷集》凡缀用"死"字的诗句多达二十余处,然多数诗句实透露了诗人的惜生惧死的情结,唯此处方显男儿本色。事实上,这正从另一侧面透露了诗人"虽被压抑、凝缩但却如钢铁一般坚强的生命力”（荒井健《李贺》序言）。清黎简评曰：“以死作结势，结得决绝险劲。”（《批点黄陶庵评本李长吉集》）以上两条评论深中理实，决非过誉之词。

李贺诗歌多辞彩浓烈，对此日本学者荒井健作有《李贺的诗——特论其诗的色彩》专文予以论述：

> 李贺诗中色彩词的数量，占其诗歌总字数的3.3%。王维是占1.5%，韩愈是占0.8%。色彩词的使用比例，李贺是30字里有一字，王维是67字里有一字，韩愈是125字里有一字。就其出现频率而言，李贺占有绝对优势。

荒井健进一步指出，贺诗对色彩的运用，“给诗歌增添了耀眼的光辉，使其色彩更为鲜明，而消除了柔和的味道”。如此特性展现在《雁》诗里，那“眼花缭乱的光和色的搭配”尤其显得醒人眼目（《〈李贺〉序》），诸如“黑”、“金”、“紫”、“红”、“黄”等色彩辐辏交错，正像袁行霈先生所说：“《雁门太守行》整首诗就是用奇异的色彩组成的”，“真让人目不暇给”（《苦闷的诗歌与诗歌的苦闷》)。

从艺术承继来看,李贺此诗可说是渊源有自。清陈本礼《协律钩玄》引董伯音曰:“鲍照《出自北门行》:‘募骑屯广武,分兵救朔方。投躯报明主,身死为国殇。’长吉全仿此。”这不仅提示读者顾及鲍诗对李贺创作的影响,而且还让我们留意此诗与楚辞《国殇》的关系。长吉生世的元和年间,本篇中写到的易水流域,正被河北藩镇王承宗所占据,诗人于兹表现出如此强烈的同仇敌忾的感情,恰好表明了他对这一现实的深切关注。

公莫舞歌[①]并序

《公莫舞歌》者,咏项伯翼蔽刘沛公也[②]。会中壮士[③],灼灼于人[④],故无复书[⑤];且南北乐府率有歌引[⑥]。贺陋诸家[⑦],今重作《公莫舞歌》云。

方花古础排九楹[⑧],刺豹淋血盛银罂[⑨]。

华筵鼓吹无桐竹[10]，长刀直立割鸣筝[11]。横楣粗锦生红纬[12]，日炙锦嫣王未醉[13]。腰下三看宝玦光[14]，项庄掉箭拦前起[15]。材官小臣公莫舞[16]，座上真人赤龙子[17]。芒砀云瑞抱天回[18]，咸阳王气清如水[19]。铁枢铁楗重束关[20]，大旗五丈撞双镮[21]。汉王今日须秦印[22]，绝膑刳肠臣不论[23]。

① 公莫舞歌：《宋书·乐志一》："公莫舞，今之巾舞也。相传云项庄剑舞，项伯以袖隔之，使不得害汉高祖，且语庄云：'公莫。'古人相呼曰公，云莫害汉王也。今之用巾，盖像项伯衣袖之遗式。"

② 项伯：项羽最小的叔父。翼蔽：遮蔽。刘沛公：即汉高祖刘邦，因其为沛丰邑人，故称沛公。

③ 会：宴会，指鸿门宴。壮士：指樊哙。

④ 灼灼(zhuó zhuó)：光彩鲜明。

⑤ 无复书：不用再写。

⑥ 率有：都有。歌引：古乐府诗歌的体裁名。

⑦ 贺：李贺自称。陋诸家：嫌以往诸家的诗写得不好。

⑧ 方花古础：刻有花纹的四方柱下石。楹：柱。王琦《汇解》："一室而排列九楹，言其室之大。"

⑨ 刺豹句：是说银罂内盛着豹血，可知宴饮非同寻常。刺豹，屠豹以为宴享也。罂（yīng），小口大肚的盛酒器皿。

⑩ 鼓吹：古代用鼓、笳等合奏的音乐。桐竹：指琴瑟箫管之乐。

⑪ 割：舍弃。筝：古时的一种弦乐器。吴企明、尤振中《李贺诗选析》谓此二句意为："宴会上只闻鼓角声，不闻管弦响，长刀如林立，鸣筝弃一旁。"

⑫ 横楣：门框上的横木。粗锦：指裹在横木上的粗糙织物。红纬：红色纹路。

⑬ 日炙（zhì）：日光烤灼。嫣：色彩艳美。王未醉：指项羽此时并没有醉意。

⑭ 玦：半环形的佩玉。

⑮ 项庄：项羽的从弟。掉箾（qiào）：指拔剑出鞘。箾，同鞘，刀剑的套子。拦：对着，对准。以上两句谓项羽的谋臣范增三举所佩玉玦，示意项羽杀掉刘邦，项羽迟疑未决，于是项庄拔剑出鞘，直对着刘邦而来。

⑯ 材官：骑射之官，指项庄。公莫舞：你且慢舞剑。公，对项庄的称呼。

⑰ 真人：真命天子的意思。赤龙子：即赤帝子。据《史记·高祖本纪》云，刘邦酒醉夜行，遇见一条大蛇挡路，刘邦拔剑斩蛇继续行走。有一个老妇人在路旁哭着说："我的儿子是白帝子，化蛇挡道，现在被赤帝子斩了。"

⑱ 芒砀：芒山和砀山，地在今江苏砀山与河南交界处。云瑞：祥云瑞气。抱天回：指云气在芒砀上空回绕不散。据《史记·高祖本纪》谓，刘邦起兵前，尝隐匿于芒、砀两山之间，吕后（刘邦的妻子）每次寻他，总能找到。刘邦问其原委，吕后说，凡是刘邦止住的地方，上空总有云气出现，所以必能找到。

⑲ 咸阳王气：指秦政权。因为秦建都于咸阳，故云。清如水，谓刘邦率军先入咸阳，秦王子婴封皇帝玺符节投降，秦朝的王气自然清淡如水。

⑳ 枢：户枢，门臼，为门之转轴。楗：门闩。重束关：指秦军坚闭城关。

㉑ 大旗五丈：指刘邦的军旗。双鐶：城门上的铁环。以上二

句谓刘邦的军队攻入咸阳，秦王朝覆灭。

㉒ 汉王：指刘邦。须：宜当，应该。此句意为：汉王理应接管秦朝的政权。

㉓ 绝膑（bìn）：割去膝盖骨。刳（kū）肠：剖肚挖肠。臣：项伯自称。不论：不计较。以上两句拟项伯的语气，示其归心汉王，死且不避。

秦朝鼎覆，中原逐鹿，楚汉之争将华夏战争史敷演得如火如荼。寻绎史实，项王在鸿门宴上的一时犹疑，放走刘邦，可说是埋下了战事祸根。后人对酒席宴上的翻覆多有感慨，想当年被项羽尊之为“亚父”的范增原本启动杀机，正所谓“项庄舞剑，意在沛公”，全赖项伯翼蔽，樊哙又及时闯宴，方才化险为夷。当时刘邦真是命悬一发，对此南北朝乐府多有歌咏。据诗序所记，专擅乐府歌行的李贺撰作此诗正有渺视前作、显才逞能的意图在，不过就诗人心灵深处而言，借赋咏史事来感受那种出生入死的临危体验，才是他撰作此诗的根本动因所在。

清方扶南评曰:“起四语狰狞高会如见”(《李长吉诗集批注》),颇能概括本诗发端营造的鸿门宴会杀气森然的氛围,但见会堂粗朴敞大,“刺豹”一节稍事夸张,让人顿感军中宴席绝然不同于一般的宴享;“华筵鼓吹”两句又写宴会乐音倍增,酒席宴上充满杀伐之气。军中有鼓吹而无丝竹,原不稀奇,然而“长刀直立”侍宴情景确乎不同寻常,“割鸣筝”三字仿佛告知读者,此时宴会即便有丝桐奏响,也为长刀割裂,其声全不成音。

“横楣”两句,暗示宴饮进行的过程,由门楣的“粗锦红纬”自然地过渡到“日炙锦嫣”,既表示时间在悄悄流逝,也写出了周围景物的细微变化。林同济对“日炙锦嫣”四字尤有心得体会:“盖谓粗锦经日光薰炙也竟生妍。此用一嫣字衬出堂中其他一切都狰狞也。”(《研究》)这是一场杀机启动前的片时宁静,项王似醉未醉,急坏了一旁侍坐的范增,在三次示意腰下的宝玦、请求项王痛下决断未见获允后,范增只得命项庄舞剑佐酒,上演了楚汉之争历史上最为惊心动魄的一幕。由于诗歌用语惯有的凝炼，此诗省略了范增出帐授意项庄的过程，从而使“项庄掉箭拦前起”显得如此的突兀。

从诗序可知，《公莫舞歌》按例不写樊哙的壮举，面对项庄的剑锋，第一时间挺身而出护卫刘邦的是项羽季父、与张良交善的项伯，故而该诗以下八句将笔墨尽付于项伯。诗歌在此采取代拟方式，揣摩项伯彼时的心思口吻，用一声“材官小臣”称呼项庄，叫得那么的轻蔑纵意，“公莫舞”三字点题，疑此为《公莫舞歌》的常规。以下诗句借用项伯当时口吻，更是恣情快意。项伯认定座上的刘邦乃“真人”，“芒砀”两句以云瑞王气为证，一正一反，表明秦替汉兴是天命之必然。“铁枢铁楗”进一步从战事形势来表明刘邦率军灭秦的赫赫武功。正因为对刘邦钦敬如此，所以才有最后两句愿为汉王舍生忘死的豪言壮语。“绝膑刳肠臣不论”这句诗，同《雁门太守行》中的“提携玉龙为君死”一样，系全篇作品的心眼所在。诗人歌咏项伯挺身救护汉王的历史题材，主要目的还是想体会一下作品人物在濒临死亡危局下所呈现的心理状态。

还应指出的是，诗中所写的项伯与真人真事颇有出入，历史上的项伯起初并未对刘邦如此钦服，彼时情境亦容不得他对项庄发这样一段高论。第因诗歌需要着力抒写人物在特定场合下的心理活动，故被作者一起笼括在内。虽然这样的描摹并不符合历史真实，但从文学可以想象虚构的角度着眼，我们不得不佩服李贺的才赋，前代注家也多是从这方面高度评价此诗。如刘辰翁曰："不必有其事，幽与鬼谋。才子赋古，但如目前。"又言："从容模仿，有情最妙。"（《笺注评点李长吉歌诗》）清宋长白亦有同感："摹写楚汉当日情景，著纸如生，鬼才而运以雄风，真杰构也。"（《柳亭诗话》）

老夫采玉歌

采玉采玉须水碧[①]，琢作步摇徒好色[②]。老夫饥寒龙为愁，蓝溪水气无清白[③]。夜雨冈头食蓁子[④]，杜鹃口血老夫泪[⑤]。蓝溪之水厌生人[⑥]，身死千年恨溪水[7]。斜山柏风雨如啸，泉脚挂绳青袅袅[8]。
村寒白屋念娇婴[9]，古台石磴悬肠草[10]。

① 须：必须。水碧：即碧玉。

② 琢作句：谓艰难采得的碧玉，只不过琢作步摇一类饰品而已。步摇，首饰，叶葱奇《诗集》引《释名》："步摇，上有垂珠，步则摇也。"徒，空。好色，爱好其色泽莹美。

③ 蓝溪：地在今陕西蓝田东南，今犹产玉，世称"蓝田碧"。无清白：指水浑浊。以上两句意谓：老役夫忍饥冒寒在蓝溪采玉，扰得溪水浑浊，连溪中的龙也不得安宁。

④ 蓁(zhēn)子：即榛子，一种落叶灌木的果实，似栗而小。

⑤ 杜鹃口血：古有子规(即杜鹃鸟)啼血之说。据《尔雅翼》载：杜鹃"其大如鸠，以春分先鸣，至夏尤甚，日夜号深林中，口为流血，至章陆子熟乃止，农家候之。……亦曰杜宇。"

⑥ 厌：通"餍"，饱食。生人：活人，指采玉工人。

⑦ 身死句：也就是说：蓝溪水吞没了无数采玉工，以致他们身死千年之后，还要怨恨溪水。

⑧ 泉脚：泉水下落处。挂绳：曾益《诗解》："于泉落处挂绳而

下水以采玉也。”袅袅：摇曳不定貌。

⑨ 白屋：平民所居之屋。娇婴：家中的幼小儿女。

⑩ 石磴：山路上的石阶。悬肠草：一名思子蔓，又称离别草。曾益《诗解》：“惟怀家念妻孥，故视古台石磴之草，皆牵愁如肠之悬然也。”

在李贺歌诗中，《老夫采玉歌》是一首专题反映民生疾苦的杰作，此诗体恤悯念苍生，极写劳动人民处境艰辛，历来受到诗论家的珍视和好评。其实，像这样弥富现实意义的作品，在《昌谷集》内还是占有一定比重的，这与李贺喜好乐府，又长期生活在农村，对民众生活的艰难有着亲切的体认密切相关。早在长吉之前，大历、贞元间的著名诗人韦应物就写过《采玉行》一诗，首先触涉到了蓝溪采玉工人痛苦生活的题材：

> 官府征白丁，言采蓝溪玉。绝岭夜无家，深榛雨中宿。独妇饷粮还，哀哀舍南哭。

韦氏身处盛中唐之交，在唐诗变演的流程中起了承前启后的作用，李贺《老夫采玉行》是诗之创作，肯定尝得益于这篇《采玉行》的启发。但他处理上述题材，却并未蹈袭韦诗的套路，而是匠心独运，别具怀抱，使诗歌呈现出了迥异于前者的特殊风貌。

比较起来，韦诗以五言体行篇，叙事简括，缀语精炼，其中所述的几件事情，大率均是一笔带过，在短小的篇幅里浓缩了丰富的现实内涵，可谓牢固地保持着古代乐府诗的本色。虽然它能以含蓄省净取胜，唯其所用的艺术手法实际上并未超越传统诗歌的范围。反观李贺这首《老夫采玉行》，其与前者不同之处，非但在改用七言长句来增强作品咏叹的力度，更主要的是作者抛开了一般性的描写，而是将注意力差不多完全集中在一个节骨眼上。由于采玉工人操作环境险恶，如坠崖落水而丧生的惨剧时有发生，所谓"蓝溪之水厌生人，身死千年恨溪水"，诗人咏叹如是题材，仿佛就同诗中人物在一起体历着这种惊心动魄的场景，用他的诗笔传递出摹述对象涉临深渊的生命忧惧感，从而赋予《老夫采玉歌》以"古今未尝经道"的独特内容。陈贻焮先生在《论李贺的诗》一文中，对此已有精辟的论述：

至于“斜山”句以下最末一段关于采玉老夫内心活动的细致描写就更是出色。采玉老夫一生深受压迫，饱尝辛苦，对人生疲苶已极，因而置身险境亦不自觉。但是，他当于无意之中因瞥见“悬肠草”——即“思子蔓”而念及寒村白屋中他的娇婴时，却又百感交集，惟恐失事身亡了。这诗之所以真切感人，就在于诗人能如此准确地把握住并描写出采玉老夫处于生死关头的刹那间、可能产生的最复杂最感人的心理变化，以显示其内心的深刻苦痛。

如能设身处地，想象在风雨呼啸的深山里，以绳系身，颤微微地下到溪泉深底，便不难体会生命在呼吸之间的窘迫。采玉老夫在性命悬于一发之际，骤然想起家中未成年的“娇婴”，其痛苦之揪心牵肠，足令读者掩卷浩叹。

还自会稽歌[①]并序

庚肩吾于梁时尝作《宫体谣引》[②]，以应和皇子[③]。及国世沦败[④]，肩吾先潜难会稽[⑤]，后始还家。

仆意其必有遗文[6]，今无得焉，故作《还自会稽歌》，以补其悲。

野粉椒壁黄[7]，湿萤满梁殿[8]。
台城应教人[9]，秋衾梦铜辇[10]。
吴霜点归鬓，身与塘蒲晚[11]。
脉脉辞金鱼[12]，羁臣守迍贱[13]。

① 会稽：即今浙江绍兴。

② 庾肩吾：字慎之，南朝著名文学家，八岁能赋诗，初为晋安王（萧纲）国常侍。萧纲为皇太子时，好作艳诗，世称为"宫体"。肩吾兼东宫通事舍人，出入禁闼。侯景叛乱，攻陷萧梁王朝的京城，囚禁梁武帝，矫诏遣肩吾出使江州，江州降贼，肩吾因而逃难会稽。按肩吾所作《宫体谣引》，今已失传。

③ 皇子：指简文帝萧纲。

④ 国世：《汇解》本作"国势"，据宋刊本、日本内阁文库本改。

⑤ 潜难：避难。

⑥ 仆：用于自称的谦词。意：揣测。遗文：李贺想象中庾肩

吾潜难会稽时所写的诗文。

⑦ 野粉：陈弘治《校释》引蔡质《汉官典职》："省中皆以胡粉涂壁，紫素界之。"野粉即胡粉。椒壁：以椒和泥涂抹的墙壁，可取暖辟邪。

⑧ 湿萤：以萤生于湿地，故称。

⑨ 台城句：指庾肩吾。《容斋续笔》："晋宋间谓朝廷禁省为台，故称禁城为台城。"应教，吴正子《李长吉歌诗笺注》："魏晋以来，人臣于文字间有属和，于天子曰应诏，于太子曰应令，于诸王曰应教。"此称应教是相对萧纲为晋安王而言。

⑩ 铜辇（niǎn）：指萧纲之车饰。陈弘治《校释》："二句意谓肩吾本台城应教之人，今方潜难会稽，唯有秋衾铜辇之梦而已。"

⑪ 塘蒲：塘中蒲草。晚：衰谢。《世说新语·言语》："顾悦与简文同年，而发蚤白。简文曰：'卿何以先白？'对曰：'蒲柳之姿，望秋而落；松柏之质，经霜弥茂。'"

⑫ 脉脉：依依不舍貌。金鱼：指梁代东宫宫门所悬的鱼形金钥匙，详参吴企明《唐音质疑录》"金鱼"条。

⑬ 羁臣：羁居作客的人臣。迍（zhūn）贱：困厄贫贱。最后两

句承上而言，谓肩吾经受丧乱，发白身老，不堪再仕，唯能依依不舍地辞别旧时官署，守贫贱以终身。

《还自会稽歌》，是昌谷集内一首含蕴深沉的咏叹之作，它不像长吉七言长调那样辞采浓烈，踔厉风发，而是遵循了五言诗蕴藉雅驯的传统路子，于平易中展现出自身面目。

正如篇前的小序所述，《还自会稽歌》的产生寄托着长吉的一腔幽眇情思。关于诗人酝酿构思本篇时的动机和心态，陈贻焮先生《论李贺的诗》一文曾作过至为中肯的擘析：

> 实际上，李贺写这首诗的动机，是从他因庾肩吾自会稽还家这一极平凡的往事，而兴起“意其必有遗文”这一新奇有趣的遐想中得来。这一遐想很富有诗意，也很有启发性。既有这遐想，可见诗人这时已经有所感触了；既想到当时庾肩吾一定写过诗，就自然而然会使人去揣度那诗的内容。这样，诗人就不知不觉地给引到两百多年前庾肩吾所

处的特定情境中;就很有可能更进一步在自己的生活体验的基础上,运用丰富的想象力去体会庾肩吾当时的感受、感情和思想,并代他写出这样一首感人的诗歌。

李贺写作这首诗时的具体现实境遇如何,我们无法确知,第因他的体质衰谢,早生白发,经久偃蹇仕途,心境沉郁凄怆,就不难从庾肩吾的命运遭际中迸发出隔代共鸣,通过补写古代的悲情而传递出自身的一份人生感慨。

作为一首替古人代言的杂拟体诗,长吉尽力从庾肩吾的视角谋篇布局,诗歌起始展示肩吾回京所见,摹状宫室的残败景象。曾益读解其首二句云:“椒壁而曰野,粉白而云黄,凄凉颓圮,已自可知。又言昔日梁王之殿,只今惟有湿萤,则并其殿而无之矣,犹李白诗云:‘宫女如花满春殿,只今唯有鹧鸪飞。’”(《诗解》)值得注意的是“湿萤”一词。日本川合康三氏尝指出,长吉喜用“湿”字组合语词,如“湿萤”、“湿蛄”、“湿云”等,在《文选》以及杜甫诸家的诗中都未曾有过。这种“以湿字为前缀组成新词的做法，表明李贺已经超越了普通的感觉，而依据感觉的自由联想来使用‘湿’字”(《李贺其人其诗》)。如此理解，既见长吉缀字之奇，又道出了此中荒秽凄其的意境。

诗歌代拟庾肩吾自称“台城应教人”，简短五字点出庾氏与萧梁皇太子酬唱宫体诗的故事。然而当初身受恩遇的宫体高手现在只能在秋衾睡梦中见到太子的辇车了——因为梁简文帝萧纲最终亦被侯景害死于台城。待等他自会稽还来，则已“吴霜点归鬓，身与塘蒲晚”，前者是喻指诗中人斑白的两鬓，是诗人将自身的生理现象巧妙地转移到古人的身上；后者则进而点明年华的衰老，就中交织着迟暮之感和黍离之悲。处在这种情况下，他唯有依依不舍地辞别当年的官署，回家独守贫贱困苦而已。试就其全诗言，该篇写的是一个故国沉沦者经历的悲剧，虽不言亡国的悲伤，但深切的悲情于中自见，情调凄惋又具有沉著的表现力，可说是中国古典诗歌杂拟体里的上乘之作。

苦 昼 短

飞光飞光,劝尔一杯酒[1]。吾不识青天高,黄地厚;惟见月寒日暖[2],来煎人寿[3]。食熊则肥,食蛙则瘦[4]。神君何在,太一安有[5]?天东有若木,下置衔烛龙[6]。吾将斩龙足,嚼龙肉,使之朝不得回,夜不得伏。自然老者不死,少者不哭[7]。何为服黄金,吞白玉[8]?谁似任公子,云中骑碧驴[9]?刘彻茂陵多滞骨[10],嬴政梓棺费鲍鱼[11]!

① 飞光:飞逝的时光。劝尔句:《世说新语·雅量》:"太元末,长星见,孝武心甚恶之,夜,华林园中饮酒,举杯属星云:'长星,劝尔一杯酒,自古何时有万岁天子。'"尔,汝,你。

② 月寒日暖:指日月运行,昼夜更变,寒暑交替。

③ 煎:煎熬,消磨。

④ 食熊二句:王琦《汇解》:"熊掌及背中白脂,皆为珍味,富贵者食之;蛙黾,粗味,贫贱者食之。"

⑤ 神君、太一：均为《史记·封禅书》记及的天神，太一乃是天界诸神中地位最高的神祇。安：疑问语气词。

⑥ 若木：古代传说中的神树。衔烛龙：神话中的神龙名，据说它口中衔烛，能把无日之国照亮。

⑦ 吾将六句：意谓烛龙朝游夜伏，致使昼夜更替，日月行迈，光阴不断流逝。如能斩龙足、嚼龙肉，则时光永驻、岁月长住，自然是老者不死、少者不哭。回，游动，运行。伏，躲藏。

⑧ 服黄金、吞白玉：据《抱朴子·仙药篇》引《玉经》云，服金者寿如金，服玉者寿如玉。何为：反问语，包含着怀疑、否定的意味。

⑨ 谁似：疑问语气词。任公子：王琦《汇解》："据文义，任公子是古仙人骑驴上升者，然其事无考。"碧驴：《汇解》本作"白驴"，据宋刊本、金刊本、日本内阁文库本改。

⑩ 滞骨：遗骨。全句是说汉武帝未能羽化登仙，徒留下一副遗骨葬于茂陵。

⑪ 嬴政：秦始皇姓名。梓棺：梓木棺材。费鲍鱼：《史记·秦始皇本纪》："始皇崩于沙丘平台。丞相斯为上崩在外，恐诸公子及天下有变。乃秘之，不发丧。棺载辒凉车中，……会暑，上辒车臭，乃诏从官，令车载一石鲍鱼，以乱其臭。"

《苦昼短》充分运用乐府诗体特有的杂言句式，三言、四言、五言、六言、七言夹杂出现，错落有致，奇变无踪。快读一过，总能感受其间的节奏分明。关于此诗的意蕴内涵，明代周珽在《唐诗选脉会通》中所作的阐发殊为精到：

> 错综变化，想奇，笔奇，无一字不可夺鬼工。诗意总言光阴易过，人寿难延，世无回天之能，即学仙事属虚无，秦汉之君可征也，人何徒忧生之足云耶！

人生苦短，原本是人类伴随生命觉醒而来的千年嗟叹，中古士人发为诗歌，更带有功业未就的焦虑与颓唐。贺诗常见的生命忧嗟，有人生失意的因素在，孱弱的体质更加剧了他感念衰谢死灭的焦灼。这首诗里没有狂歌痛饮，没有声色伎乐，有的是白昼永驻的奇思幻想，字里行间透露着理性的绝望。

诗歌发端紧扣诗题，叠言“飞光”，显系因白昼日光而起，“劝尔一杯酒”用晋武帝事典，使诗歌抒情主人公与日光形成对话格局。以下应是“我”对日光的真实告白,清陈憬就认为"'吾不识'三字,直贯到底"(《昌谷集句解定本》)。接下去的八句,一气呵成,词文浅白,而"煎人寿"之"煎"化俗为雅,既形象又颇为别致地传递出岁月无情煎熬之意。无论是富贵肥瘦均难逃这自然新陈代谢的法则,这不能不令诗人对所谓神君、太一尊神护佑长生的说法心起疑窦。

在"天东有若木"八句中,长吉提出了虚诞的解决方案:他要斩食衔日运行的烛龙,"斩龙足,嚼龙肉"云云,读来尤觉豪气拂面,诗人幻想因此能够使白昼长存,阻绝光阴流逝,令时间凝固下来,人们得以免去老死之苦。古人有鲁阳挥戈止日的故事,与此异曲而同工,李白诗集中尝有《日出入行》一首,节录如次:

> 人非元气,安得与之久徘徊。草不谢荣于春风,木不怨落于秋天。……鲁阳何德,驻景挥戈。逆道违天,矫诬实多。吾将囊括大块,浩然与溟同科。

两相比较,不难分别二李在精神气质方面的差异,诚如钱锺书所言:"(太白)自天运立言,不及人事兴亡,与长吉差类。然乘化顺时，视长吉之感流年而欲驻急景者，背道以趣。”（《谈艺录》）不过，对止住白日运行神话的执著，并不意味着长吉果真相信这虚无缥渺的幻想，它只是真实地表达了诗人内心的不甘，由此而放大了他内心祈求永生的潜愿。

长吉在末六句援引秦皇、汉武求仙被药所误的史实，指摘服食求仙的虚妄，正显示了诗人理性的光芒。然而，这种理性精神又极为有限，李贺从根本上说不是一个无神论者，他的精神世界里时常游弋着仙道人物的缥缈踪影。唯其如此，刘彻、嬴政的命逝更凸显了仙凡两道的巨大差异。诗歌以此作结，透示出诗人“被时间那显而易见的无情深深触痛”（杜国清《李贺》，Twayne Publishers，1979），我们分明感受到他内心深处因青春永驻的无望而产生的悲哀。

宫 娃 歌[①]

蜡光高悬照纱空[②]，花房夜捣红守宫[③]。

象口吹香毾㲪暖[4]，七星挂城闻漏板[5]。寒入罘罳殿影昏[6]，彩鸾帘额著霜痕[7]。啼蛄吊月钩阑下[8]，屈膝铜铺锁阿甄[9]。梦入家门上沙渚[10]，天河落处长洲路[11]。愿君光明如太阳，放妾骑鱼撇波去[12]。

① 宫娃：宫中美女。

② 照纱空：烛光照映空明的薄纱。

③ 花房：种养花卉的房室。红守宫：据《博物志》载，蜥蜴或名蝘蜓，以器养之，食以丹砂，体尽赤，所食满七斤，治捣万杵，点女人肢体，终身不灭，惟房室事则灭，故又号守宫。

④ 象口吹香：做成大象形状的香炉口中吹出香氲。毾㲪（tà dēng）：毛毯。

⑤ 七星挂城：王琦《汇解》："七星，北斗也，夜久则北斗横斜，似挂于城上。"漏板：铜板，随更鼓而击，以别更之深浅。

⑥ 寒入句：是说夜晚的寒气通过罘罳透入宫殿。罘罳（fú sī），张在宫殿檐下用来阻止鸟雀飞入的网。

⑦ 彩鸾句：意谓绣着彩鸾的门帘横幅上已沾染霜痕。帘额，

门帘上端所缀的横幅。著，沾。

⑧ 蛄（gū）：蝼蛄，穴于土中，短翅四足。吊月：即向月而鸣。钩阑：即栏杆，"以其随屋之势，高下弯曲相钩带"，又称曲阑。

⑨ 屈膝：即铰链。铜铺：铜制的门环纽和底座。陈弘治《校释》引周祈《名义考》："门鐶双曰金铺，单曰屈膝，言形如膝之屈也。"阿甄：魏文帝曹丕的皇后，后受谗失宠，被幽闭。姓前加"阿"字以称妇女，原为六朝称谓习俗，此指失意幽旷的宫女。

⑩ 沙渚（zhǔ）：沙洲。

⑪ 天河：即银河。长洲：唐时县名，地在今江苏吴县境。《元和郡县志》：苏州长洲县，"本万岁通天元年析吴县置，取长洲苑为名。"

⑫ 愿君二句：盼望君主明如太阳，知宫女之幽怨，放她回乡。王琦《汇解》："不曰乘舟，而曰骑鱼，盖欲归之至，舟行稍缓，不似鱼游之速耳。夫宫娃未易得放，河鱼岂可骑乘，以必不然之事，而设为痴绝之想，摹拟怨情，语意双极。"

《宫娃歌》叙写皇宫妇女幽怨，此类诗歌在中唐时期颇成气候，白居易《上阳白发人》、朱庆馀《宫词》、元稹《行宫》等,佳构迭出。李贺撰作此篇,可能受时风的影响,然其具体摹拟中更多地流露出对宫女怨旷的关怀,实则留下了诗人自身心象的印迹。刘辰翁评此诗曰:“丽语犹可及,深情难自道也。”(《笺注评点李长吉歌诗》)似已触及。

诗歌有意味地撷取了宫女的夜间生活场景。前八句铺写宫女幽闭深宫的凄美景象,可分两层次。起首但见明烛高燃,透彻薄纱,展示出一帧宫中灯火昏黄、香气氤氲的夜景。不管是熏炉象口中喷出的芳香,还是精美的毛毯带给人的暖意,仿佛一切都若有所待。然而,“七星挂城闻漏板”,光阴正在悄悄地流逝。诗人在这里想象宫闱情事,用笔益极繁缛华丽,而凸显出的却是一片寂寞和无聊。

“寒入”四句紧承上意,正写“待之不至,使之空锁深宫”,然后将视线引向户外,转写宵寒殿影,绣有彩鸾的门窗帘染上了深夜的凝霜,钩阑外蝼蛄哀鸣与寒月形影相吊,正是“月孤而啼蛄愈戚”。唯其如此,重关幽闭、期盼无望的阿甄才愈显得凄楚可怜。刘辰翁称“啼蛄吊月”两句“极是憔悴”（《笺注评点李长吉歌诗》），正是会心之语。

末四句进一步申足阿甄的心愿向往。“梦入”两句以梦境暗写宫女的潜愿。因失却恩宠而思乡之心益切，由此梦魂径回故乡。“愿君”两句转用明笔，交代梦醒时分宫女的祈愿。希望君主“如太阳之明，无幽不烛，放妾生还”（曾益《诗解》），“骑鱼撇波”的意象奇崛，回顾上文“沙渚”、“天河落处”等词句，宫女的故乡想必是与水相邻，况且历史上的阿甄因曹植《洛神赋》已有洛神踏波的美誉，骑鱼而去并非全无来由。叶葱奇《诗集》就认为，“骑鱼撇波”四字用意非常沉痛，用语非常有力，足见其为李贺撰作此诗的心眼所在。这首《宫娃歌》将“宫怨”题材咏叹得如此意境别致，神气回荡，真可谓前人所未尝道者。

官街鼓[1]

晓声隆隆催转日，暮声隆隆呼月出[2]。汉城黄柳映新帘[③]，柏陵飞燕埋香骨[④]。磓碎千年日长白，孝武秦皇听不得[⑤]。从君翠发芦花色[⑥]，独共南山守中国[⑦]。几回天上葬神仙，漏声相将无断绝[⑧]。

① 官街鼓：唐时京城主要街道通常设鼓，每天早晚用鼓声报时，代替旧时传呼，坊市诸门皆依鼓声准时启闭。

② 呼月出："呼"字《汇解》本作"催"，此据宋刊本、金刊本、日本内阁文库本改。

③ 汉城：此指京城长安。黄柳：指刚吐出鹅黄色嫩芽的柳树。

④ 柏陵：指皇家陵墓，陵上多栽柏树。飞燕：汉成帝皇后赵飞燕，这里泛指宫中嫔妃。

⑤ 磓(zhuì)碎二句：鼓声敲击了千年，然而白昼依旧长白，而秦始皇、汉武帝终未求得长生，不能长久听此鼓声。磓，敲打。

⑥ 从君：任凭你。翠发：指黑发。芦花色：指花白头发。

⑦ 南山：终南山，在长安以南。中国：指京城长安。以上二

句意谓：任凭你从小到老，黑发变成花白，只有这鼓声同南山一起守伴着长安城。

⑧ 几回二句：天上的神仙也死过几回了，只有鼓声和漏声相续不绝。相将，相随。

读《官街鼓》，仿佛听闻隆隆鼓声，不绝于耳，它催动你的生命节律，使之与诗节鼓声共振。官街鼓，作为此诗主旨的载体，很好地传递了生命的紧迫感。虽然就史实而言，官街鼓设于唐时京都街坊，既为报时，亦在保安，然而在诗歌中它显然成了一种象征——永恒不息的时光流逝，诚如曾益所言："此言鼓声日夜环转，人有死时，鼓无断时，葬神仙声不绝，极言其无断时。"（《诗解》）

诗歌开篇即是鼓声隆隆，起首两句句式相近，七言句中仅四字稍作变化，这不仅使"声隆隆"得以强化，而且加深了读者的这种阅读印象：仿佛日转与月出都是这鼓声"催""呼"出来的。有此铺垫，以下诗句不再描述阵阵鼓声，然而它当然地成为诗歌的背景音响。"汉城"四句转写长安城,个中诗思其实并不难理解:官街鼓虽为唐制,但它既与长安相伴,李贺由此很自然地联想到同在长安建都的还有汉王朝。"黄柳映新帘"写的是当下的情景,"柏陵飞燕"则属汉代遗留下来的陈迹,两者并列在一起构成了强烈的对比,足可说明新陈代谢、生死交替的严酷无情。以下"磓碎"一词,再次提示我们"鼓声"的存在,并因"千年日长白"等叙述而使之抽象化,成为光阴推移靡有终极的代名词。所谓"世变无穷,人生有尽",在这无始无涯的时间相续流中,像"孝武秦皇"那样渴求长生而终不免一死,就愈加显得渺小和可悲了。末四句鼓声虽然被省略,却仍是诗歌的灵魂,人生由壮转衰,甚至是神仙的生生死死,都不影响时光照常在流走。官街鼓声与南山共在,同漏声相随,永无绝期。

综观全篇内容,其要旨乃在显示天道变化悠远无穷与人生年命短促飘忽的矛盾。这一矛盾乃是人类之大惑,但谁亦无法加以克服,古代诗人对此多予长言永叹,写出了许多震荡人心的篇章。李贺的这首《官街鼓》,

却因富有哲理色彩而展示出独特的面貌，就如钱锺书先生在《谈艺录》中所指出的：

> 他人或以吊古兴怀，遂尔及时行乐，长吉纯从天运著眼，亦其出世法、远人情之一端也。

铜　驼　悲[①]

落魄三月罢[②]，寻花去东家[③]。谁作送春曲，洛岸悲铜驼[④]。桥南多马客[⑤]，北山饶古人[⑥]。客饮杯中酒，驼悲千万春。生世莫徒劳[⑦]，风吹盘上烛[⑧]。厌见桃株笑，铜驼夜来哭[⑨]。

① 铜驼：汉代在洛阳宫城以南四会道头，置铜铸骆驼两座，各高九尺，夹路相对，后因名其街道为铜驼街。俗语云："金马门外聚群贤，铜驼陌上集少年。"

② 落魄：穷困失意。三月罢：暮春。

③ 寻花：寻访残留的春花。东家：李贺寄居之家。钱仲联

《李贺年谱会笺》曰:“东家,即《自昌谷到洛后门》所云‘强行到东舍,解马投旧邻’之‘东舍’,即仁和里寓舍。”

④ 悲铜驼:曾益《诗解》:“因春去,睹铜驼而兴悲。”

⑤ 桥南:洛岸天津桥之南,为行乐之地,故多骑马寻春之客。

⑥ 北山:即北邙山,古墓葬之地,故言“饶古人”。古人:即死人。

⑦ 徒劳:空自劳苦。

⑧ 风吹句:喻生世之易尽。《古怨歌行》:“百年未几时,奄若风吹烛。”

⑨ 厌见二句:谓见惯了桃树花开,铜驼夜夜伤春而哭。桃株笑,形容桃树花开时的艳华状态。陈弘治《校释》引《史通》:“今俗文士,谓鸟鸣为啼,花发为笑。”曾益《诗解》评曰:“铜驼夜来哭,因春去之易,生死不免,花自年年,铜驼长在,故对之而夜哭也。”

《铜驼悲》者,因洛城中的铜驼而兴人世之悲也。通读全篇,此诗的感兴以人生短暂为主旨,古语“铜驼陌上集少年”喻人物之盛,李贺反其道而用之,以铜驼见证世事的沧桑,于是乎诗中少年也就成了人世间的匆匆过客。清姚文燮评析此诗，甚为精粹，读来俨然一篇美文：

> 落魄寻花，无聊情绪，作曲送春，时去不复，致来铜驼之悲也。桥南紫陌，正骅骝骄骋之地；及夫举首北邙，悉皆前贤陵墓。乃贵客行乐，饮酒高会，而铜驼阅历已多，不胜变迁之感。日月几何，当风炬焰，夭桃虽艳，行将委质泥涂。驼见之数，故厌其笑，而夜来反为之哭也。(《昌谷集注》)

全诗四句一节，五言寄情。起首“落魄”二字实为诗歌奠定了悲凉的基调，这是抒情主人公当时的情绪，偏又遭逢三月暮春，此时前往东家“寻花”遣闷会有什么效果？只听得一首伤感的《送春曲》悠然响起，“谁作”的疑问其实无须作答，因为这更多的是诗人心境的外射，否则洛岸铜驼何以在他的眼中也是含“悲”不语呢？

中间四句充分运用了对比的修辞手法。“桥南”与“北山”是一组对比，一为游乐之地，一是埋骨之乡，前者盘桓着富有青春活力的马客,后者多的是业已作古的前贤。“客”与“驼”构成第二组对比,与铜驼相比,游客的生命显得是那么的短暂,然而他却安然饮酒作乐,倒是见惯千万春递代的铜驼“悲”从中来。如是叙写中间所寄付的诗人匠心,无妨用林同济的评语来作些绎解:“桥南与北邙作个反衬,一繁华,一寂寞,一生一死。客与驼亦是对照,一暂乐,一长悲。”(《研究》)

此诗前八句“悲”字、“客”字均两见犯复,但这从一个角度提示我们这两字之于此诗的重要性。“悲”字毋庸辞费,仅以“客”相称,就使此诗陡增人生有如客寄逆旅的感慨。在中国诗歌史上,这种感兴在“古诗十九首”中达到它的极致。长吉此处拈用“客”字未必不是受其影响。诗歌最后一节“生世莫徒劳,风吹盘上烛”两句仿《古怨歌行》,即提供了相关的佐证,亦使此诗颇有古歌气韵。结末两句先写桃株笑春,继写铜驼夜哭,总归之于悲凉。林同济指出:“本是人悲铜驼,却转而写铜驼悲人。结处警策。”

黄 家 洞[1]

雀步蹙沙声促促[2]，四尺角弓青石镞[3]。黑幡三点铜鼓鸣，高作猿啼摇箭箙[4]。彩布缠跨幅半斜[5]，溪头簇队映葛花[6]。山潭晚雾吟白鼍[7]，竹蛇飞蠹射金沙[8]。闲驱竹马缓归家[9]，官军自杀容州槎[10]。

① 黄家洞：黄家洞人史称“黄洞蛮”，为“西原蛮”中姓黄氏的一支，居住在今广西左右江一带。据《新唐书·南蛮传》载：西原蛮居广、容之南，邕、桂之西，有黄氏居黄橙洞，叛乱无常。元和十一年，桂管经略使裴行立轻其军弱，发兵出击，弥更二岁，妄奏斩获二万，罔天子为解，自是邕、容两道，杀伤疾疫死者十八以上。

② 雀步：像鸟雀跳跃一般的步子，形容行进轻捷。蹙沙声促促：蹙行沙上，促促有声。蹙，同“蹴”。

③ 角弓：饰有兽角的弓。青石镞：青石磨制的箭头。《后汉书·东夷传》：“挹娄国弓长四尺，力如弩矢，用楛长一尺八

寸,青石为镞,镞皆施毒,中人即死。”

④ 黑幡二句:谓黑旗摇三下,铜鼓击鸣,黄家洞蛮跳跃高喊犹如猿啼,摇晃着身上的箭袋。幡,旗。箙,箭袋。

⑤ 彩布:《汇解》本作“彩巾”,据宋刊本、金刊本、日本内阁文库本改。缠跻(qiāo):缠绑小腿。跻,同“骹”。幅半斜:指彩布斜裹在小腿上。

⑥ 簇队:排列队伍。葛:一种豆科植物,所开的花朵呈紫红色。以上两句谓黄洞蛮用彩布斜裹小腿,在溪头簇列成队,映入溪中的倒影如同葛花。

⑦ 吟:这里是呼叫的意思。鼍:鳄鱼一类动物,见前《将进酒》注。

⑧ 竹蛇:竹根蛇,一名竹叶青,有剧毒,与竹同色。飞蠹:一种能飞的毒虫。射金沙:即指所谓的“蜮”,蜮是古代传说中的一种短狐,能含沙射人,使人发病,或称射工。

⑨ 竹马:能穿行竹径的小马,当地常用的运输工具。

⑩ 容州:今广西容县。槎:当地土著老百姓称“槎”。以上二句谓:黄家洞蛮得胜,闲驱竹马,缓缓归家,官军只能杀容州良民以冒功。

《黄家洞》描写黄洞蛮啸聚作乱，大败官军事，检之史册，可锁定为广西左右江一带的少数民族中发生的事件。朱自清《年谱》云："据《新书》及《通鉴》，贞元、元和间黄洞蛮为寇凡三次：一在贞元十年(794)，贺才五岁。一在元和十一年十一月(816)，是年贺死。一在本年(朱误作"元和三年"，《通鉴》系为"元和二年")五六月。……贺诗作于本年为近理，当在六月后。"此说对梳理该诗题材来源具有重要意义，但仍未可遽定贺诗的撰作年代。此诗成功之处在于长吉能据传闻所得，将未曾亲历之事写得如此活灵活现，颇显诗人好奇的本性与凭虚结撰的技巧，至于何年听闻相关消息，原本无碍他的诗艺发挥。

如诗题所标，诗歌以黄家洞蛮为主要表现对象，诗中"黄家洞"这一主语自然省略，这使得有限笔墨辏集于主题，在诗末仅露一面的"官军"只是作为陪衬而存在。该诗精湛卓荦之处全在前六句，跃入读者眼帘的是蛮军奇特强悍的武备和卓厉跳踯的士气。那促促的沙地声衬托着雀跃的脚步，角弓石矢正显出少数民族特有的粗朴强硬。最能引起读者注意的是，在黑幡三摇、铜鼓铿锵声中，黄家洞夷那如猿啸般的高声叫喊，摇动着系在身上的箭袋，在奇异的行为中显示出一股骁勇力量，殊能给人留下深刻的印象。至于“摇箭箙”三字，亦非闲笔，曾益指出：“摇箭箙示善射，军未临又未始射”（《诗解》），经此点拨顿觉兵气逼人。尤其能展现李贺猎奇特性的是，五六两句描写的黄家洞丁壮的奇异军容。彩布绑缠腿胫，当是南方蛮夷的民族装束，奇上加奇的是他们在溪头列队，映在水中的倒影如同是盛开了一朵朵紫红的葛花。谓其是诗却又似画，而长吉的高明之处在于他能单凭传闻绘声绘色，通过描绘一系列想象性的形象来咏叹上述历史事件，从而充分显露出其独有的诗歌创作特征。

不过，仅靠间接经验终究无力支撑宏大的叙事，对于缺乏壮游经历的李贺来说尤其如此。为此他巧妙地作了艺术的规避，七八两句转写黄家洞的险恶环境，“鼍吟蛇蠹，瘴雾毒蒸”（曾益《诗解》），虽亦显出南方风物之独特，但毕竟是象征之词多于细节的真实描绘。

诗中的“飞蠹射金沙”未始不可以理解为黄家洞蛮与官军的一番缠斗，似这般以景语暗藏杀机，不禁使人浮想联翩。

剽悍的蛮兵、奇险的境地，似早已注定了双方的胜负，结末两句夷兵与官军的巨大反差，正在情理之中。诗歌如此结束，不能不让人注意到诗人的同情与立场，传统士人向来看重华夷之别，李贺内心中所以能有此天平倾斜，对于官军滥杀无辜的激愤应是重要原因，这证明他对当时发生的重大事件并不缺乏理性判别的能力。

五粒小松歌[①]并序

前谢秀才[②]、杜云卿命予作《五粒小松歌》，予以选书多事，不治曲辞[③]。经十日，聊道八句[④]，以当命意[⑤]。

蛇子蛇孙鳞蜿蜿[⑥]，新香几粒洪崖饭[⑦]。
绿波浸叶满浓光[⑧]，细束龙髯铰刀剪[⑨]。

主人壁上铺州图[10],主人堂前多俗儒[11]。
月明白露秋泪滴,石笋溪云肯寄书[12]?

① 五粒小松:一种每穗有五根针叶的小松树,亦称五针松。粒,通作"鬣"。

② 谢秀才:与贺诗《谢秀才有妾缟练》一诗中的谢秀才或为同一人。

③ 选书:唐代应举者在考试前将其诗文投送权贵以求汲引,是为"选书"。孟郊《初于洛中选》:"青云不我与,白首方选书。"李贺此处所云"选书",或即指此。治:从事。曲辞:歌辞。

④ 聊:暂且,姑且。

⑤ 以当命意:犹言以此来交差。

⑥ 蛇子蛇孙:因松树枝干蟠旋屈曲,树皮若鳞,古人常以龙蛇为喻,这里咏小松,故称"蛇子蛇孙"。蜿蜿:蛇游走时曲曲弯弯的样子。

⑦ 洪崖饭:比喻松叶中新长成的松果,可供仙人食用。洪崖,古仙人,妙善音乐。

⑧ 绿波句:意谓小松的叶子像在绿水中浸过一样,光润可爱,

青翠欲滴。

⑨ 龙髯：指松针。铰刀剪：指用剪刀修剪。

⑩ 州图：州县地图。家中壁上挂州图者，说明主人是个顺应世务的官吏。

⑪ 俗儒：指沉溺世俗、志趣不高的读书人。

⑫ 月明二句：小松在秋月下沾露滴泪，怀念山中石笋、溪云，不知石笋、溪云是否肯寄书给它？

《五粒小松歌》的创作缘起，诗序交待甚明。五粒小松，实即五针松盆景之类，应命题咏，最怕的是无所感兴。李贺十日后交卷，虽然称不上压卷名篇，但语隽思奇，独出机杼，可以说是呈献了一首让人刮目相看的新作。

诗篇前四句遵循咏物诗的常规，吟咏五粒小松的风神形态。起首两句径以龙蛇作比，但见蛇子蛇孙纠结缠绕，“鳞蜿蜿”既呈现出小松生动的姿态，又是对其外皮颇具质感的形容；用仙家香饭比喻小松的果实，尤为形象出色，令人恍惚间如闻松果的清香。如此描画五粒小松，完全达到了推陈出新的艺术效果。三、四两句承此而来,笔调转为明朗清晰,但仍不废修辞,“绿波”、“龙鬅”等暗喻,前者形容松叶茂密,使松针如同浸沐在浓泽的光波之中;后者愈显针叶的“细束”与整齐,“铰刀剪”正表明五粒小松是经过园艺加工的盆景之属。

“细束龙鬅”句实为此诗的分界,清方扶南评曰:“咏松止此,以下不复照应,亦一格。”(《李长吉诗集批注》)指出此诗的结构特色。在后四句中,长吉不再局限于对五粒小松的形状描摹,转而托物起兴,进一步伸展诗意。七、八两句均以“主人”二字领起,“壁上”、“堂前”相对,两者互文见义,总言主人家壁张地图,交接俗儒,它说明了主人未免牵挂世务,而厅堂壁上铺陈州图也很容易被人认为是徇俗的象征,五粒小松作为高雅的事物,与之并列一起总显得有些不相配。结末两句因此而来,李贺采用拟人手法,设想月夜承露的松树,泣念山中的石笋、溪云。钱锺书先生在《谈艺录》中早已指出,贺诗好用“啼”“泣”等字歌咏草木,此亦是一实例。末句的“肯”字从反面着笔,希望松树的思念能得到石笋、溪云的情感呼应,正如林同济先生所言:“石笋、溪云皆

松当日在山之伴侣,如今倘相忆而寄书否。”(《研究》)

关于诗篇的意旨,有学者据诗序“聊道八句,以当命意”等文字见出诗人的勉强,又从后四句读出主人家的俗恶可厌,以为诗篇必然有所讥讽。如此读解,未免忽视了此篇赠诗的特性,谢秀才、杜云卿既能嘱请李贺写诗题咏小松,想必彼此交谊不浅,李贺果真心中不屑,亦不宜在赠诗中宣泄。今细察个中“主人堂前多俗儒”云云,诗人实际上也把自己包括在里面,因此本诗无妨当作俳谐作品看待。诗篇虽是应命而作,但不落常套,看似信手拈来,其实头头是道。尤其是下半篇造语雅谑,谐趣生动,别有一种意味。

春坊正字剑子歌[①]

先辈匣中三尺水[②],曾入吴潭斩龙子[③]。隙月斜明刮露寒[④],练带平铺吹不起[⑤]。蛟胎皮老蒺藜刺[⑥],鸊鹈淬花白鹇尾[⑦]。直是荆轲一片心[⑧],莫教照见春坊字[⑨]。挼丝团金悬麗罴⑩,神光欲截蓝田玉⑪。提出西方白帝惊,嗷嗷鬼母秋郊哭⑫。

① 春坊正字:唐太子东宫左春坊司经局有“正字”官二人,负责校正经史字。剑子:即剑。

② 先辈:前辈。这里是对春坊正字的尊称。匣:剑鞘。三尺水:指剑。

③ 曾入句:暗用周处杀虎刺蛟故事。《世说新语·自新》:“周处年少时,凶强侠气,为乡里所患。又义兴(今江苏宜兴)水中有蛟,山中有白额虎,并皆暴犯百姓。……处即刺杀虎,又入水击蛟。”因宜兴属吴地,故称“吴潭”。

④ 隙月斜明:从云隙中斜射下来的月光,形状狭长,这里被借来喻指剑子。刮露:由宝剑锋利的剑刃联想出来的意象。

⑤ 练带:白色的绢带。以上二句喻指宝剑犹如云隙中斜射下来的月光照见寒露,又如平铺的白练不能被风吹起。

⑥ 蛟胎:指用鲨鱼皮制成的剑鞘。蛟,通“鲛”,鲨鱼。老:坚硬牢固。蒺藜刺:指鲨鱼皮剑鞘上凸出的珠纹。

⑦ 鸊鹈(pì tí):水鸟名,大如鸠鸭,其脂肪制成的鸊鹈膏,涂在刀剑上可使锋刃不生锈。淬花:淬火。白鹇:鸟名,似

山鸡而色白，有黑文似漪涟，尾尤长。

⑧ 直是：真是，简直是。荆轲：战国末卫人，曾为燕太子丹行刺秦王嬴政，未果被杀。一片心：指荆轲见义勇为的精神。

⑨ 莫教句：王琦《汇解》："言此剑奇妙，壮士见之，必知宝惜如心肝。若春坊正字，乃典校四库书籍之职，无所藉用，未免为此剑有不遇知己之感，故曰'莫教照见春坊字'。"春坊字，指剑器上所刻的"春坊"等字样。

⑩ 挼（nuó）丝团金：指搓丝为络，团金为饰。䙰䙘（lù sù）：剑的丝络悬挂下垂之貌。

⑪ 神光：指剑子的光芒。截：割，切。蓝田玉：陕西蓝田山中盛产美玉。陈弘治《校释》："此句状剑锋之利，有如昆吾宝剑，直欲斩截蓝田之玉也。"

⑫ 鬼母：任昉《述异记》：南海小虞山中有鬼母，能产天地鬼，朝产之，夜食之。以上二句用汉高祖斩蛇典故，见前《公莫舞歌》注。

《春坊正字剑子歌》通篇题剑，取喻多方，传神写照，措语雄健。诗歌所写宝剑是春坊正字的佩物，贺诗尊之曰"先辈"，应是长吉在长安为奉礼郎时结识交游，此篇亦当创成于其时。

全诗围绕宝剑，多角度地加以题咏，从剑身到剑光，再是剑鞘、纹理，并及剑上刻字，最后是宝剑的束带饰物，近乎面面俱到，但并不循规蹈矩，诗篇保持着意识流的连贯与波动，无一叠犯，从容俯仰，因此读来绝不呆板。开篇以"先辈匣中"自然起始，"三尺水"明剑身之长，并由此"水"字延展思路，述及次句的吴潭刺蛟。"隙月斜明"、"练带平铺"两句，一言剑之冷，一言剑之光，夸张有度，总是剑光寒锋，不同凡物。"蛟胎"云云，形容剑鞘，奇崛异常；"鹈鹕淬花"可使刀剑不锈，在想象性的拭剑动作中读者的视线被引向了剑身，去辨识那如同白鹇尾羽的宝剑纹理。

"直是荆轲一片心，莫教照见春坊字"，这两句不仅起到承上启下的作用，更重要还在于藉此点明全篇题旨，照见诗人牢愁之心。宝剑英雄，看似自然成章。不过，正字终是文职闲官，宝剑藏于春坊难免冷落，这真是辜负了烈士的壮志雄心。如果联系《昌谷集》内其他诸多以剑自喻的诗句，我们不难从中窥见长吉的心事。末四句转韵，进一步申足诗意。华美的剑穗，继续增饰宝剑的相关细节，洵如曾益《诗解》所云："末谓剑具众美，第今藏匣中而未试耳，试一提出，则白帝且为之惊，而鬼母且为之哭矣。"

描绘宝剑是长吉的酷好，此与诗人之咏马同为《昌谷集》中的突出意象。日本森濑寿三教授尝著《李贺诗歌的道教侧面》一文，其间一节专就上述问题进行探讨，综其论旨约略有二：其一，见诸陶弘景《刀剑录》等南北朝道书，剑乃道教仪式常用的器物，长吉在诗里频繁地写到它，可以说是一种宗教情感；其二，李贺诗内所摹述的剑，带有很浓的自我象征，往往是在诗人遭到社会排斥、心情郁闷的背景下，它就被作为超越现实、打破这一背景的意象来加以表现。姑以本篇论之，亦未尝不是这位深受道教文化影响的诗人精神上的一次自我超越。

罗浮山人与葛篇[1]

依依宜织江雨空[2]，雨中六月兰台风[3]。

博罗老仙持出洞[4],千岁石床啼鬼工[5]。
蛇毒浓凝洞堂湿[6],江鱼不食衔沙立[7]。
欲剪湘中一尺天[8],吴娥莫道吴刀涩[9]。

① 罗浮:罗山、浮山的合称,在今广东增城、博罗境内。山人:一作“山父”。与:送给。葛:植物名,纤维可以织布,此指葛布。

② 依依句:意谓轻柔的葛布织工细密,如江雨蒙蒙,莫辨经纬。依依,形容葛布轻柔薄爽。

③ 雨中句:暑天六月如能穿上葛布制成的衣服,得新雨之凉,如迎兰台之快风。兰台风,宋玉《风赋》:“楚襄王游于兰台之宫,宋玉、景差侍,有风飒然而至,王乃披襟而当之曰:‘快哉此风,寡人所与庶人共者邪!’”

④ 博罗老仙:即罗浮山人。持:各本作“时”,今从叶葱奇《诗集》据元校本改。

⑤ 石床:洞窟中形如床座的大石。鬼工:鬼斧神工的意思。二句言博罗仙人持葛布出山洞相赠,千年石床因其制作工巧而吝惜惊啼。

⑥ 蛇毒浓凝:蛇毒郁积不散。洞堂:洞中。

⑦ 衔沙立：口中衔沙，身体直立，形容江鱼困顿的状态。这两句是说：蛇毒在潮湿闷热的洞中郁积不散，江中之鱼亦因溽暑而不食，至于衔沙直立。此极言气候的闷热，叹山人赠葛适在其时。

⑧ 湘中一尺天：谓一尺宽的葛布净白澄洁，犹如湘水。

⑨ 吴娥：指吴中妇女。吴刀：吴地出产的剪刀。此二句言欲请巧手裁剪这葛布，刀剪定然滑爽不涩。其与杜甫《题王宰画山水图歌》“焉得并州快剪刀，剪取吴淞半江水”诗意略同。

《罗浮山人与葛篇》，以巧思妙语记述了罗浮山人赠送葛布的一段盛情，全篇想象奇诡，风格恢张，深蕴答谢之意。诗人不大可能到过广东，罗浮山人赠葛事又未发生在博罗山中，诗篇纯以一方葛布起兴，驰骋神思，将长者赠馈美意写得委曲动人，一唱三叹，充分展示了长吉应事虚构的创作才力。

诗歌两句一层，首言葛布质地细密，着之必然清凉；次言罗浮山人持赠，织工奇巧；复次极写炎夏酷暑，暗寓赠布及时；最后是诗人收到葛布，急付缝人，制衣的迫切看似为暑热所逼，更是为了亲身领受罗浮山人的关爱，感念之情溢于言表。似这般起承转合，章法可循，寓变化于条理之中，颇合诗家规矩。

此篇构思之妙更体现在诗歌的措语与细节，需要细细体会。比如，诗歌分明是写葛布，却以江雨、兰台风起始，不落俗套。诗人可能是因为葛布的错纵细纹而起联想，也有可能是触景生情、妙手偶得，如陈弘治《校释》引陈愫注曰："亦因雨时相触，而适得此句耳，妙与景会。"江雨之喻不仅使雨空与葛布在读者的印象中互为交织，而且还自然地引出次句的六月雨中兰台风，令人精神为之一爽，真切地写出了服此葛衣的清凉感觉。

三、四两句一"仙"一"鬼"，为诗篇平添了诡异色彩。仙语是对罗浮山人的赞誉，符合赠者在山中修行的身份；"鬼工"用于形容葛布的鬼斧神工，似无主语，然而"石床"既有"千岁"，又能悲"啼"，遵循古人以为的"物老为精"的自然法则，俨然鬼物，鬼物的悲啼似乎又坐实了鬼工的存在。世人称李贺为"鬼才"，不仅为其僻性高才、拗肠盱眼，更为贺诗多此牛鬼蛇神之语，它将读者带往奇幻的幽冥世界，表现了贺诗不食人间烟火的一面，非“鬼”而何？五、六两句以世间蛇、鱼畏热苦暑进一步完足诗歌的鬼怪之气。蛇毒因熏蒸而在湿洞中郁积不散，江鱼竟然热得衔沙而立，无心食物，以上均非自然界正常现象，信非李贺所能亲证，此处正是长吉尽力伸展其想象力的地方。而元和时代诗文创作风气发生剧变，亲近诡异怪险成为许多文士的好尚，像李贺那样把鬼魅、蛇毒一类“不美之美”的事物罗织到自己的作品里头，恰恰反映出了韩孟一派中人“尚怪”的共同特征。

结末两句更是想落天外，与杜诗有异曲同工之妙。以“一尺天”指代葛布，与首句对应，应是首句的诗意引申，清方扶南即认为：“一尺天犹然江雨空义，但前为织作语，此为材料语。”（《李长吉诗集批注》）以此精致布料付诸善于剪裁的吴娥，所用又是快剪吴刀，自然刀剪不涩，而诗人偏偏出之以否定句式，唯恐吴娥贻误工期，活画出诗人穿着葛衣的迫切心情。

五、汉魏乐府与南朝宫体艳歌中的世界

李长吉歌诗号称“骚之苗裔”，自文学史的视角探究它的传承由来，当然可直溯至我国古典诗歌两大源头之一的《楚辞》。但论以篇章句式结构，李贺的诗又不同于《楚辞》，而普遍采用汉世以还逐步成熟起来的乐府歌辞体制。汉魏六朝乐府上承风、骚传统，下启隋唐五代诗歌，以其殊胜姿态开辟了中土文学的新生面，同《楚辞》一样曾给李贺的诗歌创作提供了丰富滋养，对后者特定风貌的形成亦起过举足轻重的作用。甚至无妨这样说，《楚辞》给予千载之下的李贺所传送的影响，在相当大的程度上是通过乐府这一中介环节来达成的，诗人《巴童答》一诗所云“非君唱乐府，谁识怨秋深”两

句，即异常清晰地透露出此中消息。

有唐诗坛俊彦辈出，谱写了华夏诗歌史上最辉煌的一章，举凡本朝才名卓荦的优秀诗人，悉数都把汉魏六朝乐府奉为自己学习和仿效的对象。李长吉置身这个时代，其与古代乐府之间的纠葛关连，颇能显出迥异他人的独特征状。他不像李白那样罄其篇什纯用古乐府旧题，也不像杜甫、白居易那样一味讲求“无复依傍”，今存录在他诗集内的乐府篇制，称得上寓复古、新变于一体，兼而包容了三种不尽相同的处理方式：一是沿用乐府旧题，如《将进酒》、《艾如张》、《巫山高》、《大堤曲》、《雁门太守行》等；二是即事名篇、自撰新题，如《高轩过》、《残丝曲》、《李凭箜篌引》、《贵公子夜阑曲》、《金铜仙人辞汉歌》等；三是参承旧题而稍加变化，如《恼公》、《石城晓》、《月漉漉篇》、《长歌续短歌》等。以上三者轮换交替使用，信非出于李贺不忍割舍旧有的乐府题名，而恰好说明他宁可背离流俗所尚，必欲打破古今常规自主择题，使之汇成更强的张力来贯彻他设定的创作意图。

李贺平素好言调律,《昌谷集》内专写音乐形象之美的诗即有四五首,而且经过他亲手创制的乐府词章,个中之绝大部分,亦概以“歌”、“引”、“行”、“曲”、“乐”等名目来酌定其诗题。根据他为《申胡子觱篥歌》一诗撰写的小序,可知该诗在创成之初,随即就被旁人配声“合噪相唱”。然而如上这些情况,实不足表明李贺的许多乐府诗咸有乐曲与之相配。尽管《新唐书》本传谓其“乐府数十篇,云韶乐工皆合之弦管”,问题乃在这条记载不过是掇拾小说家言,质其原由当属李贺诗名大振后附会而起的传闻,殊难当做可信的史实材料看待。而反观长吉同时代人沈亚之《送李胶秀才诗序》一文,就十分明了地披露了事情的真相:

> 余故友李贺,善择南北朝乐府故词,其所赋亦多怨郁凄艳之巧,诚以盖古排今,使为词者莫得偶矣,惜乎其终亦不备声弦唱。

按沈亚之系李贺的挚谊至交,他的《送李胶秀才诗序》又作于长吉殁后,理应具有较高的史料价值。审此我们方才了达昌谷题咏之乐府诗数量虽多，却基本上是一种书面文学而“不备声弦唱”的。诗人热衷创制此类作品，聚焦点还是放在同前代故词取得心灵沟通上，以便藉此尽情发抒积压在他胸次的“怨郁凄艳”之思。

《昌谷集》受汉魏乐府的沾溉，在不少作品里留下显著印迹，它们多半袭用古乐府旧题，所演之情事亦与前者大体保持一致。譬如《艾如张》、《猛虎行》、《公无出门》各篇，俱着眼反映与现实人生相关的社会问题，肯定寓含了若干讽喻意味。另如《巫山高》一首，则注重描绘巫峡的山川形貌和神话境界，营造的诗境显得惝恍窈冥，就中有机地贯穿着作者自身的幽眇思绪。李贺学习汉魏乐府的可喜收获，又备见于《感讽》（之一）这篇五言佳构。此诗依题名看似乎更像古风，唯其触涉之内容乃全从乐府里面淌出。它运用质朴生动的叙事笔法，诉述了广大农民在重重盘剥下无计存活的遭遇，针对催租县官与胥吏丑态的刻画又那么惟妙惟肖，真堪谓深得汉代风人之遗意。

南朝乐府按产生的地域区划，可分成“吴声”和“西曲”两大类,它们各自展现一方风土人情,并悉以大胆唱咏男女艳科为其职志。吴声、西曲进入上层社会,与梁、陈间文士裁制的宫体诗同气合流,向被长吉当作一份精神养料来填补他实际生活的空缺。贺集之内缘受斯风熏习而转生的新篇纷众杂沓,唯顺沿旧题者仅限于很少几篇,多数作品业已完成题名的转换,字里行间凝聚着诗人渴望求得异性爱恋的潜愿。昌谷这一大批诗主体风格秀拔清越,若单就此点而言,其所受西曲之影响要明显超过吴声。如是态势之所以造成,除因西曲的传播区域恰值《楚辞》之发祥地、殊易引起诗人的眷顾之外,王运熙先生还提示以下两点:其一,长吉的家乡宜阳昌谷,与西曲炽盛畅行的襄阳、江陵相距不远;其二,西曲的乐辞多用长句,句式参差不齐且富有变化,较之吴声似更能契合李贺的个人爱好。仅论及其思想上的感触相通,固无论西曲或吴声描摹的赏心场景,乃同属长吉潜意识里所全神贯注向往的乐土,故二者在都能帮助诗人开拓幽谬迷幻的想象空间方面,委实看不出有什么差别。

正因如此，我们诵读《大堤曲》、《江楼曲》、《湖中曲》这几首侪类篇章的代表作，可察觉其间恒为种种缤纷繁丽的意念所笼罩。诗人苦于现实生活的枯燥窘乏，其神思便飞驰到南朝乐府温馨湿润的故乡，好像他已经听到那儿水波涌动的声响，看到那儿风情绮靡的美景，闻到了洌酒和菱藕的清香；遂而再从大堤、湖中女子绰约丰姿的叙写中，获得某些人生祈愿满足的快慰。至如《石城晓》、《夜来乐》诸首，它们对南国勾阑舞榭的形容益极细致，如帐帘、茵褥、灯盏之类，皆尽量凸显其质感；同时又夹带着隐秘气息和暗示性，几乎让人感到作者自身亦曾身临其间。李贺好用两汉六朝的艳丽记闻来刺激灵魂的兴奋，其集内乐府拟作所做的大胆轻亵的艺术藻饰，一定程度上也象征着他那好奇的狎昵欲望在幻境中得以实现。不管这里面的意象被诗人描摹得如何逼真，说到底无非只是主观想象的产物，绝不具备客观真实存在的品格。这样的诗歌付诸赏析抽绎犹可，如若移挪过来用于考订实事则殆焉！多年来有好几位研究者试图凭借上述作品，硬要给诗人补充一段亲身漫游吴越、湘楚的经历，那决然是徒劳无益的。

感讽五首（选一）

合浦无明珠[①]，龙洲无木奴[②]。足知造化力[③]，不给使君须[④]。越妇未织作，吴蚕始蠕蠕[⑤]。县官骑马来，狞色虬紫须[⑥]。怀中一方板[⑦]，板上数行书[⑧]。“不因使君怒，焉得诣尔庐[⑨]？”越妇拜县官：“桑牙今尚小[⑩]。会待春日晏[⑪]，丝车方掷掉[⑫]。”越妇通言语[⑬]，小姑具黄粱[⑭]。县官踏飧去[⑮]，簿吏复登堂[⑯]。

① 合浦：在今广西合浦一带。《后汉书·循吏列传》记合浦海出宝珠，因宰守采求无度，宝珠遂迁于交趾郡界。

② 龙洲：即龙阳洲，在今湖南汉寿。木奴：指柑橘树。《襄阳记》记汉代襄阳太守李衡派人在龙阳洲种柑橘千株，临死告儿：“……吾州里有千头木奴，不责汝衣食，岁上一匹绢，亦可足用耳！”

③ 造化力：大自然之力。

④ 给：供给。使君：古代对州郡长官的尊称。须：索求。以上二句，谓大自然之力也无法满足太守的求索。

⑤ 蠕蠕：微动貌，此指蚕尚小。

⑥ 狞：凶恶。虬紫须：指紫色的虬髯。陈弘治《校释》谓此二句“言蚕蠕蠕方动，县官已来催租也”。

⑦ 方板：板即纸，此指征收租税的文告。

⑧ 数行书：几行文字。

⑨ 焉：哪里。诣尔庐：到你的小屋。这两句是县官所说的话：“如果不是因太守发怒，我哪里会到你家来？”

⑩ 牙：通“芽”。

⑪ 会待：当待。春日晏：春末。

⑫ 搠掉：转动。以上二句说要等到暮春，才能缫丝。

⑬ 通言语：指越妇陪着县官说话。

⑭ 黄粱：即小米饭。此句是说小姑忙着为县官一行人做饭。

⑮ 踏飧（sūn）：狼吞虎咽地大吃。

⑯ 簿吏：掌管钱粮簿书的小吏。

《感讽五首》，并非撰作于同时，诗歌或叹惜古人之不遇,或形容南山之秋夜,或讽咏或自伤,主题并不统一。这里所选的第一首,反映中唐时期租税沉重,农民生活困顿不安,全诗着眼于针砭苛政酷吏,是这组诗中最具现实批判精神的作品,在精神气质方面直追杜甫和元白的新乐府。

清王琦《汇解》对该诗主旨阐释甚明:

> 此章讽催科之不时也。蚕事方起,而县官已亲自催租,何其火迫乃尔!狞色虬须,画出武健之状,彼却又能推卸以为使君符牒致然,似乎不得已而来者。果尔,言语既毕,即当策马而去,乃必饱飧,不顾两妇子之拮据,为民父母者固如是乎?县官方去,簿吏又复登堂,民力几何,能叠供此辈之口腹耶?夫于女丁犹不恤乃尔,男丁在家者,其诛求又可想矣!

面对如此现实的感讽内容,贺诗力避直白,起首采用深拗笔法,反用典故,以合浦都无珠、龙阳都无橘,极写为政者的苛求无度导致地力的匮乏。“足知”二句可说是对上述反常现象的理性反思,矛头直指诛求无厌的

“使君”。

以下四句一节，俱为叙事单元，如同搬演一幕短剧。幕布拉开：越妇未事织作，因为吴蚕尚小，才开始蠢蠢蠕动。在这种情境下，县官骑马翩然登场，“狞色虬紫须”，相状何其凶恶。“怀中一方板”四句，写出县官所来的事由。“板上数行书”的具体内容读者无从详知，但已分明可见县官狐假虎威的恶劣行径。“不因使君怒”云云，言此县官“推卸以为使君符牒致然”，活现出一副圆滑俗态；“焉得”二字反问，又显得悍气袭人。为此自然引出“越妇拜县官”而恳求宽限的三句话，尚小的桑芽与前文方始蠕动的春蚕相映，明示缫丝纳捐要到春末，可见所述皆为实情。

“掷掉”二字，采用俗语，既增强了叙述的真实性，同时也使诗歌风味顿出。诚如林同济先生所言：“长吉呕心处，往往在结句。”（《研究》）此诗结末四句尤为精彩，这一面越妇陪着县官说话恳求，那一边小姑忙着准备款待。全是妇女支撑局面，以常理推之，此家男子应当是承应官差行役去了。如此境况下，县官踏飧而去的身影既显其鄙俗，继之而来的簿吏尤见官家的扰民恶行。诗歌至此深沉哀痛，欲诉无语，可谓笔致朴健本色，寓意不言自明，洵能体现汉乐府以来诗歌描写悯农题材的一贯风范。

《感讽五首》之一的成功撰作，除了受到乐府诗歌传统的沾溉而外，亦表明李贺对当时的农村生活确有比较真实的观察，诗人在《送韦仁实兄弟入关》一篇中间，固自言其家居昌谷时尝有“夜雨叫租吏，春声暗交关”之体验。这些感受和经历，导致了这位惯于沉溺幻想的天才终究没有忘情现实。梁超然先生谈到这首诗时，就说它“很有点杜甫《三吏》、《三别》，白居易《新乐府》、《秦中吟》的风格特色”（《李贺诗歌赏析》，广西教育出版社，1987年）。

猛 虎 行

长戈莫舂[①]，强弩莫抨[②]。乳孙哺子，教得生狞[③]。举头为城，掉尾为旌[④]。东海黄公[⑤]，愁见夜行[6]。道逢驺虞[7],牛哀不平[8]。何用尺刀[9],壁上雷鸣[10]。泰山之下,妇人哭声[11]。官家有程[12],吏不敢听[13]。

① 舂:犹冲、刺。

② 弩(nǔ):用机械发射的弓。抨:弹、射。

③ 生狞:唐代俗语,即粗野凶恶。

④ 举头二句:形容猛虎凶恶之状。《论衡·率性》:"比兽之角可以为城,举尾以为旌。"旌(jīng),旗帜。

⑤ 东海黄公:《西京杂记》载,东海人黄公,少时为术,能制虎蛇,及老酗酒,不能复行其术,为白虎所杀。

⑥ 愁见:愁着。陈弘治《校释》谓:"黄公本能御虎,今愁见夜行,则其猛厉可知矣。"

⑦ 驺虞(zōu yú):《诗经》毛传曰:"驺虞,义兽也,白虎黑文,不食生物,有至信之德则应之。"

⑧ 牛哀:公牛哀,原为人名,此代指虎。《淮南子·俶真训》:"昔公牛哀转病也,七日化为虎,其兄掩户而入觇之,则虎搏而杀之。"以上二句言猛虎生性残杀,碰到驺虞这样不食生物的义兽,反而忿忿不平于其徒具虎形,窝囊无用。

⑨ 尺刀：短刀。

⑩ 壁上雷鸣：传说刀剑挂在壁上，敌至不被使用，会发出雷鸣之声。李白《独漉篇》："雄剑挂壁，时时雷鸣。"以上二句言世人皆畏惮猛虎，虽有尺刀，惟挂壁闲置而已，那么宝刀又何必激愤雷鸣呢！

⑪ 泰山二句：《礼记·檀弓》：孔子过泰山侧，有妇人哭于墓者而哀。使子路问之。妇曰：昔者吾舅死于虎，吾夫又死焉，今吾子又死焉。

⑫ 官家：官府。程：期限。

⑬ 听：听命，听从。二句言官府纵有限期捕虎的命令，而属吏因害怕而不敢听从。

《猛虎行》，是《昌谷集》中仅存的四言歌诗。诗篇沿用乐府旧题，《古猛虎行》有句曰："饥不从猛虎食，暮不从野雀栖。"言君子毋以艰难而改节也。李贺此篇围绕诗题，通篇写虎，似别有寄托。《乐府诗集》存张籍同题乐府一首，亦是全篇赋写猛虎为患，抄录如次，以资比较：

南山北山树冥冥，猛虎白日绕林行。向晚一身当道食，山中麋鹿尽无声。年年养子在深谷，雌雄上山不相逐。谷中近窟有山村，长向村家取黄犊。五陵年少不敢射，空来林下看行迹。

不同于张诗长句排比的铺写，贺诗四言结构，尤需致力熔裁，故此李贺《猛虎行》摒弃了山林环境的交待，起始以“长戈莫舂，强弩莫抨”两个短句写出赫赫虎威，不为戈弩所伤。“乳孙哺子，教得生狞”，与张籍“年年养子在深谷”诗句相对应，贺诗以虎崽之“生狞”侧笔描写老虎天生的威猛，似乎更显高明一些。“举头为城，掉尾为旌”，化用典故，极度夸张，显然有别于张诗的写实风格。

贺诗“东海黄公”以下，又连续使事，反复强调，表现猛虎伤害性命，为所欲为，使东海黄公为之犯愁，道逢驺虞义兽，竟然忿其懦弱无用，这就比张诗所写“长向村家取黄犊”的危害性要严重得多。壁上空鸣的尺刀，泰山妇人的哭声，都表明猛虎得逞，为患一方。与张诗“五陵年少不敢射”的收束不同，贺诗结句将矛头对准了有命不从、纵虎为患的官府。对胆小怕事的胥吏之描述进一步烘托了虎威，同时也使诗篇的社会伦理涵义厚实起来。鉴于昌谷深受古乐府的影响，故遣词谋篇往往能直造其境，陈弘治《校释》论及其诗，即引孙枝蔚曰："非熟读古谣谚及《独漉》诸篇，不能声口肖似如此。"

关于本诗的题旨，历来众说纷纭。宋吴正子曰："今长吉末六句皆有属，似言猛政也。"（《笺注评点李长吉歌诗》）明曾益以为"此盖目睹忤逆之人而作"（《诗解》）。再如，清姚文燮认为这是感讽时政的惨刻（《集注》）；清陈本礼则以为此诗系讽刺酷吏虐民（《协律钩玄》）。自叶葱奇先生《诗集》起，此诗又与中唐时期藩镇割剧的史实钩联起来。此观点为刘衍先生所接受，他在《证异》中即认为，"全诗句句写虎，又句句写藩镇"。钱仲联先生则以为是讽元和中成德军之叛乱（《会笺》）。无论如何，此诗不应视作一般的咏虎作品，它的批判锋芒显然是指向现实社会中某种邪恶势力的。

艾如张[1]

锦襜褕[2],绣裆襦[3],强饮啄[4],哺尔雏[5]。陇东卧穟满风雨[6],莫信笼媒陇西去[7]。齐人织网如素空[8],张在野田平碧中。网丝漠漠无形影[9],误尔触之伤首红[10]。艾叶绿花谁翦刻,中藏祸机不可测[11]。

① 艾如张:乐府古题,原意谓“艾而张罗”,割除草木而张罗网也。然联系本诗所写的具体情景,这里所说的艾,当解释为艾蓬,即在艾蓬里面张设罗网的意思。

② 襜褕(chān yú):短衣。

③ 裆:裤子。襦:短袄。以上二句形容雉鸟羽毛五色斑斓。

④ 强饮啄:勉强饮水啄食。金刊本及荒井健《李贺》作“强强饮啄”。

⑤ 哺:喂。雏:幼鸟。以上二句说为了哺育你的雏鸟而勉强饮水啄食。

⑥ 陇东句:意谓尽管垄东满天风雨,但还有倒伏的庄稼可供

啄食。陇,通“垄”,田埂。穟,同“穗”。

⑦ 莫信句:意谓不要上笼媒的当,被它引诱到垄西去。笼媒,据潘岳《射雉赋》所记,把捕得的雉鸟驯养在笼子里,让它发出鸣叫声,来引诱其他雉鸟进笼,称之为“笼媒”。

⑧ 齐人:即齐民,普通的老百姓。素空:空明无物貌。

⑨ 漠漠:密布的样子。

⑩ 伤首红:指碰得头破血流。两句意谓:罗网密布,似无形影,但不小心碰上它,就会头破血流。

⑪ 艾叶二句:艾叶绿花置于罗网的四周,使其中包藏的祸机深不可测。

《艾如张》原是汉鼓吹铙歌十八曲之一,郭茂倩《乐府诗集》存录其词,使后人得以稍窥乐府古风:

艾而张罗,夷于吾,行成之。四时和,山出黄雀亦有罗,雀以高飞奈雀何。为此倚欲,谁肯礞室。

李贺撰作的这首《艾如张》,无论是三言、七言杂用的体式,抑或是张罗捕鸟的题材,均留有受汉代曲辞影响的明显痕迹。

张罗捕鸟，原是世俗细事，令人恍然唤醒儿时的记忆，谁曾料如此薄技在中国已有深远的历史，且被幸运地采入诗歌。需要指出的是，实现此类诗料由宫廷礼乐向抒情篇什的转变，李贺并非第一人，曹植《野田黄雀行》就出色地将此事熔裁于他发泄牢骚的诗篇之中。与乐府古题及子建诗歌明显相区别的是，长吉此诗描写的是翎羽艳丽的雉鸟一类；往代诗篇中雀鸟仅一笔带过，而李贺笔下的雉鸟却是独一无二的主角，字里行间倾注了诗人更多的关怀。

诗篇起始是四个三字句，节奏短促，仿佛亲见雉鸟蹙迫的饮啄动作。“饮啄”之前冠以“强”字，诚如明曾益所解：“言因哺雏而饮啄。”（《诗解》）“哺尔雏”之“尔”字，属第二人称的代词，诗人满怀真情，与雏鸟“尔汝”相称，分明见出长吉与众生的亲近。而以下“误尔触之伤首红”之“尔”字，则是一个语助词，读之愈觉充溢古乐府的意趣。

此后的八句诗，为诗人对雉鸟的声声告诫。“陇东卧穟”与“陇西”的“笼媒”相对，两地的福祸差距何啻千里。然而，就飞鸟天性而言，自由来去原本是它们的生存方式。为此，长吉继续苦苦相劝："齐人织网如素空，张在野田平碧中。""素空"、"平碧"暗寓下文的"网丝漠漠无形影"，清孙枝蔚叹曰："人知'无形影'三字为可骇不可测，不知'素空'、'平碧'、'漠漠'六字，更怵然伤心。"（《昌谷集句解定本》）诗的收尾进一步作危语，"艾叶绿花"在长吉眼中也完全有可能是圈套的组合，故作此"谁翦刻"之设问，随而乃用"中藏祸机不可测"一句警告性的话结束全篇。

是诗虽系承袭乐府旧题而作，但同样寓含着诗人从现实生活中得来的感受。李贺一生仕途不谐，屡遭挫跌，心际忧郁寡欢，因此总将外部世界当作自身的一种否定力量，在他笔下描述的生存大环境，时而让人感到阴森可怖、沉闷窒息。诚如"天网信崇大，矫士常慅慅"（《春归昌谷》），"天迷迷，地密密，熊虺食人魂，雪霜断人骨"（《公无出门》）等词句所示，均透露出了其压抑、焦灼的不安情绪。诗人怀有此等心态，就难怪他会对本诗表现的题材显得如此敏感了。

巫 山 高[1]

碧丛丛[2],高插天,大江翻澜神曳烟[3]。楚魂寻梦风飔然[4],晓风飞雨生苔钱[5]。瑶姬一去一千年[6],丁香筇竹啼老猿[7]。古祠近月蟾桂寒[8],椒花坠红湿云间[9]。

① 巫山高:乐府旧题,为汉鼓吹铙歌十八曲之一。巫山,在今重庆、湖北边境,因山势曲折盘错,形如"巫"字,故名。

② 碧丛丛:指巫山众多林木葱郁的峰峦。

③ 神曳烟:形容山间烟雾缭绕,恍若有神女在那里牵曳。曳,牵引。

④ 楚魂寻梦:宋玉《高唐赋》、《神女赋》分别赋写楚怀王、楚襄王游云梦,于梦中遇神女事。飔(sī):凉风。

⑤ 苔钱:形状如钱的苔藓,参看前《潞州张大宅病酒》注。

⑥ 瑶姬:即巫山神女,亦名姚姬,传说中的赤帝之女,死后葬于巫山之阳,即楚王所梦遇之神女也。

⑦ 丁香句:言巫山丁香、筇竹丛生,猿啼声声。筇(qióng)竹,

蜀中邛都山出产的竹子,高节实中,可为手杖。

⑧ 古祠:神女祠。陆游《入蜀记》:"过巫山凝真观,谒妙用真人祠。真人,即世所谓巫山神女也。祠正对巫山,峰峦上入霄汉,山脚直插江中。"蟾桂:指传说中月亮里的蟾蜍和桂树。

⑨ 椒花:特指蜀椒,又称花椒、川椒,蜀地特产。坠红:红花坠落。末二句写古祠幽寒无人,椒花径自坠落。

《巫山高》是贺诗集中又一首借乐府旧题别开生面的作品。诗歌以巫山起兴,"碧丛丛"言巫山之色,"高插天"形容巫山之高。两个短促的三字句,置于七言长句前仿佛奇峰突起,颇见巫山的纤丽奇峭。巫山临江而立,故而诗歌下文极自然地展示出"大江翻澜"的壮丽景致,"神曳烟"三字举重若轻,引出云雾缥缈中的巫山神女。陈弘治《校释》引钱澄之评语曰:"曳字如画,画出渐展渐拓之景",堪为读者欣赏本诗更进一解。

以下四句,诗意围绕巫山神女故事进一步延展。刘辰翁激赏"楚魂寻梦风飔然"句,以为"七字分明巫山"

(《笺注评点李长吉歌诗》)。因其巧妙地融汇了楚王梦遇神女的典故,以具有地域标志性的事件强化了巫山的存在。诗人运用其饱蘸历史感怆的笔触,将摹写自然景物与缅思神话传说交融在一起,这里既有对瑶姬悠恍踪迹的追怀,同时也状述了眼前空寂凄凉的景象。试看晓风飞雨,满山苔藓,丁香筇竹犹在,老猿依旧哀啼,却无从见到伊人的倩影,唯有椒花坠落在湿云中间,由此寄托了对"一去一千年"的"瑶姬"神女的无限深思。

此诗最大的特色在于以景语代情语,写景即是抒情。结末两句就提供了这么一个范例,曾益所作之阐释至为精到:

> 祠古,见年远;近月,明山高;蟾桂寒,凄寂也。椒花坠红,无人自落;湿云间,风雨晨夕。景物时换,唯巫山长存而已。(《诗解》)

于此物是人非、山川寂寥之中,人们自然会兴起世事沧桑的叹恨。所谓"景物时换,唯巫山长存而已",应该就是本篇的主旨。

着眼于中国诗歌发展长河，李贺这篇《巫山高》超迈前作、深有拓展，当无疑义。吴兢《乐府古题要解》曰：《巫山高》，"其词大略言江淮水深，无梁可渡，临水远望，思归而已。若齐王融'想象巫山高'，梁范云'巫山高不极'，杂以阳台神女之事，无复远望思归之意也"。郭茂倩《乐府诗集》存录汉铙歌古辞《巫山高》，又收有齐梁至唐《巫山高》二十一曲，如齐虞羲的"南国多奇山，荆巫独灵异"，梁元帝的"巫山高不穷，迥出荆门中"等，均不及李贺此篇赋写巫山一往情深，大有《九歌·山鬼》的风姿，无愧"骚之苗裔"之盛誉。清黎简评曰："脉发《九歌》，《巫山高》作者，当以此为第一。"道出了黎二樵对此诗的挚爱。

残 丝 曲

垂杨叶老莺哺儿，残丝欲断黄蜂归。
绿鬓年少金钗客[①]，缥粉壶中沉琥珀[②]。
花台欲暮春辞去，落花起作回风舞。

榆荚相催不知数[3]，沈郎青钱夹城路[4]。

① 绿鬓年少：指年轻男子，绿鬓犹青鬓。金钗客：指女子。年少，日本内阁文库本同，宋刊本、金刊本作“少年”。

② 缥粉壶：青白色的酒壶。琥珀：此指浓郁莹醇的美酒，参看前《将进酒》注。

③ 榆荚：榆树未生叶时枝条间先生榆荚，形状似钱而小，色白成串，俗间呼为“榆钱”。相催：借指榆荚纷然飘落的状态。

④ 沈郎青钱：《晋书》记吴兴沈充铸小钱，人称“沈郎钱”，此喻榆荚。夹城：见前《河南府试十二月乐词》注。全句是说暮春的榆荚纷纷坠落在夹城内的御道上。

所谓“残丝”，应指柳絮飘散以后剩下的柳条，所言“残”者乃取其“剩余”之义，而不是形容它的枝叶凋敝。李贺这篇新题乐府歌辞起首两句，似乎已经道出了其间之奥曲，读者凭此不难判定这是晚春景象。

赋写春景的诗歌总不免惜春之情，更何况是春入晚境。或许再没有比少男少女持酒对坐更能表现对春日的恋情了，青春岁月原本与大自然的律动多一份对应，这可能就是诗人以“绿鬓”形容“少年”的原因所在；至于以“金钗客”指代美少女，顿觉纸上灿然生辉，同时也凸显了贺诗奇峭、力避庸俗、“用字多替换字面”的诗艺特点（清叶矫然《龙性堂诗话续集》）。情人对视理应春情激荡，然而二人有酒不饮分明是恨在心中，个中消息全在“缥粉壶中沉琥珀”之“沉”字。林同济先生即认为：“沉字妙。酒已不倾，只相看无语了。一字中透出主人公无聊赖的阑珊感，可留恋的年光意。”（《研究》）这不正是飘逝着的春光的人格化象征吗？钱锺书先生《谈艺录》还指出，长吉诗歌之形容物象，颇似戈蒂埃、爱伦坡、波德莱尔，“好取金石硬性物作比喻”，“如宝石精鏐，坚不受刃”，这“缥粉壶中沉琥珀”一句，即是将琥珀之类硬性物比喻原属液体状态的酒浆，藉此给予读者更强的感官刺激。而类似于此的句例，尚有“昆山玉碎凤凰叫”（《李凭箜篌引》）、“头玉硗硗眉刷翠”（《唐儿歌》）、“玉轮轧露湿团光”（《梦天》）、“江上团团贴寒玉”(《江南弄》)、“荒沟古水光如刀”(《勉爱行》)、“山瀑无声玉虹悬”(《北中寒》)、“玉烟青湿白如幢”(《晚溪凉》)等等,循此比较研寻,可从中窥知昌谷诗赋物造形所习用的一种技法。

“花台欲暮春辞去”领起后半段诗歌的晚春景致,同时也补足了年轻情侣会面时的季节背景,一“辞”字既形象地写出春之归去,也可能浸透着一重恩爱别离之苦。“落花起作回风舞”是该篇语奇意重的好句,落花本将堕地,却随着飘风回生振起,作最后的翩跹舞蹈,真是诉尽诗人惜春心事。诗歌末后撷取暮春榆荚这一典型意象,来表现季节不可逆转的变换,那榆荚坠落满路的景象何等的凄美。有趣的是长吉称之为“沈郎青钱”,可谓以俗为雅,化俗为雅。清陈本礼《协律钩玄》引董伯音曰:“晋沈充作榆荚钱,盖比钱于榆荚,此反以榆荚比钱。”须知逆向思维本是艺术创造特征之一,李贺于此娴熟地反用前代事典,造就一处非常贴切的比喻,从而将整篇作品提升到了脱俗超群的境界。

总体而论,此诗通篇写景,文字浅近而诗语多情,优美的景物中裹挟着淡淡的闲愁，这无非是因光阴消逝而引起的心灵悚动，对美好事物趋于沉寂的悼惜，并无过深的寄托。论其思想至为单纯，极可能是诗人在未谙世事的少年时代所赋的篇章。

大　堤　曲[①]

妾家住横塘[②]，红纱满桂香[③]。青云教绾头上髻[④]，明月与作耳边珰[⑤]。莲风起[⑥]，江畔春[⑦]，大堤上，留北人[⑧]。郎食鲤鱼尾，妾食猩猩唇[⑨]。莫指襄阳道，绿浦归帆少[⑩]。今日菖蒲花[⑪]，明朝枫树老[⑫]。

① 大堤：据地志所记，大堤在襄阳府城外，南朝时为当地妓女聚居之所在，且以盛产美酒著称。“大堤曲”，乐府题名，因南朝乐府《襄阳乐》中有“朝发襄阳来，暮至大堤宿。大堤诸女儿，花艳惊郎目”之句而得名。

② 妾：古时女子的谦称。横塘：地名，靠近大堤，亦在襄阳。

③ 红纱：红纱窗。曾益《诗解》谓以上二句："初述己所居，次述居之景。"

④ 绾(wǎn)：盘绕打结。

⑤ 明月：指明月珠。珰：耳环。以上二句言头上黑发绾结髻鬟，耳戴明月之珠制作的耳珰。

⑥ 莲风：夏季从长满莲叶的水面上吹来的风。

⑦ 春：言时值良辰，气氛洋溢春意，不是确指春季。

⑧ 留北人：挽留北来行人。

⑨ 郎食二句：表面上说此女子与北人饮食相得之欢，实际上是用隐匿手法暗指男女的性爱行为。

⑩ 绿浦：长满绿色植被的水边。以上二句言莫指襄阳道而兴远去之意，因为一旦分离，别多会少，君不见绿浦那边归帆甚少。

⑪ 菖蒲：多年生草本植物，生在水边，不易开花，花开被古人视为祥瑞。

⑫ 枫树老：言枫树之老者礧砢多节，用来比喻老丑的状貌。二句意谓青春易逝，容颜遽衰，行乐要当及时。

《大堤曲》，郭茂倩《乐府诗集》将此列入清商曲辞，长吉此诗沿袭南朝乐府古题，借用大堤女子的抒情口吻，倍写其与行客的炽烈恋情，通过一系列幻想性形象的着意描摹，宣泄了藏匿在长吉内心深处的潜愿。诗歌通篇以五言句式为主，中间夹杂一组三言诗句，形成音节错落之美，生动朴素的比喻，相近的句法，复叠的歌咏，使此篇洋溢着民间歌谣的风调，无怪乎黄陶安赞此“真乐府音节”（转引自陈弘治《校释》）

诗歌前四句写大堤女子的乡里及装束。起首“妾家住横塘”绝非闲笔，这不仅照应诗题的“大堤”二字，而且还调动了西曲艳辞的摹饰伎俩，为所咏女子贴上了特定的标签。由此红纱、桂香、乌云髻、明月珰方始找到了恰当的位置。其中三、四两句明写其头饰，长吉于此采用拟人手法，“青云教绾”、“明月与作”云云，措语生动，揣摩入新，巧妙地烘托出女子绰约妩媚的风姿。

接着，“莲风起”领起四句三言诗，既交待这是热恋的节令，又让人自然联想起“采莲南塘秋，莲花过人头”的那种地域风情；所谓“江畔春”更侧重表现的是大堤女与北来客邂逅相值所共同感受的良辰美景。就在前者殷勤挽留的情意里，诗歌渲染的气氛也一下子被推到极致。

若着眼于诗意，“郎食鲤鱼尾”两句实为承上启下，它勾画了男女欢会的一个模糊场景，是对“留北人”之后故事的具体展开。所谓“鲤鱼尾”、“猩猩唇”，乍一看去好像是写二人欢宴时的愉快情景，而实际上却被赋予两性交合的隐蔽寓意。李贺《恼公》一诗中的性描写，早在1979年就已经由周观武先生加以指出。寖至上世纪末，韩国学者金学主教授所撰《唐诗与巫教试论——以李贺为中心》一文，又从长吉的乐府歌辞中罗举五例诗句，断定它们都是在暗示男女的性行为，而其中之一例即是《大堤曲》的这两句诗。正如该文作者所说，李贺此类描写“基于他自己奔放不羁的幻想”，“所以又有淫亵的倾向”（邝健行主编《中国诗歌与宗教》，香港中华书局，1999年）。

襄阳周边古代经济繁华，成为南朝乐府艳歌的主要发源地之一，歌辞里面所涉及的女主人公，其身份大抵都属妓女。本诗末尾传写女方挽留行客，极言良辰不再，青春易老，就非常切合她们特定的口吻。尽管如是话语未免俗套，但在长吉笔下却得到了强劲的表现。特别是诗的最后四句，把难得一见的菖蒲花与礧砢多节的老枫树相对待，曰美曰丑殊异何可以道里计，缱绻爱意与生命的飘逝感打并在一起，颇能取得令人心灵震颤的艺术效果。

本诗同“大堤诸女儿，花艳惊郎目”的《襄阳乐》乐府古辞比较，无疑增添了不少情文形文之美，同时依然保持着语言清新、修辞生动的民歌特色。我们观察李贺该类篇什创作的诸种动因，务必注意以下两个基本事实：一是诗人的精神意念确实深受南朝艳歌的沾溉；二是他由于心耽欲乐而时常激起“奔放不羁的幻想”。

石　城　晓[1]

月落大堤上[2]，女垣栖乌起[3]。细露湿团红[4]，寒香解夜醉[5]。女牛渡天河[6]，柳烟满城曲[7]。上客留断缨[8]，残蛾斗双绿[9]。春帐依微蝉翼罗[10]，横茵突金隐体花[11]。帐前轻絮鹅毛起⑫,欲说春心无所似⑬。

① 石城：古时莫愁女居住的地方,在今湖北钟祥境。

② 大堤：这里用于借指寻欢买笑处,参见《许公子郑姬歌》注。

③ 女垣：即女墙,城墙上呈凹凸形的小墙。栖乌：栖息的乌鸦。

④ 团红：簇聚的红花。

⑤ 寒香：夜露浸润下花朵散发出的幽寒的清香。

⑥ 女牛：织女星与牛郎星。天河：即银河。

⑦ 柳烟：晓雾中的柳树。城曲：城隅,城墙的曲角处。

⑧ 留断缨：断其香缨,留以赠别。缨,指香袋。

⑨ 残蛾：指女子宿妆未理,蛾眉惟留昨日残妆。斗双绿：指蹙起双眉。

⑩ 依微：隐约,依稀。蝉翼罗：指轻薄如蝉翼的罗帐。

⑪ 横茵：卧褥。突金：指卧褥上突出的金线刺绣。隐体花：指刺绣隐现的花卉图案。

⑫ 轻絮：指柳絮。

⑬ 无所似：指那飘忽不定的怀春心思,舍柳絮而无所相似。

《乐府诗集》有《石城乐》乐府诗歌,《石城晓》与此一字之差，显系李贺因乐府旧题而加以变创的宫体新作。石城是古代传说中的美人莫愁的居处，石城之晓，正是情人经由一宿绸缪而到生分苦离的时候，它天然适合言情诗歌的表现。西欧骑士夜歌对此诗料有很好的发挥，已然成为中世纪的经典之作。中西诗学的殊异，使我们难以尽道其详，然而就诗歌题材的开创性而言，李贺显然是轻易地胜出一筹。

全诗按照五言八句与七言四句的章法结构，可自然地分为前后两段。前八句描写石城清晓景象及情人的分离情境。起首二句以月落乌飞的典型意象交待清晓时辰——是必须分手的时候了。借用刘辰翁的评语，此二句"不言留别，而有留别之色，妙不著相"（《笺注评点李长吉歌诗》）。以下四句写景文字甚有层次感，"细露湿团红"两句似将眼光移向庭院，那在滴露中的花朵散发出阵阵寒香，可以消解宿醉——这又透露了昨夜故事的相关信息。"团红"是一簇红花的代词，它同《春归昌谷》里的"细绿"代表纤细的嫩草一样，是李贺在多种感觉中重构的事物。正如川合康三氏所指出的："代词似乎是非常委婉的修辞手法,实际上却是诗人把感觉语原汁原味地摆出来的、极端直接的表现。”(《李贺其人其诗》)“女牛渡天河”应是仰视所见,织女、牛郎双星飞渡天河既是星河转移的天象,又凸显天上人间的反差;城曲的柳烟表明这时正值初春的早晨,但欢好已经不在女主人公的身旁。写景至此,诗歌以一特写镜头来加以收束:情人已去,仅留下“断缨”香囊以慰存想,呈现在读者面前的,只是她残妆未消的慵懒状态和颦蹙的双眉。

后半段均为七言长句,依旧采用写景抒情的叙述模式。不过,这回诗歌呈现的是闺房内的布置,罗帐、茵褥等极具私密性的物什,被长吉不惮琐屑地加以表现,描写细腻而又别致,如薄若蝉翼的罗帐,卧褥上那“突金隐体花”,让我们再次感受到贺诗“如短视人之目力”、“近者细察秋毫”的艺术特点(《谈艺录》),像这样于一个局部小范围里追求摹写事物的高度逼真感,被林同济《研究》称为“长于客观描叙”,“在这点上,有似近代西方之自然主义派”。此诗结句巧妙地将当前景物与闺中心事结合在一起，明明是因飞絮而起联想，却偏偏说“欲说春心无所似”。这是因为虽然飞絮与春心俱有飘忽不定的特点，然而“絮无定，情欲一，其春心而无可举似，真得古意乐府之神”（清阙名《明于嘉刻本〈李长吉诗集〉批语》）。

清王琦《汇解》以为：“长吉此诗，专为娼女晓起将别之况。”今人王友胜、李德辉校注的《李贺集》亦云：“李贺此诗咏妓女晓别情状。”该诗所写的内容有悖于健康的生活情趣，殆属无庸讳言。但是我们全然不必去怀疑，作者本人是否也具备这类情事的实际体验。爱情遭遇闭塞同时又无法抑制欲愿的李长吉，显然从南朝乐府艳歌中找到了自己的兴奋点，他在幻觉境界中津津有味地踵事增华，所刻画的无非都是虚构的意象，说到底不过是为其现实生活的缺失提供些心理补偿而已。

江 楼 曲

楼前流水江陵道[①]，鲤鱼风起芙蓉老[②]。

晓钗催鬓语南风[3]，抽帆归来一日功[4]。鼍吟浦口飞梅雨[5]，竿头酒旗换青苎[6]。萧骚浪白云差池[7]，黄粉油衫寄郎主[8]。新槽酒声苦无力[9]，南湖一顷菱花白[10]。眼前便有千里愁[11]，小玉开屏见山色[12]。

① 江陵：即今湖北江陵。

② 鲤鱼风：九月风。参看吴企明《唐音质疑录》"鲤鱼风"条。芙蓉老：谓入秋以后荷花逐渐衰败。

③ 晓钗催鬓：指晨起催妆理鬓。语南风：寄语南风。

④ 抽帆：犹升帆。归来一日功：言只需一天的工夫即可归还。

⑤ 鼍吟：陆佃《埤雅·释鱼》："鼍，欲雨则鸣。"鼍，见《将进酒》注。梅雨：中国南方入暑以前的黄梅雨，因值梅子成熟时节而得名。按本诗前文既云"鲤鱼风起芙蓉老"，而至此则又谓"飞梅雨"，二者所摹状的景象显然不属于同一时节，这种情形在《昌谷集》之《湖中曲》内亦有反映。盖长吉熟诵乐府，心驰南国，述其风土，曲意形容，遂将不同季候

的事物一并罗织诗里，正好说明这类作品描绘的都是诗人想象中的景物。

⑥ 青苎(zhù)：用苎麻制成的青色酒旗。因酒旗张在露天处日晒雨淋容易损坏，故需定期更换。以苎麻为旗，取其质地坚牢。

⑦ 萧骚：水波扰动貌。差池：参差不齐貌。

⑧ 黄粉油衫：防雨之具，犹今之雨衣然。郎主：古时门生、家奴对主人的尊称，此移为妻子对夫君的称呼。

⑨ 新槽：酿制新酒的槽床。苦无力：指新酒不足消愁。

⑩ 一顷：百亩。菱花：菱是南方常见的水生草本植物，其花色白。

⑪ 千里愁：《汇解》本作"千里思"，据宋刊本、金刊本、日本内阁文库本改。

⑫ 小玉：唐人惯用"小玉"为侍儿之称。开屏见山色：打开屏风见到眼前的山色，因其阻隔远眺，故此上句言"眼前便有千里愁"。

同样是宫体艳歌，不同于《石城晓》描状娼女晓起送别，这首《江楼曲》歌咏的是年轻少妇晨妆思夫的情景。无论《江》诗还是《石》诗，包括前面的《大堤曲》，实际上都涉及了封建时代两性的情爱题材。合观以上三篇歌诗，犹如谛听中国古代妇女颇具悲剧意味的命运交响，读来不禁让人悼念往昔，发其深省。

全诗叙述有序，景中见情。诗歌紧承诗题，以“楼”字起始，“楼前流水”即寓“江楼”二字，“江陵道”交待流水的去处，为下文言夫婿旦夕可至埋下伏笔。“鲤鱼风”看似写风，其实亦是因水起兴，它与“芙蓉老”一样写的都是秋日的物候，芙蓉之“老”还让人不禁忧心江楼女主人的花容渐逝。正是这位楼中少妇，她早早起来，匆匆梳妆，“晓”字、“催”字与下句“一日”二字相映照，“总言欲其于晓妆时即抽帆而归，归可一日而至也”（清黎简《批点黄陶庵评本李长吉集》）。这种痴想通过“语南风”的痴举加以表达，愈见情痴之至。

中间四句即景即事，绘声绘色。长吉精心编织前代西洲曲辞传递而来的诗料，渗入自己剀切驰慕的遐想，以清新的笔调描摹出当地特有的风土人情，几令读者疑心置身此境：耳边仿佛听到扬子鳄的哀吟，细密的雨声是如此的真切,江浪则萧骚逼人;同时还可看到刚换上的青苎酒旗,与江浪同呈一色的差池白云,一件能够遮蔽风雨的黄粉油衫尤其惹眼,那是江楼少妇要寄与夫君的物什。"郎主"的称谓,显得别有意味,因为原本是门生家奴对主人的称呼,用在夫妻之间使我们更清楚地看到古代妇女随人俯仰的附从地位。寄物以表关怀,要对方惦记家中还有一位知冷知暖的妻室在,这其中寓藏了一份冀其速归的心愿。

最后四句径自说愁。以酒解愁并非男子的专利,诗篇出之以"新槽酒声",措语力避凡俗,直到"苦无力"三字方始婉转地托出这层涵义。南湖的一顷白色菱花,定然也是怨妇眼中所见,自然界的娇艳在这里更带有"风物无情"的意味。而所谓"眼前便有千里愁",同时映带结句:侍女推开屏风,但见远山重叠,阻隔视线,惹人远思,不免愁上加愁。诗歌如此结束,使读者如入愁城,驱之不去。

刘辰翁称赏"晓钗催鬟"两句为"俊快浓至"(《笺注评点李长吉歌诗》),亦可移以评述全篇。长吉此篇,

实印证了贺诗隽语艳情的一面,诚如清人贺裳所论:"长吉艳诗,尤情深语秀。"(《载酒园诗话》)

美人梳头歌

西施晓梦绡帐寒[1],香鬟堕髻半沉檀[2]。辘轳咿哑转鸣玉[3],惊起芙蓉睡新足[4]。双鸾开镜秋水光[5],解鬟临镜立象床[6]。一编香丝云撒地,玉钗落处无声腻[7]。纤手却盘老鸦色[8],翠滑宝钗簪不得[9]。春风烂漫恼娇慵[10],十八鬟多无气力[11]。妆成鬈鬌欹不斜[12],云裾数步踏雁沙[13]。背人不语向何处,下阶自折樱桃花[14]。

① 西施:春秋时代越国的美女。荒井健《李贺》谓,这里的"西施"被作为美人的代名词使用。绡帐:生丝织成的薄帐。

② 堕髻:即倭堕髻,倾侧的发髻。沉檀:口红一类的妆饰涂

膏。荒井健尝举李煜词内有"沉檀轻注些儿个"之句,以为即指此也。所谓"半沉檀",是说沉檀半销,残妆未褪。

③ 辘轳:井架上的旋转圆木装置,可用来汲取井水。转鸣玉:指辘轳转动之声犹如鸣玉。

④ 芙蓉:此喻美人。睡新足:酣睡初醒。

⑤ 双鸾:指刻在铜镜背面的双鸾图案。秋水光:形容妆镜如同秋水般光洁明净。

⑥ 解鬟句:言美人解开发髻,站在象床前照镜梳理。

⑦ 玉钗:王琦《汇解》以为"钗"乃"锟"之误,锟是栉发器具,美人密发滑腻,故而锟子落处无声。

⑧ 盘:绾。老鸦色:言头发如乌鸦羽毛一样乌黑光亮。

⑨ 宝钗簪不得:形容长发滑腻,致使宝钗簪束不得。

⑩ 恼娇慵:陈弘治《校释》引丘象随曰:"恼娇慵三者,美人之恒态也。"

⑪ 十八鬟多:极言美人挽结发鬟之多。

⑫ 鬖髿(wǒ duǒ):中唐流行的一种发髻。欹不斜:发结虽偏欹,但不会斜坠。

⑬ 云裾:像云霞一样轻薄而美好的裙裾。踏雁沙:喻美人行走的步态如雁之踏沙,步履娴雅匀缓。

⑭ 樱桃花：即樱花，花淡红或白色。

诗歌演进到唐代中叶，专门形容女性状貌姿态的创制重新进入人们的视野，耽爱摹写艳情成为许多士大夫乐此不疲的习尚。这股潮流淹至晚唐其势益盛，居然还出现所谓“非洞房蛾眉则掷笔不顾”的倾向。李贺雅善描述艳情，称得上是这一风气中至关重要的领军人物。就以这首《美人梳头歌》而论，它上承六朝乐府宫体的余绪，下开唐末艳情诗的新境，实为时代思潮影响下的产物。寻检唐人诗集，可发现与他同时代的张碧也写过一首《美人梳头歌》，而后的崔珏则有《美人尝茶歌》之作，可见这类题材当时常为诗人们所涉及，其写作之目的亦在宣泄作者不便直说的隐情。周阆风先生的《诗人李贺》强生别解，断言本诗是长吉欣赏自己妻子梳发时所作，显属毫无根据。

诗歌起语以“西施”指代美人，为全诗奠定了柔美的基调。伊人梦觉晓寒，发髻倭堕，残妆未褪，全然是一副春梦初醒的模样。而咿咿哑哑鸣响的辘轳声，告诉读者正是这汲水声惊起了芙蓉花般的人儿。起始四句为诗题造势，接下去四句诗歌方始正式展开对美人梳头一事全方位的细致摹写。首先映入眼帘的是荧荧镜光，美人则“解鬟临镜立象床”，但见一头香丝如乌云般倾泻而下，其细密腻滑使梳过的篦子悄然无声。对于美人“立象床”一语，历来注家多以为这是因为发长委地的缘故，如吴正子曰：“立象床，发长委地，故立于床而梳也。”然而林同济先生却指出：“立象床，言在象床之前，不必呆板释为发长委地势须立床上也。”(《研究》)一经比较，便觉林氏的理解确实妥帖。事实上，美人立梳床前的审美意象在中唐文学绝非孤证，不仅形诸诗歌，亦见于说部。杜光庭《虬髯客传》写杨素家妓红拂随李靖私奔，行途住宿，所以遭遇虬髯侠士便是因红拂撩人的梳发行为引出：

> 行次灵石旅舍，既设床，炉中烹肉且熟。张氏以发长委地，立梳床前。公方刷马，忽有一人，中形，赤髯如虬，乘蹇驴而来。投革囊于炉前，取枕欹卧，看张梳头。

两相对照,足可帮助我们增进对长吉此诗审美趋向的理解。

以下复有四句,单写美人梳罢盘结秀发的情景。纤手盘结更衬出长发“老鸦色”般的黑,簪不住的宝钗再次强调香鬟的滑腻,正是秾艳逼人。诗人的用意很明显:写长发更为了写美人,所以有此“春风烂漫恼娇慵”的娇憨之态,而这又是因为“鬟多”而显得力弱不能自胜所致,可见写美人又不离写长发。结末四句重又宕开一笔,写美人梳妆后的闲散闺情。偏欹的发髻式样令人愈觉可爱,曳动的裙裾恰似一片飘流的云霞,其如雁鸟踏沙而行者,乃是写其娴雅的步态。然而,诗中这些描写容不得人们细思,读者更关注她背人不语前往何处——却原来是走下台阶自己亲手采折樱桃花,末句写出一片盎然闺情。美籍华人学者杜国清认为,该句表明这位女主人公“带着风华正茂的自恋,她摘下一枝花,与花儿惺惺相惜,希冀自己有朝一日也被人爱恋,就像她爱恋着手中这枝樱桃花”(《李贺》,Twayne Publishers,1979年)。

我们阅读这首《美人梳头歌》，不能忘记李贺是一个爱好想入非非的天才，他纵然无法在现实生活中实现自己的祈愿，但决不会放弃通过艺术创作来寻求某种缺憾的补偿。李贺有惊人的创造象征物的才能，他极善于借助幻想和丰富多彩的直觉，把自身对于缺失的感受灵敏地转换到它的相反方向，由之使这种补偿以一种想象性的愿望形态出现。由于诗人长期受到鬓发斑白凋零的困扰，而对这一缺陷的烦厌，驱使他特别倾心地去摹写青年女子美好的头发。见诸《李长吉歌诗》中，这样的例句实不胜其多。如《恼公》“发重疑盘雾”，《咏怀二首》之一“春风吹鬓影”，《兰香神女庙》“密发虚鬟飞”，《大堤曲》“青云教绾头上髻”，《洛姝真珠》“寒鬓斜钗玉燕光”，《湖中曲》“蜀纸封巾报云鬓”，《屏风曲》“将鬟镜上掷金蝉”，《江楼曲》“晓钗催鬓语南风”，《追赋画江潭苑四首》之一“小鬟红粉薄”，《冯小怜》“鬓湿杏花烟”，《神仙曲》“垂雾妖鬟更转语”，《夜来乐》“绿蝉秀黛重拂梳”等，大率都属上述所说的这种情况。至于《美人梳头歌》，则专以细致摹状少女浓密沉腻的美发著称,其中所谓“双鸾开镜秋水光,解鬟宝钗簪不得”,真是把人体这一装饰性的部分形容得美轮美奂。此诗全篇“奇藻倩艳,极尽情形”(姚文燮《昌谷集注》),凝聚着生活枯槁而又受疾病侵害的李贺多方面的欣羡和渴望。

六、仙姝、鬼魅和坟

林同济评论李长吉歌诗的特点，尝指出它们“善于从生活的消极面看出宇宙人生的消息”，“而用精炼的手笔，华升为艺术之美”(《研究》)。我们阅读李贺的诗作，也可发现《昌谷集》内几近半数的作品，所演绎的情事均与生死问题有着直接或间接的关系。钱锺书先生的《谈艺录》一书说：

> 细玩《昌谷集》，舍侘傺牢骚，时一抒泄而外，尚有一作意，屡见不鲜。其于光阴之速，年命之短，世变无涯，人生有尽，每感怆低回，长言永叹。

钱先生如上这段论述，言简意赅地揭橥了长吉歌诗的一大内容表征。

李贺悲惨的一生，精神世界恒久躁动不安。鉴于诗人多病早衰，仕途牢落，这两方面原因的交合，形成了他极其忧郁的内向性格，对生死问题显得特别敏感。他以一己的生活环境为观察点，目睹万物兴荣消歇，感受世事无穷变迁，言念人有生老病死，心里充塞着人生短促的悲哀，那种焦虑时间不停地流逝的念头，几乎无时不在缠绕着诗人的灵魂。他有时甚至因为秋风吹落一片桐叶，就会骤然觉得惊心动魄；头上掉下几茎华发，也能给他带来难以抑制的愁恨。综观《李长吉歌诗》全体，用了很多“老”字和“死”字，其中“老”字多达五十余个，“死”字亦有二十余个；仅在外集一首题为《南园》的短诗里，就先后出现了三个“老”字。而且他之致力描绘自然美的形象，非常喜欢刻画凋零的草木，枯萎的花朵，晚秋的鸣虫，表现所谓“竹黄池冷芙蓉死”、“啼蛄吊月勾阑下”这样一类景象，赋予自然事物以一种衰败凄凉的征状。如是耐人寻味的用字习惯和审美趣味，作为诗人内心世界感伤情结的曲折显现，反映出在他的处世意识当中，时常流淌着迫蹙于衰老和死亡威胁的忧思。

缘自对死亡的怖畏和厌恶，神仙一途便为李贺所热烈向往，长吉现存之诗歌共二百四十多首，举凡涉及神仙内容的即有近四十篇。诗人驰骋奇想，随意挥洒，从西王母写到东王公，又从王子乔写到任公子、李少君，神话中的嫦娥、湘妃和瑶姬，传说中的弄玉、贝宫夫人和兰香神女，道家典籍里的萼绿华、青琴，以及他自己臆想出来的博罗老仙，一概笼于笔端，根据不同情况采编入诗。李贺摹写这些神仙人物，照例会传递出他“近乎孩童般天真的兴奋和积极”（杜国清《李贺》），此中不仅寄托了长吉企盼生命永存的祈愿，同时又是他对现实人生重大缺陷的艺术补偿。如《贝宫夫人》诗云：“长眉凝绿几千年，清凉堪老镜中鸾。”又如《假龙吟歌》云：“木死沙崩恶溪岛，阿母得仙今不老。”作者着力宣扬神仙不同于世间凡俗，能够比寿天地长生不老，其所注的歆羡之情真是溢于言表。

长吉创作的游仙题材篇什，普遍体现出明晰的宫体特点。只要看一看诗人笔下重彩描画的神仙，显然是以女性即仙姝作为主体的，她们不但具有美丽窈眇的丰姿，兼而带有亲切的人情味，殊能激发起诗人的爱怜与知己之感，隔着一层烟云迷茫的帷幕，更适合被用来填补其空虚枯槁的感情生活。因此在李贺这部分作品里，叙述“遇合仙姝”的情节乃属司空见惯。例如《梦天》云：“玉轮轧露湿团光，鸾佩相逢桂香陌。”《天上谣》云：“玉宫桂树花未落，仙妾采香垂佩缨。秦妃卷帘北窗晓，窗前植桐青凤小。”在《神仙曲》一诗中，竟至描写自己“春罗书字”投柬邀请西王母，同她一起在“红楼最深处”举行密宴。这些被李贺津津乐道的情事，似乎显示诗人已进入一个圆满包容着其人生憧憬的理想乐园，从准确意义上讲都是他潜意识的形象显现。而《梦天》、《天上谣》两首佳构，绘写诗人神游于没有死亡逼迫的寥廓天界，挣脱了时间和空间对他的限制束缚，并且还有遇合嫦娥、弄玉等仙姝的赏心乐事，正是从更高的目的上来升华作者的世俗欲望。

然而，就在对待神仙这个问题上，李贺的态度也是经常发生矛盾的。尽管他可用五色眩耀的词句把神仙境界形容得异常美妙，无奈这条主观心造的永生途径，并未使他真正获得慰藉和安乐。因为神仙长生一说，实在过于渺茫无稽，诗人历数古往今来的事迹，追求神仙的人固然不少，成功的实例却一个也没有。毋论诗人怎样沉湎于丰饶的梦幻，而超验的仙境乐土却终究缺乏长久维系人心的力量；况且他的思想老是盘桓在渴望中的爱情国度里，必然要为其钟爱的女神们付出戕害自身健康的代价。一旦从幻觉中清醒过来，就会感到失魂落魄。可见长吉对于天道年命的冥搜苦索，精神状态处于极度的遽惶和迷惑之中。他有时倾心向往神仙长生，又感到快乐的仙界恍惚难求；有时意想阻止光阴的奔驰，又憾恨这种想法毕竟无法实现；有时声言不如纵情声色美酒及时行乐，又认为即便如此也不能消除生命的忧愁。若斯百虑交集的痛苦思考，只能促成他越来越明白死亡的不可避免，从而在他诗中发出无可奈何的呼喊，“神血未凝身问谁”（《浩歌》），“何用强知元化心”（《相劝酒》），哀叹主宰和支配着万物迁异的所谓“元化之心”，说到底是一个无法开解的谜团。

李贺探索生死问题的秘密，思想上经历了一个惨酸而曲折的过程，最后却是走向幻灭和虚无。这一可悲的结果，在他的诗里就作了真实的记录。他叹息美丽绚烂的神仙境界难以到达，就把注意力移到荆棘丛生的坟场；他无法肯定生命可以得到长存，就转而歌颂死亡的永恒，歌颂操纵命运的神秘力量。他的诸多篇章，描写精灵鬼魅，描写阴风磷火，将日常生活中人们认为丑恶可怕的事物汇集一起，经过提炼作为艺术美来加以表现。诸如“石脉水流泉滴沙，鬼灯如漆点松花”（《南山田中行》），“虫栖雁病芦笋红，回风送客吹阴火”（《长平箭头歌》），“呼星召鬼歆杯盘，山魅食时人森寒”（《神弦》），“百年老鸮成木魅，笑声碧火巢中起”（《神弦曲》）等一类诗句，在文学史上别具一格，掺合着浓重的神秘诡谲意味。而《将进酒》、《秋来》、《追和何谢铜雀妓》、《金铜仙人辞汉歌》、《王濬墓下作》、《浩歌》、《苏小小墓》、《感讽五首》（之三）各篇，都曾摹状与世人命终身亡密切相关的坟冢。“坟”的形体介入到长吉的歌诗内，透示出了笼罩在他心灵上的巨大阴影，亦是象征着其生命抵达尽头的休止符号。这一突兀意象的反复出现，显得烟树迷蒙，凄其幽寂，正是他思想中"生"与"死"的冲突不可调和的产物，有着诗人自身深刻的世界观根源。他的《感讽五首》(之三)，极力渲染人死之后进入坟墓的情景："月午树无影，一山唯白晓。漆炬迎新人，幽圹萤扰扰。"于此，即生动地昭示出李贺人生哲学的最后归宿。

梦　天①

老兔寒蟾泣天色②，云楼半开壁斜白③。
玉轮轧露湿团光④，鸾佩相逢桂香陌⑤。
黄尘清水三山下⑥，更变千年如走马⑦。
遥望齐州九点烟⑧，一泓海水杯中泻⑨。

① 梦天：梦中登天游历。

② 老兔寒蟾：神话传说月中有玉兔与蟾蜍。曾益《诗解》："兔长生曰老，蟾居广寒曰寒。"泣天色：此形容月色如水，

犹玉兔与蟾蜍泣泪而成。

③ 云楼：云彩掩映的月宫重楼。壁斜白：指光线斜照在墙壁上。

④ 玉轮：指满月。轧（yà）：压，辗。因满月如轮，故言湿露如同月轮转动压辗而成。团光：指月晕。诗人以此意象表现时间的飞快流驶。

⑤ 鸾佩：雕有鸾凤的玉佩，此代指嫦娥。相逢桂香陌：在桂树飘香的路上与嫦娥邂逅。以上四句，王琦《汇解》以为“似专指月宫之景而言”。

⑥ 黄尘清水：犹言沧海桑田。三山：指蓬莱、方丈、瀛洲三座神山。

⑦ 如走马：指千年时光亦不过如白驹过隙。

⑧ 齐州：此指中国。九点烟：古分中国为九州，即兖、冀、青、徐、豫、荆、扬、雍、梁，从天上观之，九州不过如同九点烟尘。

⑨ 一泓句：言自天上观之，深广的海水犹如一泓水在杯中倾泻。泓：水清、水深貌。

李贺《梦天》是一首游仙诗，它以梦为载体，充分发挥超忽奇恢的想象力，通过营造寥廓瑰丽的天上月宫境界，反衬人世的短促与无常。此类题材常为唐人歌咏，如王勃《忽梦游仙》、白居易《梦仙》、祝元膺《梦仙谣》、项斯《梦游仙》等，其间所寄寓的观念形态大致相仿，而贺诗措语新隽、气势豪放，超迈历代游仙诗作，故屡被读者叹为观止。

诗歌前四句运用譬喻和象征的手法，极意抒写天上神仙境界。梦境中诗人神游天上，遥望月宫云楼为他门户半开，圆满的月亮如同玉轮飞转辗轧湿露，映着月晕的团光。当他走到桂树飘香的路上，鸾佩叮当，月宫仙子翩然而至。若此"遇合仙姝"的情节，原是游仙诗的传统内容，尝屡为前代作者所道及。比如，曹操《气出唱》："乘云而行，行四海外。东到泰山，仙人玉女，下来遨游。"陆机《前缓声歌》："北征瑶台女，南要湘川娥。"郭璞《游仙诗》："灵妃顾我笑，粲然启玉齿。"鲍照《白云行》："命娥双月际，要媛两星间。"王融《游仙诗》："命驾瑶池隈，过息嬴女台。"因为在古人看来，天国神境与尘寰凡间虽属两个不同的世界，但在享受人生欲乐这方面，二者原本没有严格的界限，前者不过是后者的理想化存在，在世间难以尽数实现的俗愿，能在神仙世界得到通融与补偿。李贺作为一个年轻人，理所当然羡慕男女幸福的爱情，唯其现实生活十分枯槁蔽塞，他的偏执意愿只能转移到诗歌幻境中去寻求实现，以此在苦闷中获得昙花一现的欢乐，向荒诞里追求异乎寻常的美丽。如是基于烦厌现实而幻想出来的精神乐园，其实质不过是通过神光折射了的充满欲望的世俗人间。

《梦天》的后四句，最为人们交口称赞。诗人在描绘月宫瑰丽的景色后，转而设想自己回顾尘寰，俯视人间世界何等的局促渺小，海生陆沉递相更代，而在时间永恒的神仙界看来，这一切变化不过发生在白驹过隙的瞬间。正所谓"仙界方七日，世上已千年"，关于"沧海桑田"的描写重在表现诗人超时间的幻想。末后二句"遥望齐州九点烟，一泓海水杯中泻"，则着重在表现从空间方面超绝现实世界。两句气象雄阔，乃至被一些评论者称为空前之笔。事实上，前此已有些游仙诗句滥觞于先，如郭璞《游仙诗》"四渎流如泪，五岳罗若垤"；庾阐《游仙诗》"三山罗如粟，巨壑不容刀"；梁简文帝《仙客》"高翔五岳小,低望九河微";韦应物《王母歌》中的两句更为逼近:"上游玄极杳冥中,下看东海一杯水。"相较之下,更见出贺诗在遣词造句方面的功力,尤其是"九点烟"与"杯中泻"的比喻,它赋予被观照者以动态感,不仅贴切具象,而且给读者以强烈的视觉震撼。

李贺在诗中尽力表现世界的运动变化,始终离不开对自己生命的关切。诗人企图从时间和空间两个方面挣脱世界对他的羁绊,藉此在无限的宇宙中追求生命绝对的自由,任凭寰中一切事物变迁生灭层出不穷,他自己处身仙境可以"更天地而弥固,终逍遥以长生",并且还能从"遇合仙姝"一类赏心乐事达成心理上的满足。不过,李贺在臆想神往的同时,也未能彻底忘情现实,故托言于"梦",而横亘于现实与梦想之间的无法逾越的鸿沟,则倍增该诗的悲剧情味。

天 上 谣

天河夜转漂回星[1],银浦流云学水声[2]。

玉宫桂树花未落[3]，仙妾采香垂佩缨[4]。秦妃卷帘北窗晓[5]，窗前植桐青凤小[6]。王子吹笙鹅管长[7]，呼龙耕烟种瑶草[8]。粉霞红绶藕丝裙[9]，青洲步拾兰苕春[10]。东指羲和能走马[11]，海尘新生石山下[12]。

① 天河：银河。漂回星：银河夜转，使其他星星的运行好似在银河里漂流而回。

② 银浦：亦指银河。流云学水声：因银河而想象流云能发出水声。然而流云本来无声，故谓“学水声”也。

③ 玉宫：月宫。

④ 仙妾：仙女。采香：指采摘香花。垂：挂。佩缨：即用丝带所系的佩玉。

⑤ 秦妃：据《列仙传》载，秦穆公之女弄玉，好萧史吹箫，嫁之。后萧郎吹箫引来凤凰，双双随凤飞去。

⑥ 青凤：仙鸟，又名桐花凤，据传鸟大如指，五色毕具，有冠似凤，桐有花则至，花落则去。

⑦ 王子：即王子乔，据《列仙传》载，为周灵王太子，好吹笙作

凤凰鸣。鹅管：鹅毛管，此指笙管。

⑧ 呼龙耕烟：呼喝游龙耕云，烟即云也。瑶草：犹灵芝。

⑨ 粉霞红绶：粉红色的绶带。藕丝裙：纯白色的裙子。

⑩ 青洲：即青邱，据《十洲记》载，又名长洲，在南海辰巳之地，地方五千里，去岸二十五万里，上饶山川及多大树，树乃有二千围者，青洲即因此而得名。步拾：边走边拾。兰苕(tiáo)：即兰花。

⑪ 羲和：传说中的日之御者。能走马：言日月疾驰。

⑫ 海尘：沧海扬尘，意指沧海桑田之巨变。

神游天界，与仙为邻，俯视世间，沧海桑田——无论是思想主旨，抑或是创作手法，《天上谣》均与《梦天》极其相似。此类游仙诗作的存在，足证现实生活的挫跌，在李贺内心激起了遗世绝尘的反弹，为此他的精神世界里经常浮动着天国的影子，对虚无缥缈的上天，李贺寄托了太多的悬想。

诗歌以夜空中的银河起始，“转”字与“漂”字使人在不知不觉中与星河一起回荡摇曳，仿佛置身天上。

“银浦流云学水声”是该篇的神来之笔，刘辰翁称叹为“浑浑语奇”（《笺注评点李长吉歌诗》）。清黎简在《批点黄陶庵评本李长吉集》中的评述实已触及个中的创作思路：“言天河无水，以云为水，故云作水声也，似此不经之谈，偏是妙绝千古。”从现代修辞学来看，是为“通感”的典型例证。通感者，又可称为“联觉”，即将视觉、听觉、触觉、嗅觉、味觉彼此打通，以一感觉来解释、丰富另一感官体验。钱锺书先生撰有《通感》专文，揭示古典文学存有大量运用通感手法的诗词，有关贺诗例证一举《蝴蝶飞》之“杨花扑帐春云热”，另一便是此首的“银浦流云”，因其以听觉之声来形容处于视觉观览中的银河，使古人对天河的有限觉知得以扩展，一时间神游上天，仿佛真见其浩淼无垠，听到它不断涌动的波浪之声。若着眼于文学承继渊源，则杜甫《同诸公登慈恩寺塔》“河汉声西流”句似已启此妙思。

“玉宫桂树”继续铺写诗人对天界特殊景致的想象，其视点由星空天云渐转入天阙月宫，垂挂佩玉的仙女在那儿采摘飘香的桂花，“仙妾”的称谓表明她们是天界的婢妾,下句卷帘窗前的"秦妃"很可能就是她们侍奉的主人,而那"食桐"的小青凤则分明装饰了神女的美貌。较《梦天》的想象更进一层的是,该篇生动描绘了王子乔在云间吹笙作乐,间或呼龙耕种瑶草的场景,俨然如同亲见。男性神仙的存在,为天界增添了一层男女相得的意思。然而,长吉衷情所在还是偏重于天上的女性,因此诗人转而幻想那些束着粉红色绶带、穿着纯白色裙子的仙女在青丘上款款漫步,边走边捡拾地上的香草兰花。"粉霞"、"藕丝"是唐时颜色的实有名称,这些亮丽的色彩所以出现在天上,表明再奇幻的想象也有其现实基础。更进一步讲,它反映了诗人的移情作用,那些美丽窈窕的仙女身上更多地蕴含了长吉现实情感上的渴求。正像罗宗强先生所指出:"他似乎不是在追求仙境的逸乐,而是在追求一种受到抑郁的、变态的热烈情爱。"(《中唐文学思想》)

结末二句乃通篇之警策,钱锺书先生论贺诗"其于光阴之速,年命之短,世变无涯,人生有尽,每感怆低回,长言永叹"(《谈艺录》)的思想特色,即首引"东指羲和能走马，海尘新生石山下”以为明证。这两句缀词造意甚是逼近“黄尘清水三山下，更变千年如走马”，其寄旨亦在表现诗人置身天界，可不受尘世生灭迁化的影响。而长吉于兹能因“走马”的譬喻，生出御日的羲和驱车东来的想象，顿使诗歌的表现力度倍增，显得豪气逸荡。

此篇纯为幻想，而铺写有序，丽辞壮语，气象自宏，全诗充溢着恢诡华丽之美。

湘　　妃[①]

筠竹千年老不死[②]，长伴神娥盖湘水[③]。
蛮娘吟弄满寒空[④]，九山静绿泪花红[⑤]。
离鸾别凤烟梧中[⑥]，巫云蜀雨遥相通[⑦]。
幽愁秋气上青枫，凉夜波间吟古龙[⑧]。

① 湘妃：又称江娥，舜的两个妃子，见前《李凭箜篌引》注。

② 筠(yún)竹：青竹，此指斑竹。

③ 神娥：神女，此指湘妃。各本俱作“秦娥”，理不可通，今从

叶葱奇《诗集》校改。盖：映盖。

④ 蛮娘：南方的姑娘，此指湘中村女。古称南方居民为南蛮。吟弄：言吟奏由斑竹制成的箫笛一类乐器。

⑤ 九山：即九疑(一作嶷)山，又名苍梧山，因山有九峰，皆相似，故名九疑，在湖南宁远南。据《山海经》载，舜死，葬于九疑山。泪花红：言当年二妃哭舜的血泪已变成了红花。

⑥ 离鸾别凤：比喻二妃与舜生离死别。

⑦ 巫云蜀雨：典出《高唐赋》，原指男女欢会，此指舜与二妃的灵魂遥相感应。

⑧ 幽愁二句：言深秋之际，幽愁之气上冲集于青枫树，只有凉夜波间蛟龙的啸吟，来对应这份忧思。

楚辞《九歌》有《湘夫人》一曲，与《湘君》相应往复，将上古神灵的爱情敷演得一唱三叹，情深绵邈。湘妃与虞舜的爱恋当然不适合与上作同类对比，但就个中情愫而言，李贺这篇《湘妃》所描述的抒情女主人公的愁思幽情却与之声色相通，再加上巫云蜀雨的楚骚特有景致，故而可判定此诗必受楚辞的影响。诚如王琦所言："此诗措辞用意，咸本楚骚。"(《汇解》)美国学者

E·H·谢弗尔《神女》一书亦认为：李贺写的诗歌如《湘妃》、《贝宫夫人》等，“都延续着楚辞的传统”，“这些诗成了他奇特的、超自然主题诗中的一部分”，“他喜欢楚地那些古老的诗歌和居住在那里的女性水神”（*The Divine Woman*，加利福尼亚大学出版社，1973 年）。

《湘妃》既沾溉楚骚，又自出机杼，相较而言它更注重在具体描写中托物起兴，缘物抒情。曾益云“全篇咏竹，全篇是咏湘妃”（《诗解》），使读者得以稍窥此诗谋篇布局的奥妙所在。铺展诗卷，首先映入眼帘的正是那碧翠千年的斑竹，在传说中这竹上斑斑点点是二妃哀悼虞舜的眼泪滴沥而成，由它掩映湘水，之于湘妃而言既是见证，又是永久的伴侣。事实上，斑竹的意象贯穿于全诗，下文的“蛮娘吟弄”，曾益即认为是“言有时吟弄，则箫瑟满天，如蛮娘之语，娇细而莫辨”，分明说是斑竹制成的管乐器具。至于“离鸾别凤”的形状，曾氏更是以为“然是竹也，或低，或昂，或鸣，或翔，又如离鸾别凤在烟梧中，触耳皆是，亦触目皆是”。此处我们无妨拓展一步，那结句的波间龙吟，莫不也是在暗喻竹笛一类的乐音？

揭橥诗篇丛见迭出的斑竹意象,无损于我们赏玩作品之情文并茂。本诗以竹映湘水的状景文字起始,以下蛮娘吟弄既平添了一道风景线,又使箫瑟的乐音声"满寒空",九嶷满山的"静绿"若有所待,红花令人想起当年湘妃的泪眼,均笔含深情。五、六句更是借用写景文字传达出湘妃与虞舜的生离死别,"离鸾别凤"正暗喻虞舜驾崩于苍梧时的情形,林同济先生即认为"烟梧语双关,指梧桐,凤所喜栖,亦指苍梧,舜之葬地"(《研究》),由此"巫山蜀雨"遥相接通方才哀艳动人。结末两句尤为凄绝,湘妃思舜而不得常见,哀怨之气与秋气会同上升,集于青枫,此时凉夜水中的古龙似为感动,发出凄厉悠远的啸吟,一倍增其隐忧、动其深思。

无需怀疑,昌谷摹述湘妃、贝宫夫人等一类神女形象,主要目的在于抒泄自身的人生忧思和渴爱祈愿,并非着力还原古代神话人物的传统神性,其间隐恨迭起,愁绪百结,从而赋予了诗作一种特定的迷惘感伤气氛。这正如E·H·谢弗尔所说的:"她们是李贺自己的创造。"

南山田中行①

秋野明，秋风白②，塘水漻漻虫啧啧③。
云根苔藓山上石④，冷红泣露娇啼色⑤。
荒畦九月稻叉牙⑥，蛰萤低飞陇径斜⑦。
石脉水流泉滴沙⑧，鬼灯如漆点松花⑨。

① 南山：昌谷西南的女几、银屏诸山。荒井健《李贺》尝引此例与《送韦仁实兄弟入关》之"苍突唯南山"相对照，认为两者皆指此地。

② 秋野二句：言秋风吹过，野外显得虚明凄淡。秋风白，古人以白配秋，故秋风又名素风。

③ 漻漻（liáo liáo）：水清深貌。啧啧（zé zé）：虫轻鸣声。

④ 云根：山石。唐人诗中常把山石称为云根，以云触石而生故也。

⑤ 冷红句：言秋花带着露滴，犹如美女流泪娇啼。冷红，指寒秋盛开的红花。

⑥ 荒畦（qí）：荒野中的田陇。叉牙：亦作"叉丫"、"杈枒"，指

稻草叉开的样子。

⑦ 蛰(zhé)萤：寒秋中即将伏藏起来的飞萤。

⑧ 石脉：石缝。

⑨ 鬼灯：磷火。如漆：形容鬼灯黑亮如漆。点松花：形容磷火之照明，犹如点燃着的松花。

《南山田中行》歌咏昌谷田野风情，诵读此诗仿佛亲见长吉瘦单的身影行吟在秋风里，田野、塘水、鸣虫、云气、山石、红花、稻畦、流萤、石泉、磷火，意象纷呈迭至，令人应接不暇。姚文燮的解读如诗似画，有助于我们重温此中意韵："桂魄皎然，野风爽朗，水静蛩吟，苔深花湿，芳蕙低垂，流萤历乱，石泉声细，磷火光微，陇上行吟，情思清绝。"(《昌谷集注》)

诗歌以两个三字句领起全篇，"秋野"、"秋风"秋意萧索，一"明"、一"白"更是为秋天定下了虚明、凄淡的色调。荒井健《李贺》即尝语及："这里的'白'不是指白色，而是表示无色彩的存在"，"这种构思明显地反映出诗歌于此呈现出一片空白"。以下具体描摹秋野所见，乡间田径的寻常事物一经出自李贺笔端，便觉其不同凡俗，遣词造句颇见其铺陈追琢、匠心独运之处。例如，“漻漻”的塘水对之以“啧啧”的秋虫，令秋日山野萧索的景象于中自现。至于将山石称为“云根”，秋花称为“冷红”，亦体现出贺诗修辞设色的特有手法。钱锺书《谈艺录》谓：长吉“好用代词，不肯直说物名”。而此类代词，亦“多由表现感觉的二字构成，或者至少一字是明显的感觉字”（川合康三《李贺其人其诗》），诸如以“寒绿”代春草，“细青”代秧苗，“幽红”代春花，“玉青”代新竹，“鲜红”代荷花，“团红”代一簇簇的花朵，看来酷似字谜，实际上是突出了诗人接触自然事物所获得的强烈的主观感受。

诗篇后半段，仍可见李贺苦心经营之处：比如，以“叉牙”形容散乱的稻草；还有石缝间有泉水流过，点点滴沥到沙粒之间。对事物细节近乎完美的刻画，缘于诗人敏锐的观察，它经得起读者细心的咀嚼。再如“萤低飞”与“陇径斜”这两组描写，低飞的萤火虫正是秋寒的征候，它点缀在欹侧斜出的田径间仿佛是跳动的乐符，由兹益见长吉超绝的描绘笔力。

当然,此诗最为惊警动人之处还在于它的结句——“鬼灯如漆点松花”,可能是远处的磷火引发诗人灵感一现。从诗篇起首的“秋野明”到此鬼火闪烁,可见诗人野行有时,随着时光迫近薄暮,诗篇愈益呈现出森然鬼气。方扶南就认为:“此诗亦似陆机入王弼墓然而妙。”(《李长吉诗集批注》)所以称妙,妙就妙在李贺于此独创出幽寒奇诡的意境,疑其亦属编织古破锦囊诗料而成之杰构焉。

神　弦　曲[①]

西山日没东山昏,旋风吹马马踏云[②]。画弦素管声浅繁[③],花裙綷縩步秋尘[④]。桂叶刷风桂坠子[⑤],青狸哭血寒狐死[⑥]。古壁彩虬金帖尾[⑦],雨工骑入秋潭水[⑧]。百年老鸮成木魅[⑨],笑声碧火巢中起。

① 神弦曲:据《古今乐录》,《神弦歌》有十一曲,王琦《汇解》则

以为此“乃祭祀神祇，弦歌以娱神之曲也”。韩国金学主教授亦认为此诗系“女巫弦歌以娱神祇之曲”，其“所祭之神大约是殴妖讨邪之正神”（《唐诗与巫教试论——以李贺为中心》）。

② 旋风吹马：古人以为旋风则有神祇降临，此指天神骑着天马翩然而至。

③ 画弦素管：指带有装饰图案的弦乐器和没有绘饰的管乐器。声浅繁：言管弦乐音缓急交错。

④ 綷縩（cuì cài）：摹拟衣裙舞动时的声响。以上二句言女巫以管弦舞步迎接天神。

⑤ 刷：刮，拂。桂坠子：指桂树在风中落下桂子来。

⑥ 青狸：青色的豹猫。哭血：哭出血泪。寒狐死：言死狐尸骨已寒。

⑦ 彩虬：古壁上彩绘的虬龙。金帖尾：帖同“贴”，指壁画上的虬龙尾部被涂上金色。

⑧ 雨工：传说中负责降雨的神灵。唐传奇《柳毅传》记柳毅遇龙女牧羊，毅怪问：“子之牧羊何所用哉，神祇岂宰杀乎？”女曰：“非羊也，雨工也。”问：“何为雨工？”曰：“雷霆之类也。”以上二句言古壁画中的虬龙，也被雨工骑着驱入潭水。

⑨ 鸮（xiāo）：鸱鸮，即猫头鹰。成木魅：成为树上的妖精。

⑩ 笑声：言鸱叫啸之声恍若桀笑。碧火：指幽绿的鬼火。以上二句言百年老鸮已成树上的妖精，迫于神的威力，惊恐叫啸，迸出碧火，已无法在巢中安处。

贺诗集中有《神弦别曲》、《神弦曲》及《神弦》等"神弦"系列作品三首，悉为承袭南朝吴歌《神弦曲》旧题而作，前首描写巫山神女往还祭坛，汗污云衫，语涉轻亵；后两首歌咏女巫迎神驱怪，奇异种种，寒飒过人。合观三诗，有助于读者增进对古代神巫祭祀活动的了解。联系有唐一代淫祠不绝、巫风大畅的历史，李贺此类创作必定有其现实的巫教文化背景。

《神弦曲》首句即设定日没西山的特殊时空，继而以一阵"旋风"引出踏云的天马。"画弦素管"两句补叙在祭坛上赖以沟通神人二界的巫女形状，她花裙窸窣，随着急管繁弦，舞起阵阵秋尘。考之以世界神巫文化，可见乐舞既是娱神，同时也是巫者出神入境的根本途径，此时的她已然是亦人亦神，神人合一。

后六句具体铺陈神灵降世后除妖驱魅的种种神迹。

风中坠落的桂子照应前文的“旋风”与“秋”字,有声有色地烘托出天降神灵的威势。以下连写三个诛邪讨魅的神迹,以明神巫之不虚。但见妖狐猝死,尸骨已寒,只剩下青狸兀自哭嗥泣血;古壁画上的金尾虬龙成精作孽,忽见被雨工骑驾着驱入潭水;百年的老鸮也演变成了木魅,在声声啸号中,碧火迸起,使之难以在巢中安身。如此一气贯注,倍写神巫降妖除怪、迭现奇踪异状,颇有韩愈诗歌追幽凿险、惊心动魄的神韵。

《神弦曲》为我们铺展了一幅唐时崇尚巫术的风俗画面。在唐代众多受巫教影响的诗人中,李贺是最具代表性的一位,他对那种装神弄鬼的仪式实则心向往之。故此诗本无讽刺意义,倒是诗篇所写降神威灵,意境阴森,读来神形颤索、悚人毛骨,使人如目睹巫术之实演,留下至为深刻的印象。

秋　来

桐风惊心壮士苦[①],衰灯络纬啼寒素[②]。

谁看青简一编书③,不遣花虫粉空蠹④?
思牵今夜肠应直⑤,雨冷香魂吊书客⑥。
秋坟鬼唱鲍家诗⑦,恨血千年土中碧⑧。

① 桐风:秋季吹落桐叶之风。王友胜、李德辉《李贺集》:"此句谓秋风吹,桐叶落,使人感觉光阴似箭,有志之士为之愁苦。"

② 衰灯:残灯。络纬:即纺织娘,鸣声如纺绩,仿佛提醒人们及早备置寒衣。寒素:寒衣,冬衣。

③ 青简:古人以火炙烤竹简,使之易书,且防虫蛀,此指书籍。一编书:古人以竹简著书,以绳联贯成册,故称"一编",此泛指人世间的著述,也包括作者自己的诗集在内。

④ 花虫:即蛀书的蠹(dù)虫。粉:指蠹虫蛀蚀书简留下的碎屑。蠹:蛀蚀。以上二句言世人谁曾看到一编书籍,能不被蠹虫所蛀蚀?

⑤ 肠应直:曲肠反为之直,形容内心忧郁至极。

⑥ 香魂:作者虚拟的古代美女之亡魂(参看荒井健《李贺》注)。吊:怜悯。书客:读书习举业者,诗人自谓。

⑦ 鲍家诗:指鲍照《代蒿里行》、《代挽歌》等诗,蒿里是古来

埋葬死者之地,诗中用死者的口吻抒发对人生的慕恋和对死亡的怨恨。

⑧ 恨血句:化用苌弘碧血故事,预托诗人年寿不永、遗恨终天的感慨。《庄子·外物篇》载,周朝大夫苌弘死于蜀,其血三年化为碧色。

贺诗集中多有因秋感兴的诗句,作为古典诗歌忧愁意象的秋,在长吉创作中得到进一步的强化。这里尤须一提的是《秋来》这首专题的秋之哀吟,我们可以从中清晰地感受到秋风萧瑟、桐叶坠落是如何感触诗人敏锐的心灵,催促瑟缩的生命作出自我考量,并因终极关怀而起幽森之想,从而使整首诗读起来更像一首挽歌,刘辰翁所见甚是:“(此)非长吉自挽耶?”(《笺注评点李长吉歌诗》)

无独有偶,法国十九世纪象征主义诗人波德莱尔的《秋歌》也遵循了类似的抒写思路,从而提供了相应的参照。《秋歌》极写诗人听到秋风刮落枯枝声响时引起内心的悸动,“我已经听见,带着惨怆的震撼,枯木槭槭

地落在庭院的阶上”,“我战兢地听每条残枝的倾坠”,以下的诗句尤有艺术震撼力:

> 我听见,给这单调的震撼所摇,仿佛有人在匆促地钉着棺材。为谁呀?——昨儿是夏天;秋又来了!

夏去秋来所以如此的揪心,是因为诗人深切地感受到了岁月无情的催逼。与李贺《秋来》“雨冷香魂吊书客”差相近似的是,这位法国诗人也转向女性寻求抚慰,不过他内心清醒地知道“无论你的闺房,你的爱和炉温,都抵不过那海上太阳的金光”。但是他还是乞求瞬间的温柔,因为“坟墓等着!它多贪婪”!

当然,两相比较,除凸显贺诗的超越性之外,也呈现出长吉作品固有的汉语诗学特征。有“志士悲秋”的传统感兴模式为基础,贺诗起始仅用“桐风惊心壮士苦”一句,就囊括了波德莱尔的大宗感叹,接下去残灯、啼鸣的纺织娘等幽寒意象,更是中土诗歌青灯古卷的经典意境。无怪乎下文衔接以“谁看青简一编书”的问句,这是对上句的补充,同时也可能是有关长吉秋夜读书的真实写照,然而若着眼于诗意,此句必须与下句一气连读,意谓"哪里看到有一好作品不被虫粉蠹蚀的"(林同济《研究》)?

联系长吉的诗人本色、锦囊搜集诗料的经历,这蠹蚀的书简不能不令其联想到自己创作的未来命运。毕竟此诗有相当的纪实性,所以才有"思牵今夜"的诗句。古人惯以九曲回肠形容忧思,而这里却称之为"肠应直",只要留意诗中的"牵"字,此句便不难理解——"肠轮若牵而为之直矣"(曾益《诗解》),颇见创意。正因如此,杜国清先生的《李贺》谈到《秋来》这首诗时,就认为"李贺没有重复'愁肠百结'的陈词滥调,相反倒是开拓了诗歌用语的新局面"。这种愁思来源于诗人对时光迁逝和死亡的恐惧,故以下"雨冷香魂吊书客"一句,委实是他心灵极受压力下的产物。

结末两句,李贺将诗意推向了荒寒幽怪的境界。清纪昀以为:"(贺)所用典故,率多点化其意,藻饰其文,宛转关生,不名一格。"即以"秋坟鬼唱鲍家诗"而论,此乃"因鲍照有《蒿里行》而生'鬼唱',因'鬼唱'而生'秋坟',非真有'唱诗'事也"(《四库全书总目提要》),持论不为无据。长吉所以连及鲍照,可能是鲍明远"才秀人微"的命运与他自己多一份对应,而他本人的诗作又有鲍参军诗"发唱惊挺"的特点。无论如何,赍恨入土的志士身上附着了李贺太多的悲愤,"恨血千年土中碧"与现世的将蠹之书凄然相对,这既是对自我的肯定,也是对自我的伤悼。

王濬墓下作[①]

人间无阿童[②],犹唱水中龙[③]。白草侵烟死[④],秋藜绕地红[⑤]。古书平黑石[⑥],神剑断青铜[⑦]。耕势鱼鳞起[⑧],坟科马鬣封[⑨]。菊花垂湿露,棘径卧干蓬[⑩]。松柏愁香涩[⑪],南原几夜风[⑫]。

① 王濬(jùn):字士治,西晋龙骧将军,伐吴有功,死后葬于柏

谷山,在今河南灵宝北。

② 阿童:王的小名。

③ 水中龙:指吴地童谣,据《晋书》载,当时吴地有童谣曰:"阿童复阿童,衔刀浮渡江。不畏岸上虎,但畏水中龙。"羊祜因此悟到以水军攻吴可能成功,适逢益州刺史王濬为大司农,羊祜知其可任,王濬小名又为阿童,于是上表留监益州诸军事,密令修舟楫为顺流攻吴之计。以上二句言世上已经没有了王濬,还听到有人传唱"但畏水中龙"的童谣。

④ 白草:经霜衰草,其色变白。侵烟死:谓墓草被烟霭笼罩日益枯萎。

⑤ 藜:一年生草本植物,似藿而表赤,经霜后颜色愈红。

⑥ 古书:指墓碑上所刻的文字。平黑石:黑色的碑板因岁月久远而被磨平,碑上字迹漫灭不清。

⑦ 神剑:指随葬的宝剑。断青铜:青铜剑因锈蚀而烂断。

⑧ 耕势:指墓地周边已渐成农田。鱼鳞:形容耕地连接排列之状。陈弘治《校释》:"言其茔域变为耕地,畦径交错,若状鱼鳞也。"

⑨ 坟科:指坟冢草丛。马鬣封:指坟冢已为马鬣般的荒草所掩盖。

⑩ 棘径：荆棘丛生的路径。卧：倒伏。干蓬：干枯的蓬草。

⑪ 香涩：指略带涩味的松柏之香。

⑫ 南原：指王墓所在地。

《王濬墓下作》显系诗人探访王濬墓地的游历之作。王濬墓葬之地在洛阳以西，数度往返京洛的经历为长吉提供了乘便前往的机缘。然而我们不能因此将长吉起意访古视作纯为遣兴，彼时的王濬古墓年久失修、颓圮衰败，近乎成为荒丘一堆，面对着萋草荒径有何雅兴可言，只有一种深重的历史苍凉感从心底油然而生，于是长吉为他的忧生之嗟找到了绝佳的诗歌意象——坟墓。

诗歌基本上遵循诗人寻访墓地的游历顺序，起首两句有意宕开一笔，因童谣生发感兴，糅谣谚于叙事，巧妙地交待了王濬的生前事、身后名。歌谣传世至今，而王濬早已身死寂灭，诗人缅怀"水中龙"的显赫功绩，就益发感受到生命飘忽的怅惘。世界上的一切事物处于不停变动之中，人生亦虚空无常，不管是王濬这样的英雄，还是苏小小那样的美人，最后不免撒手尘寰，身归黄土。

正所谓“纵有千年铁门槛,终须一个土馒头”,谁也无法逃脱坟墓这一人生的归宿地。诗人于此抒泄的凭吊感触,虽然并不包含多少具体的历史内涵,却饱蕴着他顾念死亡灭没所引起的深沉痛苦。

以下尽是状景文字,颇具层次地写出长吉的所见所感。“白草侵烟死,秋藜绕地红”应是墓道外的秋景,红白搭配错落有致,此处著一“死”字,正对得上墓地的萧瑟。“古书平黑石”,算是见到了文字漶漫的墓碑,当是诗人亲眼目睹;“神剑断青铜”,所写朽坏的墓葬品,必然是诗人面对古墓自然而生的想象之词。“耕势鱼鳞起”犹见四处逼围上来的农田耕地,侵夺着前朝功臣大将的坟茔,荒冢上如马鬣般的野草,分明宣告着墓主影响力的消弭。“菊花垂湿露,棘径卧干蓬”又是一组近景文字,荣枯相对、湿燥相生,“棘径”正表明行人稀少,应该是诗人徘徊墓旁所见。结末两句转写松柏夜风,据《晋书·王濬传》载,王濬葬处周边四十五里“松柏茂盛”,可证诗中“松柏愁香涩”并非虚言,只是附着了诗人吊古的“愁”情;“南原几夜风”悬想古墓别去后的情景，秋风惆怅，无限凄凉。

此诗以写景为主，文词清越，如工笔细描，历历如画，情思暗蕴，其与起首两句构成有意味的张力关系。对此荒丘残陇，英雄情结无有不为之破灭者，这也是诗歌的主旨所在。

浩　　歌[①]

南风吹山作平地[②]，帝遣天吴移海水[③]。王母桃花千遍红[④]，彭祖巫咸几回死[⑤]。青毛骢马参差钱[⑥]，娇春杨柳含细烟[⑦]。筝人劝我金屈卮[⑧]，神血未凝身问谁[⑨]？不须浪歌丁都护[⑩]，世上英雄本无主[⑪]。买丝绣作平原君[⑫]，有酒唯浇赵州土[⑬]。漏催水咽玉蟾蜍[⑭]，卫娘发薄不胜梳[⑮]。看见秋眉换新绿[⑯]，二十男儿那刺促[⑰]。

① 浩歌：放声高歌。

② 作：成为。

③ 帝：天帝。天吴：传说中的水伯，八首人面，八足八尾，背青黄色。

④ 王母：传说中的西王母。据《汉武内传》记，西王母仙桃树三千年一开花，三千年一结果。

⑤ 彭祖句：谓与世间沧桑相比，彭祖、巫咸纵然长寿，亦难免一死。彭祖，传说中的长寿者，经历夏、商二朝，有八百余岁，后升仙而去。巫咸，殷商时的神巫，亦以长寿著称。王琦《汇解》："四句言山川更变，自开辟至今，不知几千万岁，人生其间，倏过一世，不能长久。"

⑥ 骢（cōng）马：毛色青白的马匹。参差钱：指骢马身上深浅驳杂的斑点，故有连钱骢之称。

⑦ 娇春：娇艳的春天，专指初春。含细烟：形容柳树新芽吐绿，染成一片如同薄雾的柳烟。

⑧ 筝人：弹筝的人，此指歌妓。屈卮（zhī）：带弯柄的酒盏，此指用以劝酒的器具。

⑨ 神血未凝：王琦《汇解》："谓精神血脉不能凝聚长生于世上。"身问谁：王琦《汇解》："此身果谁属乎，犹庄子身非汝有之意。"

⑩ 浪歌：即徒歌，枉歌。浪，徒然，枉然。原刻“歌”作“饮”，此据林同济《研究》的校勘改正。丁都护：一名丁督护，南朝乐府歌曲，李白《丁都护歌》：“一唱都护歌，心摧泪如雨。”保留了此曲的哀切风格。

⑪ 世上句：谓世人（包括英雄）皆无一常恒不变的自我主体，说详见后文。主：自我主体。

⑫ 买丝句：意谓买丝线绣平原君像以作供奉。唐代民间盛行用丝线绣观世音、阿弥陀佛像的习俗，《全唐文》多篇赞文中均有提及，此句折射反映了当时的一种民俗。

⑬ 有酒句：言平原君已逝，有酒只能空浇坟土之上。唯，唯有，唯能。赵州，此指平原君所在的赵国。土，坟土。

⑭ 漏：漏壶，古代的一种计时器，以滴水计时。水咽玉蟾蜍：指贮水器中的水滴到蟾蜍形状的盛水器中。

⑮ 卫娘：指汉武帝皇后卫子夫，以头发浓密美丽而著称。发薄不胜（shēng）梳：头发稀少以致经不起梳理，形容青春易逝，红颜已老。

⑯ 看见句：是说诗人目睹世上老少更替，新陈代谢。秋眉，指衰眉。新绿，古人好用“绿”字形容青年人乌黑的眉发。

⑰ 二十：岁数，杨其群《〈李贺小传〉笺评》认为“此举成数而

言，不要细定为足年二十”。那：哪能。剌（qì）促：受人驱役而局促不安。

《浩歌》是昌谷集中的又一力作。该诗容括了《金铜仙人辞汉歌》的求仙无望与《秦王饮酒》的纵情行乐这两大元素，全篇跌荡宛转，沉着起伏，感慨良深，满蕴着沧桑隙驹之感，“读之使人气青血热，百端俱集”（清陈本礼《协律钩玄》引董伯音语）。

刘辰翁称赏此诗，以为“情境俱至，妙处不必可解”，对于该诗承转衔接之处又说：“亦不知何从至此”（《笺注评点李长吉歌诗》），很坦白地道出了该诗奇变无踪的特性。不过，就总体而言，此篇遵循了四句一转的篇章结构，诗意环环相扣，颇见法度。起首四句以奇诡的笔法描写山平海移，但见王母桃花千遍开，彭祖巫咸几回死，叹尽世事沧桑、人生易老的生命悲哀。正因为深感于此，所以有以下四句铺叙的感官享受场面，诗人描述中所乘的是青毛连钱骢，所处的是娇春良辰，美人弹筝奉觞于前，“是所聆者新声，而所饮者美酒也”

（曾益《诗解》）。“不须浪歌丁都护”四句，诗人有意自我宽解：不要再徒作悲歌了，世上英雄原本生命无常，没有什么常恒不变的自我主体；你可以绣一帧平原君像用作供奉，但是杯酒致敬时酒水只能浇在墓土之上，终究无法到达久已入土的死者口中。最后四句诗歌出现贺诗常见的漏壶意象，以明时光的无情流逝，随之呈现的卫娘头发稀少若不胜梳，实为诗人想象所至，将上述诗意进一步具体化。衰眉新绿之更换，显示出新陈代谢乃是世间不可逆折的规律，“世变无涯，生年有尽”亦属人们永难克服的矛盾。诗人于此似乎决意告别那种刺促徘徊的生活，但他的这一愿望却并未真正实现。李贺一生处在内心剧烈碰撞当中，可谓“百虑而无一得”，终至饮恨厄于短年，因此特别具有悲剧意味。

《浩歌》之所以历来诸说纷纭，难有定论，还在于以下三句释义未确。“神血未凝身问谁”，历代注解以王琦《汇解》所云最为可取：“谓精神血脉不能凝聚长生于世上。”梁超然《李贺诗歌赏析》所释更明：“道教中有一种炼形的说法，认为经过服丹修炼，人的神、气、血凝聚，就可以长生不老或尸解成仙。此处谓神血未凝，意谓未得长生之术。”（广西教育出版社，1987 年）按《抱朴子》及六朝道书的说法，人之有死，乃因神血的流散，故是身不坚易坏。如神血得以凝住，身如金石，则生命可以永驻。然而，长吉面临的却是神血未凝的尴尬。

“世上英雄本无主”，此“主”字应指人的“自我主体”，全句诗意殆同佛陀主张的“无我说”，即世间人（包括英雄）皆无一常恒不变的自我主体，也就是所谓“四大无主，五蕴皆空”之“主”。汉译佛经及唐代变文唱词中，多有此类说法，摘引如次：

> 四大苦空，五阴无我，生灭变异，虚伪无主。（《八大人觉经》）
>
> 察于众生五阴之体，犹如旷野而无有主。（《文殊悔过经》）
>
> 强闻经，相取语，幻化之身无正主。（《无常经讲经文》）

问我身，是四大，假合因缘作依赖。究竟推寻总是真，人我既空无主宰。（《维摩诘经讲经文》）

李贺熟稔佛经，类似“无主”的用法还可举《送韦仁实兄弟入关》“野色浩无主，秋明空旷间”，其中的“主”字实与此含意大致相近。今考俄藏敦煌押座文《维摩碎金》所录的四句唱词，同《浩歌》“英雄无主”这句所表达的意思几乎是一样的：

直饶韩信有英雄，灭楚会垓扶汉帝。
没各心中斟酌取，尽呈虚幻一场空。

古今注家多将“主”字释为“主人”，以为是英雄的归属，似皆未得其正解。

“有酒唯浇赵州土”，此句意同《将进酒》“酒不到刘伶坟上土”。钱锺书《谈艺录》尝引古希腊诗云：“为乐须及生时，酹酒坟前，徒成泥淖，死人固不能饮一滴也。”又引高菊磵《清明日对酒》两句曰：“人生有酒须当醉，一滴何曾到九泉。”无疑已为准确诠释该句诗意提供了一解。然而，从文献影响来看，《浩歌》此句与敦煌

S.2614《大目乾连冥间救母变文并图一卷》中的三节唱词可能更有亲缘关系：

一掩泉门不再开，冢上纵有千般食，何曾济得腹中肌。

纵向坟中浇沥酒，不如抄写一行经。

一朝擗手入长棺，空浇冢上知何益。

连贯以上三句，正凸显了长吉长生无望，转以空我自解，终归之于诗歌唱言现世行乐的主旨。此外，从以上有关三句诗句的解释中，还不难见出该诗与佛道思想特别是以变文为代表的佛教俗文化的密切关系。李贺本人曾经听赏过变文讲唱，其所受之影响不仅表现在格调浅俗的《许公子郑姬歌》里，即以观念上的感触相通而论，这首《浩歌》亦有诸多显著征候可加检讨。论者或以为该诗殊不易解，如胡应麟的评语："长吉《浩歌》、《秦宫》，仿太白而过于深。"（《诗薮》）其实该诗的特点倒正在于俗。诗歌采用了流传于当时细民之间的通俗观念，本属妇孺皆晓，第经时世贸迁、语境更替，遂变得不易理解了。勘破这一层，我们也就对贺诗的创作渊源有了更深一层的了解。

苏小小墓[1]

幽兰露，如啼眼[2]。无物结同心[3]，烟花不堪剪[4]。草如茵[5]，松如盖[6]。风为裳[7]，水为佩[8]。油壁车[9]，久相待[10]。冷翠烛[11]，劳光彩[12]。西陵下[13]，风雨吹[14]。

① 苏小小墓：金刊本及日本内阁文库本作"苏小小歌"。苏小小，南齐钱塘名倡。李绅《真娘墓诗序》："嘉兴县前有吴妓人苏小小墓，风雨之夕，或闻其上有歌咏之音。"苏小小墓究在何处，历代传说不同，今杭州西泠桥畔有苏小小墓。古乐府《苏小小歌》："我乘油壁车，郎乘青骢马。何处结同心，西陵松柏下。"

② 幽兰二句：墓前幽兰上的露珠，就如同苏小小的泪眼。

③ 结同心：结成同心结，以表爱情专一。

④ 烟花：凄迷如烟的野草花。沈惠乐《李贺诗选注》："这两句说：苏小小已没有什么饰物可与情人永结同心，她墓上的烟花也不堪剪来相赠。"

⑤ 茵：垫褥。

⑥ 盖：伞盖。

⑦ 风为裳：轻风吹拂，如同她的衣裳轻飘。

⑧ 水为佩：流水鸣于左右，仿佛她的环佩叮当。

⑨ 油壁车：以青油涂壁的车辆。

⑩ 久相待："久"字《汇解》本作"夕"，据宋刊本、金刊本、日本内阁文库本改。

⑪ 冷翠烛：指磷火，俗称鬼火，能发出幽冷的绿光。

⑫ 劳：犹枉也，徒劳。

⑬ 西陵：吴正子注："西陵在钱塘江之西。"今杭州孤山西泠桥一带，旧称"西陵"。

⑭ 风雨吹：《汇解》本作"风吹雨"，据宋刊本、日本内阁文库本改。金刊本作"风雨晦"。

谁能想到，南朝萧齐的一位倡优女子，在其身后引起了众多人士的关注。自梁武帝撰乐府辞《苏小小歌》后，继作纷纷，仅以《全唐诗》所存录的作品而论，就有权德舆《苏小小墓》、张祜《题苏小小墓》、温庭筠《苏小小歌》等专题诗篇，可见苏小小事为当时文士所甚喜题咏。李贺这篇《苏小小墓》秉承了上述传统，出之以诡异想象，染之以凄恻气氛，“通首幽奇光怪”，可谓是“冷极，鬼极”（清黎简《批点黄陶庵评本李长吉集》）。

诗歌以三言为主，仅杂以两句五言，从而使全篇音节短促哀怨，如泣如诉，如吊如慕。首句“幽兰露”一语双关，既是对苏小小墓前景致的描摹，同时又借含露幽兰为歌咏对象的象征。为此，次句顺理成章地将花上露珠比喻为啼哭的泪眼，这是贺诗又一极具主观色彩的诗句。三、四两句，诗人吊古伤情，如曾益的读解：“生时解结同心，今无物可结矣，非无物也，总有烟花，已自不堪剪也。”（《诗解》）不知不觉中已融入了长吉个人的情愫，美人已逝，心伤不偶，如此诗句非真有感者不能作。

如果说以上描写尚且停留于现世的话，那么下面诗句则由此及彼，渐入幽冥境界，展示出李贺独具的诗艺特点。“草如茵”六句，以现实中常见的草、松、风、水为喻，形容苏小小的服饰和用具；在古乐府诗篇中提及的油壁车在此忽又出现，若有所待。读此如闻环佩叮当，如见衣裾风动，此时的苏小小若隐若现，神出鬼没，非仙即鬼。最后四句，幽冷磷火的闪烁更使诗境的鬼气陡增，坐实了我们以上的揣测；西陵风雨既营造了凄迷的氛围，同时也使读者不由得想起薄命红颜的凄苦命运。景语作结，令人浮想连翩，愈觉其意味深长。森濑寿三教授评及本诗，就认为它是“平凡的乐府古辞被转化为李贺诗歌中最为动人的作品之一”(《李贺诗歌的道教侧面》)。

此诗妖丽楚惋，惨澹尽情，通篇萦绕着浓重的森暮之气，是李贺“仙才、鬼语、妙手、灵心”(阙名《明于嘉刻本〈李长吉诗集〉》批语)的结晶。这里面融合着温馨和凄冷，形象绮丽夭冶亦颇涉邪恶，还夹杂着一点幽灵的恐怖。苦闷的李长吉，尤喜向荒诞谲异中寻找美丽。他的诗歌经常是美感与道德相悖,妍丽与可怖并存。历代的诗评家所以把长吉称为“鬼才”,除了因其在诗中多写“鬼魅”外,同时也是将他当作伦理规范的异端来加以贬斥的。

感讽五首(选一)

南山何其悲[①],鬼雨洒空草[②]。长安夜半秋,风前几人老[③]。低迷黄昏径[④],袅袅青栎道[⑤]。月午树无影[⑥],一山惟白晓[⑦]。漆炬迎新人[⑧],幽圹萤扰扰[⑨]。

① 南山:此指终南山,即秦岭山脉,横亘关中南面,西起秦陇,东彻陕西蓝田,凡长安以南诸山,皆属终南范围。

② 鬼雨:因死亡者的腐恶气味弥漫而降下的雨。空草:空净的草野。

③ 老:死,老死。

④ 低迷:昏暗迷离。径:小道。

⑤ 袅袅：风摇树木状。青栎道：植有栎木行道树的道路。栎，落叶乔木，叶子长椭圆形，木坚可做枕木。

⑥ 月午：指月到中天，月光直照。树无影："无"字《汇解》本作"立"，据宋刊本、金刊本、日本内阁文库本改。因月光垂直照下，故后有"树无影"之说。

⑦ 惟白晓：指月光照得南山一片凄淡虚白，如同天晓。

⑧ 漆炬：漆灯，这里指鬼火、磷火。新人：新死者。

⑨ 圹：墓穴。萤：亦指磷火。扰扰：纷乱貌。

《感讽五首》其三抒写死葬之悲。歌咏坟墓在贺诗集中颇成气候，然而，此篇既不像《王濬墓下作》那样吊古兴怀，也不似《苏小小墓》那样沉浸于幽鬼艳情，其所写情境虽可与《南山田中行》相比照，但是以常理推之，长吉又不大可能在秋夜临风默立于茔圹之前——当然，这并不妨碍他在诗中构建幽冥境界。南山在诗中俨然便是一处亘古坟场，是众生最终归宿的象征，那儿到处浮动着森然鬼气。钱锺书先生称赏李贺"咏鬼诸什""意境阴凄，悚人毛骨"，"幻情奇彩，前无古人"，钱氏所举数篇例证中就有这《感讽》第三首(《谈艺录》)。

诗歌首句一“悲”字,为全篇定下悲戚哀怨的基调,隐见长吉内心的生命忧惧。此时“鬼雨”破空而来,洒落在空净的草地之上,顿使生人感受到它胁逼的力量。“鬼”“雨”二字如此搭配为长吉所独创,这个新造词意在表明由于死者之夥多,其腐恶气味不断弥漫,竟至形成“鬼雨”到处飘洒,如是则愈能显出作者对死亡的厌患。“长安夜半秋”忽又明确交待时地季节,长安可凭以确定南山的方位,“秋”之季度则实为此诗的底色,秋的衰变、秋的萧杀,自然引出了下句的“风前几人老”。

正因为秋风催人衰老逝去,诗人继而想象初丧者通过青栎道入山走向墓地的凄凉情景。黄昏的山路上,光线昏暗低迷,两旁是栎树在风中摇摆;这时秋月正明,投射下惨白的月光,照得一山虚明如晓,由于月处中天,树影凝聚于树冠之下如同没有影子一般,益发森怖可畏。终于到达目的地了:但见磷火荧荧宛若漆灯迎接新亡之人,就好像萤火虫在幽暗的圹穴前纷乱飞舞,令人真有身临其境的感觉。无论谁只要达于此地,即走完了人生的全部旅程，而后伴随着他的便是永恒的暗夜和死寂。

此诗造语炼词，颇为讲究，正所谓“不犯俗尘，人情鬼语”（刘辰翁《笺注评点李长吉歌诗》），诸如“鬼雨”二字的新创，“月午树无影”的奇幻境象，“漆炬迎新人”的幽僻惊悚，皆是长吉呕心镂骨、凿险追幽之处。清牟愿相评贺诗“如雨洗秋坟，鬼灯如月”（《小澥草堂杂论诗》），读过此诗的人，不难一眼看出牟氏评语所用文学意象之由来，如此形象语言移以评述昌谷集中有关鬼魅与坟的诗歌，正是再合适不过了。

《中国古代文史经典读本》(文学类)书目

诗经楚辞选评/徐志啸撰
古诗十九首与乐府诗选评/曹旭撰
三曹诗选评/陈庆元撰
陶渊明谢灵运鲍照诗文选评/曹明纲撰
谢朓庾信及其他诗人诗文选评/杨明、杨焄撰
高适岑参诗选评/陈铁民撰
王维孟浩然诗选评/刘宁撰
李白诗选评/赵昌平撰
杜甫诗选评/葛晓音撰
韩愈诗文选评/孙昌武撰
柳宗元诗文选评/尚永亮撰
刘禹锡白居易诗选评/肖瑞峰、彭万隆撰
李贺诗选评/陈允吉、吴海勇撰
杜牧诗文选评/吴在庆撰
李商隐诗选评/刘学锴、李翰撰
柳永词选评/谢桃坊撰
欧阳修诗词文选评/黄进德撰
王安石诗文选评/高克勤撰
苏轼诗词文选评/王水照、朱刚撰
黄庭坚诗词文选评/黄宝华撰
秦观诗词文选评/徐培均、罗立刚撰
周邦彦词选评/刘扬忠撰
李清照诗词文选评/陈祖美撰
辛弃疾词选评/施议对撰
关汉卿戏曲选评/翁敏华撰
西厢记选评/李梦生撰
牡丹亭选评/赵山林撰
长生殿选评/谭帆、杨坤撰
桃花扇选评/翁敏华撰